ハヤカワ文庫 SF
〈SF2336〉

帝国という名の記憶

〔下〕

アーカディ・マーティーン
内田昌之訳

早川書房

8698

帝国という名の記憶

〔下〕

登場人物

マヒート・ドズマーレ……………………ルスエル・ステーション大使
イスカンダー・アガーヴン………………前ルスエル大使

スリー・シーグラス（リード）…………マヒートの文化案内役。アセクレタ
トウェルブ・アゼイリア（ペタル）……スリー・シーグラスの友人。アセクレタ
シックス・ダイレクション………………テイクスカラアン皇帝
ナインティーン・アッズ…………………エズアズアカットのひとり
サーティ・ラークスパー…………………エズアズアカットのひとり。皇位継承者候補
エイト・ループ……………………………司法大臣。皇位継承者候補
エイト・アンチドート……………………皇帝のクローン。十歳。皇位継承者候補
テン・パール………………………………科学大臣
ワン・ライトニング………………………ヤオトレック

ファイブ・ポーティコ……………………整備士

アクネル・アムナードバット……………ルスエルの〈遺産〉評議員
ダージ・タラッツ…………………………ルスエルの〈鉱夫〉代表評議員
デカケル・オンチュ………………………ルスエルの〈操縦士〉代表評議員

第11章

わたしを破壊するのは共通性である。わたしはエブレクト族のようにスイフトの仲間と共に走り、四足歩行で狩りに生きることはできないが、個体としてのスイフトの性質は理解している——そいつがいかにしてリーダーに指示を仰ぎ、いかにして殺しの瞬間にひとつの有機体になるか。わたしがこの性質を理解しているのは、それがわたしの性質であり、テイクスカラアン人の性質だからだ——とはいえ、こんなふうに共通の目的を見つけ、誓いを立てた群れに自己を埋没させたいと思うのは、おそらく人間に普遍的な性質ではない。わたしにはもはや人間に普遍的な性質があるのかどうかわからない。一人で外に出ていた時間が長すぎる。わたしはここの野蛮人たちの中で野蛮人になりつつあり、エイリアンの爪を持つテイクスカラアン人の夢を見る。夢を見るのが不適当なことだとは思わない。それは願望の投影、未来への自己の投影である。可能性の想像である。

——イレブン・レイズ『神秘の辺境からの報告』より

持ち込み禁止品目一覧（ルスエル・ステーション）——所持品（ペットおよびコンパニオン）のリストに事前記載のない動物、電子線で滅菌処理を受けた証明がない植物および菌類、包装されていない食品（食品は境界管理官の判断により境界管理所で滅菌処理をおこなうことも可能）。大気中に硬い投射物を放出できるものすべて、炎や可燃性の液体を放出できるものすべて、浮遊性微粒子を放出できるものすべて（吸入を目的とする娯楽用物質、芸人が使用する〝スモークマシン〟、料理人や配膳業者が使用する〝燻製箱〟を含む）……

——ルスエル・ステーションへのドッキングを希望する船舶に配布される『税関情報パック』より

暗闇の中で見るシティは異質だった。静謐というより不気味だ。パレス・アースの大通りや深い花のプールは太陽の光がないといっそう大きく見え、どの建物も異様に生き物じみた形をしていて、呼吸をするか花でも咲かせるように思われた。わずかに残っているテイクスカラアン市民はだれとも目を合わせなかった——まるで影のように動いて、宮殿のなにかの用事を無言でこなしていた。マヒートはうつむいたままスリー・シーグラスのあとを追っていた。疲労がひどく、腰も手も頭も、どこもかしこも痛かった。ほぼまちがいなく緊張性の頭痛であり、神経系の初期症状ではないだろう。ほぼまちがいなく。

　足音が大理石に響いていた。ルスエルでは、宇宙空間は別として、避けられない暗闇はどこにもなかった。だれかが常に目覚めて、勤務についていた。公共空間は、個人の睡眠／覚醒サイクルのどの時点においても変化がなかった。暗闇がほしければ自分の部屋に戻って照明を落とすだけだ。

　惑星のこちら半分はいまは太陽がない状態で、あと四時間はそれが続く。マヒートは暗い時間帯はほとんど屋内で過ごしていたので、日ごとのサイクルを気にしていなかった。外に出てみるとずいぶんちがっていた。重く薄暗い空は圧迫感があり、彼女の首のうしろを押さえ付けて頭痛をいっそう悪化させた。暗闇が音をにぶらせ、ゆがませているかのようだったが、そんなことがありえないのはわかっていた。

　シティの自己防衛AIの金色の網目模様だけは、夜のこの時間帯のほうが昼間よりもはっきりと見えていた。それは二人の足の下で輪になったり渦を巻いたりしながら、二階建てくらいの高さのいくつかの建物の基礎をなにかの菌類のように這いあがり、薄闇の中でほのかな光を放っていた。スリー・シーグラスがその上をひどく慎重に歩いていたので、マヒートは彼女が怖がっているのではないかと疑い始めていた。

スリー・シーグラスはクラウドフックを着けていなかった。皇居から出てきたときにはずして、ジャケットの中にしまっていた。わたしたちはどこにもいないのです、と彼女は言っていた。マヒートはその言葉を、スリー・シーグラスの電子的な痕跡を残すことなくシティを横断するのだという意味に受け取っていた。いま、スリー・シーグラスを追って広がる暗闇の中へ向かいながら、マヒートは、この人はシティとの対峙を避けようとしているのだろうかと思った——不可解なことだが、シティにはスリー・シーグラスの要求に従うことを拒否した過去があった。

あのときスリー・シーグラスは青い炎に包まれて光り輝いた。まるで市民ですらないかのように。テン・パールが誇らしげに語っていた完璧なアルゴリズムが、彼女をなにか異質な、隔離する必要があるものに分類したのだろうか。同じ青い炎で焼き尽くされるべき伝染病のように。

真夜中にパレス・イーストに忍び込んでいるからこそ、マヒートはそんなことを想像したのだろう。スリー・シーグラスに話したらきっと笑われてしまう。シックス・ダイレクションとの会見でひどく心を乱されたのがあとを引いていた――隠れた緊張がおもてに噴き出してきたのだ。

内戦。シティがそれ自体と戦争をする。

この貪欲な巨獣が、この帝国が、その顎をみずからの肉にくい込ませるのを防ぐためにイマゴマシンを使いたいという皇帝の考えは、はたして正しかったのだろうか？

パレス・イーストはパレス・アースよりも明るかったが、不気味なことに変わりはなかった。明るいのは赤や青やオレンジに輝くネオン管のおかげで、それが広場を横切る小道を照らしていた。政府の各施設への道順をしめす光の案内標識だ。スリー・シーグラスはＡＩ網目模様が凝縮してひとつの結節になっている交差点でためらい――目に見えて背筋がのびた――そこを避けてオレンジ色に照らされた大通りに入ると、手を振ってマヒートについてくるよう合図しながらせかせかと足を運んだ。歩道にならぶ白い花が炎にひたっているように見えた。

ならんだ花の中に炎が見えるとすれば、起きている時間が長すぎるのだ。それが問題なのだ。別に幻覚を見ているわけではない――それについてはほぼ確信があった――ずっと眠っていないことと、毒の花の事件とシックス・ダイレクションとの会見であふれだしたアドレナリンが体内から薄れつつあることが原因だ。

　それでも、マヒートは静かにたずねた。「シティを避けているの？」

　スリー・シーグラスは足を止めなかった。「いいえ。危険はおかさない、それだけです」

　二人はプラザ・セントラル・ナインでスリー・シーグラスの身に起きたことについて話をしていなかった。ナインティーン・アッズのところではそんな時間がなかった。それに、エズアズアカットの記録装置の監視の目があるところでその話をするのは適切ではないように思えた。いま、暗闇の中で、マヒートは度胸がついたような、歯止めをなくしたような、あるいはその両方のせいで舌がなめらかになったのを感じていた。「シティがあんなことをしたのは初めてだったんでしょう」マヒートは言った。「あなたを罰してもかまわない相手だと判断したなんて」

「もちろん初めてです」

「二等貴族なら、些細な処罰はまぬがれる」

「法律を遵守するティクスカラアン市民です、大使」

　マヒートはたじろいだ。そして手を伸ばしてスリー・シーグラスの肩をなでた。「ごめんなさい」

「なぜ謝罪を？」

「わたしはあなたの道徳上の正しさに疑義をとなえたことをあやまることもできないの？」

「できますよ。でも、あなたの時間の使い方として、それはあまり実用的ではないと思います。シティは……あのときは驚きました」

「あなたは発作を起こしていた。驚いてはいなかった」

スリー・シーグラスは急に立ち止まり、振り返ってマヒートを見あげた。「そのあとで驚いたんです」彼女は毅然とした態度で言った。「そのあとで驚く時間はたくさんあったんです。病院ではなにもやることがないんですよ。シティによって長期記憶を破壊されていないことを確認するために、自分が知っているいちばんむずかしい政治的な言葉遊び《アクロスティック》を暗唱したあとは」

「こんな話を持ち出すべきじゃなかったね」

「わたしはそんなにやわじゃありません。文明がまたわたしを感電させるつもりかどうか疑問に思っている野蛮人の相手くらいはできます」

「あなたはほんとうにわたしがそれを疑問に思っていると考えているの？」

「わたし自身が疑問に思っているのです」暗闇の中で、マヒートにはスリー・シーグラスの目が黒い石のように見えた。瞳孔のない、空のように異質な目。「そうそう、あのような事故はほかの人にも起きているのか、起きているならどのような状況だったのか。それも疑問に思っているかもしれません」

「起きているの？」マヒートはたずねた。

「予想以上に多いです。この半年間で八人。そのうちの二人は死にました」

マヒートはなんと言っていいかわからなかった——〝ごめんなさい〟ではうまくいかなかったし、〝わたしのせいなの〟では、あからさまに慰めを請い求めることになるが、自分にそんな価値がないのはわかっていた。まずまちがいなくマヒートのせいなのだ。あるいはイスカンダーのせいか。あるいはイスカンダーがなんらかのかたちで関与していた不穏な状況のせいか。差し迫った秩序の崩壊。

「だから驚いたと言ったでしょう」スリー・シーグラスはやさしく言った。「さあ、マヒート。あなたの居室まではまだ歩いて二十分かかりますよ」

帰り着くまでのあいだ、マヒートはずっとシティに監視されているような気がした。二人の存在の電子的な痕跡をしめすクラウドフックを着けていないにもかかわらず、それを感じたので、また深読みしすぎているぞと自分に言い聞かせた。シティが市民を殺したり傷つけたりしているのはたしかに問題だが、それはマヒートの問題ではないかもしれない。彼女にはなんの責任もないかもしれない。あらゆることが彼女の責任になるはずがないのだ。テイクスカラアン人の思考にある物語性の傾向から充分に距離を置けば、そう信じられるはずだ。きっと。

マヒートの大使用の居室の中にいた男は、高い窓のあいだにシルエットとなって溶け込んでいた。黒い服、黒い髪、暗がりでは動くまでまったく見えなかった。マヒートはまず初めに、男の手にあるなんらかの道具が廊下の明かりを白く反射して輝くのを目にし、それから彼女に向かって突進してくる動きを見た。マヒートはアイリスドアを抜けて部屋へ二歩踏み込んだところだった。スリー・シーグラスはドアに呼びかけるためにクラウドフックを着けなおし、マヒートの左に立って、じゃまにならないように――

胸骨を蹴飛ばされたような恐怖だった。分別ある者なら逃げ出していただろう。マヒートはいつも、直接的な物理的脅威に直面したら自分は逃げるだろうと思っていた――ルスエルにいたときに戦闘志向の適性を早くにつぶしていたので、自己防衛本能が強すぎてすごくひるんでしまうのだ。男は――廊下から射し込む光の中へ出てきたいま、その顔には恐ろしく見おぼえのあるところがあった――左手に鋭いものを持ってマヒートに向かってきた。それは一本の針で、とげのように太く、先端に付いているねっとりした液体のせいでにぶく光っていて、マヒートは〝毒だ、毒が付いている〟と思ってうしろへ身をかわそうとしたが、そこでバランスを崩し、包帯を巻いた手をつくかたちで床に倒れ込んだ。あまりに強烈な痛みに最初は刺されたのかと思ったほどだった。まだひるんでいることには変わりなかった。

「なにを――」スリー・シーグラスが戸口で声をあげた。

マヒートはその男が顔をあげ、動きを止めてこちらを値踏みしているのを見た――そのとたん、自分がその男を知っていることに気づき、びっくりして窮地に陥ったときに男がどんな顔をするかを、パレス・アースの廊下でサーティ・ラークスパーが男をマヒートから引き離したときにまさにそういう顔をしていたことを思い出した。名前はおぼえていなかった。男はワン・ライトニングのためにマヒートを勧誘しようとして、サーティ・ラークスパーに脅されて――そしていま、彼女の居室に入り込んで恐ろしい針をスリー・シーグラスにまっすぐ向けていた。マヒートはザウイトルのことを、接触毒のことを、注射も可能な毒のことを考え、知っているかぎりの神経毒を急いで思い出したが、そのすべてが悪質で――襲撃者の動きは速かった――もしもそれで襲われたら、まだシティの電気ショックによるダメージが抜けていないスリー・シーグラスでは、無傷で逃げのびるすべはなかった。

マヒートは体をころがし、できるだけ体重をかけるようにして肩を男の膝の側面に叩きつけた。男の足首をつかみ、それを床から引きあげると、男の革製のブーツに巻き付いた両手にとてつもない痛みが走った――包帯の下にある水疱が裂けたにちがいない。肘から先全体が液状の炎と化し、溶けてしたたり落ちた。男が倒れた。マヒートは野性が目覚めるのを感じ、まだ怯えながらも、目のまえが白くなるようなアドレナリンを、奇妙な恍惚を感じ――野蛮人の背の高さとテイクスカラアン人とはちがう腕の長さを残らず活用して、男の体の上にのしかかった。

男は悪態をついてマヒートをひっくり返した――強い、そういえばワン・ライトニングの第十八軍団で艦隊勤務についていたと言っていたから、力はあるはずだ――だが彼女は怪我をしていないほうの手で男のシャツの襟をつかみ、太ももに足首を引っ掛けていたので、男もマヒートといっしょにひっくり返って、その上にのしかかる格好になった。針の先端がマヒートの首に近づいてくる。毒はすぐに彼女にふれて、その全身を麻痺と酸欠に陥れ、脳に流れ込んで、彼女とイスカンダーと二人が分かち合ったあらゆるものを溶かしてしまうだろう。マヒートは包帯を巻いたほうの手で男の手首を必死につかんだ。水疱がはじけ、痛みに悲鳴をあげながらも、けっして放さなかった。

「まさかきさまが反撃してくるとは」男は吐き捨てた。「この薄汚い野蛮人が――」

マヒートをテイクスカラアンの軍団に入隊させようとしていたとき、この男は彼女が野蛮人であるかどうかはあまり気にしていなかったはずなのに。

マヒートは渾身の力で男の手首をねじ曲げ、その手を首のほうへ押しやった。針の先端が男の喉をかすって、そこに長い線を残すと、つらなる赤い滴が——急激にふくれあがり——紫色に変わって、くそっ、あの毒にはなにが入っている？ 男の喉から息が詰まったような音が漏れた。男の体が硬直し——痙攣し——びくんびくんと、わけもなく恐ろしい勢いで暴れ出すのが感じられた。力をなくした指から針が落ちて、マヒートの頭のわきで床にぶつかった。

マヒートは男を押しのけ、尻と肘をついたままあとずさった。もっとまえに悲鳴をあげているべきだった。いまはとても静かだった。自分のかすれた呼吸音だけが響いていた。人生でいちばん長く感じた一分間が過ぎたころ、部屋のドアが閉まる音がして、頭上の照明がカチッと点灯した。それからスリー・シーグラスがやってきてマヒートのとなりにすわり込んだ。二人とも背中を壁に押し付けていた。すっかり日常に戻った周囲の光の中で、マヒートを襲った男の体は小さく、不釣り合いな感じで、動いて呼吸して彼女を殺したかもしれないなにかのようにはまったく見えなかった。針は動かない蛇のように男のかたわらに横たわっていた。呼吸が落ち着いてくると共に、男の名前が頭の中に戻ってきた。イレブン・コニファー。人間。いまは死んだ人間。

「さて」スリー・シーグラスが震えながら言った。「これはまちがいなく新しい種類のトラブルですね。大丈夫ですか？」

「怪我はしていない」マヒートはこたえた。そこでやめるのが賢明に思えた。

スリー・シーグラスはうなずいた。マヒートは目の隅でその動きをとらえていた。男の体から目をそらすことができなかった。「ふむ。それは良かった。あなたは以前にも……ああいう経験があるのですか？」

「だれかを殺したかって？」マヒートはそう言って、ああ、それはまさに自分がいまやったことではないかと気づいた。吐き気がしてきた。

「正当防衛と考えるのが当然だとは思いますが、もちろん、あなたがそう呼びたいのなら。殺したことがあるのですか？」

「ない」

スリー・シーグラスは手を伸ばしてマヒートの肩をそっと叩いた。

「少しほっとしました、ほんとうに。ステーショナーは頭の中に死んだ人びとを持ち歩いているだけでなく、常に爆発的な暴力をふるう寸前にあるのかと……」

「一度でいいから」マヒートは無用ないらだちをおぼえながら言った。「わたしがなにかをしたとしたら、それは人間がふつうにすることなんだと想像してほしい」

「マヒート、たいていの人はとても――」

「よその惑星で秘密の会合をもとうとして、たった一人の政治的盟友からのがれて自分の部屋へ戻ってきたら、恐ろしい武器を持った見知らぬ男に待ち伏せされたんだよ？　うん。テイクスカラアン市民の身には起きそうもないね」

「それはだれにでも起こることではありません。ふつうであれば」

　マヒートは頭を両手の中に落とし、傷ついた手のひらが頰にかすったのでさっと身を引いた。突然、不条理なほどの強さで、眠りたいという思いがわきあがった。できることならルスエルの狭い、安全な壁に囲まれた部屋で眠りたかったが、眠ることが最優先だ。歯を食いしばり、舌の側面をかんだ。それが役に立ったかどうかはわからなかった。

「マヒート」スリー・シーグラスがもう一度、もっとやさしい声で言った。それからマヒートの膝に手を伸ばし、良いほうの手をつかむと、二人の指をからませた。肌は乾いていて冷たかった。マヒートは彼女に顔を向けてまじまじと見つめた。

　スリー・シーグラスは肩をすくめたが、手は放さなかった。

「それは歴史の中では起こる」マヒートは、それを贈り物にでもしようとするかのように、おどけて言った。テイクスカラアン市民むけの、特に理由もなく手を握ってしまうような女性むけの引喩。「偽サーティーン・リバー。正確ではないけど、こんなふうなやつ。ヤオトレック・ナイン・クリムゾンが既知宇宙のはずれで待ち伏せされたとき——」

「そこまで悪いことではありません」スリー・シーグラスはそう言いながら、マヒートのこぶしを親指でなでた。「あなたが殺したのは一人だけで、その男はどう見ても帝国のまちがった派閥へ亡命したあなたの秘密のクローン親族ではありません。歴史は書き留められたときには例外なく悪化しているものです」

マヒートは思わず笑みを浮かべた。少し離れたところに横たわる死体がゆっくりと紫色にふくれあがっていたにもかかわらず。「授業でそれを暗記させられるときに、そういうことを教わるの？」

「そうでもないですね。むしろ経験からくる見解です——歴史を刻む者にはなんらかの意図があって、たいていの場合、その意図はそれなりにドラマチックなものです。つまり、偽サーティーン・リバーを読むと、人びとはみんな身元のまちがいや通信の遅れにひどく動揺していますが、まったく同じ軍事遠征を題材にしたファイブ・ダイアデムを読んで、補給線について考えさせられるのは、彼女の後援者が経済大臣で——」

「ルスエルには王冠《ダイアデム》なんて名前の作者の本はなかった。ほんとうにその名前なの？」

「あなたの名前がファイブ・ハットで、叙事詩の歴史学の黄金時代に生きていたとして、ほかの人たちがみんな宮廷で祝宴を催してもらってから目撃者として軍事遠征に参加していたとしたら、あなただって適当なペンネームで出版するでしょう、マヒート」

スリー・シーグラスはひどく真剣だったので、マヒートが思わず声をあげて笑うと、その短く鋭いほとばしりで胸が痛くなった。ヒステリーを起こしていたのかもしれない。それは非常に可能性が高く、問題だった。呼吸がととのうまでさらに少しかかった。スリー・シーグラスがマヒートの指をそっと握り締め、歯の隙間から強く息を吐き出した。

なんとか声が出るようになると、マヒートはたずねた。「皇帝の朗詠コンテストの晩餐会で声をかけてきた男が、なぜいまになってわたしを殺そうとしたのかわかる？」

「あの人がそうなのですか？」スリー・シーグラスはマヒートの指を放した。「名前をおぼえていますか？」立ちあがり、うっかりさわってしまうのを心配しているのか、両手を背中で組んで死体に近づいていく。それからしゃがんで死体をのぞき込んだ。床に広がったジャケットの生地が、羽化したばかりの新種の昆虫がのばした羽のようだ。

「コニファー」マヒートは言った。「たしか――イレブン・コニファー。でも、わたしはしらふじゃなかった。彼も同じだった」

「どんなふうに出会ったのか教えてください」スリー・シーグラスは靴の先で死んだ男の頭をつつき、顔が見えるように上向けた。

「彼はまだサーティ・ラークスパーの部隊に入っていない人を探していた。そのときわたしが彼を侮辱してしまった。そうしたら彼がわたしを……つかもうとした？　わたしを傷つけようとした。そのときサーティ・ラークスパーがあらわれて男を止めて――」

「あなたはわたし抜きであちこち出歩くべきではないですね」スリー・シーグラスは言ったが、非難しているようには聞こえなかった。「ではコニファーはあなたを知っているのですね。とにかく少しは。あなたをきらいになるくらいには。でも、わたしは彼を知りませんし、彼は所属をあらわすものを身につけていません――暗殺者なら当然でしょう、人びとが詩や歴史の中でどんなことをしていようが――」

「じゃあ、あなたは暗殺者だと思っているんだ」

スリー・シーグラスは背筋をのばした。「ほかになにか考えられることでも？」

マヒートは肩をすくめた。「誘拐犯、泥棒――この会見を妨害したかっただれか。もっとも、これを知っている人なんて思いつかないけど――」

「わたしくらいですね」スリー・シーグラスは、ほんの少し皮肉っぽく言った。「あとはここであなたと会うことを求めたトウェルブ・アゼイリア」

「スリー・シーグラス、あなたがわたしを殺そうとしていると仮定するところから始めるなら、わたしは――」

スリー・シーグラスが片手を振ってその言葉をさえぎった。「わたしはちがうと仮定しましょう。あなたがここに来た最初の日に、そこは同意したでしょう？　わたしはあなたへの妨害工作に加担していませんし、あなたはバカではない。あなたを殺すのは妨害工作のひとつになります」

あの会話は――同じこの部屋だった！――何カ月もまえのことのように思えたが、まだ四日しかたっていないのはよくわかっていた。太陽がのぼり始めたので、五日だ。

「じゃあ、話を簡単にするために、あなたではないとする」マヒートは言った。「残るはトウェルブ・アゼイリアと……彼のメッセージをわたしのところに届くまえに盗み見ただれか。彼は尾行されているとか言っていた」

「インフォフィッシュのメッセージを盗み見したとしたら、トウェルブ・アゼイリアがメッセージを送ったときにその場にいたか、情報省がスティックの封印を解いてふたたび封印したかのどちらかになります」

「情報省だとしたら、やっぱりあなたかトウェルブ・アゼイリアになる」

スリー・シーグラスはまじまじとマヒートを見て、ため息をついた。「アセクレタは大勢います。その中には、イスカンダーの死やあなたの死を望んだ人、あるいはトウェルブ・アゼイリアの死を望む人のために動いている者がいるかもしれません」

「メッセージを盗み見ていないとしたら？」マヒートはスリー・シーグラスの言葉をさえ

ぎった。「あの男がまだ――わたしがまだ――あの男の言っていたことからすると、〝まさかきさまが反撃してくるとは〟と言っていたから、わたしを脅して、なにかを手に入れようとしたんだと思う。そもそもわたしを殺すつもりはなかったと思う。トウェルブ・アゼイリアが持っているものを、イマゴマシンをほしがっていて、それを渡してほしかったんだと思う。あの男は送り込まれたのかもしれない」

「だれが送り込んだんです？」

マヒートは〝ワン・ライトニング〟と言おうと思ったが、そのためにはだれもが、それこそ宮殿にいる人だけではなく、テイクスカラアンにいるすべての人がイマゴマシンのことを知っていたと仮定しなければならない。ワン・ライトニングはテイクスカラアン宇宙のどこかにいる旗艦に乗っていた――いつ知ることができただろう？

そこでマヒートは言った。「サーティ・ラークスパー？　イレブン・コニファーがわたしにしたことを彼が悪用したのかも。きみがやったのは暴行だ、あとで話をしようと、すごく意味ありげに指摘していたから……」

「サーティ・ラークスパーがイマゴマシンをほしがっていると？　廷臣を脅迫するには充分ですか。まあ、あの人ならやりかねないですね」スリー・シーグラスがおかしな表情になった――遠くを見るような、少し悲しげな。「あなたのイマゴマシンはほんとうに問題ですね、マヒート」

「わたしたちにとっては問題じゃない」マヒートは言った。〝テイクスカラアンにとって問題なだけ。それを強烈にほしがっている、あるいはそれが存在してほしくないと強烈に願っている連中のせいだ〟

「いいえ」スリー・シーグラスは死体のそばを離れ、マヒートのところに戻ってくると、床から立ちあがらせるために手を差し出した。「イマゴマシンはあなたたちにとっても問題だと思います——少なくともあなたは問題をかかえています、それについてわたしたちのだれかに話してしまったことで」

マヒートは差し出された手を取ったが、彼女はスリー・シーグラスよりもはるかに背が高かったので、その助力はあまり役に立たなかった。「わたしは話さなかった」立ちあがりながら言う。「それははっきり言っておく。イスカンダーが話したの。そして、それをやったイスカンダーは、わたしが会ったことのない人」

「どんな感じですか？」

「なにが？」

「一人の人間ではないというのは」

あまりにも率直な質問だったので——この惑星で過ごしてきたあいだ、そこまで踏み込まれたことはなかった――マヒートは不意を突かれた。その場で立ちすくみ、スリー・シーグラスと指をからみ合わせたまま、そもそもどんな返答が可能なのか考えていたら、ドアがあの不快な不協和音のチャイムを鳴らした。

「また暗殺者ですか？」スリー・シーグラスがむだに明るい声で言った。

「トウェルブ・アゼイリアだといいけど」マヒートは言った。「開けてくれる？」

　ドアにひらけと言うあいだ、スリー・シーグラスは抜け目なくその脇に立っていた――視界に入らないようにするだけで、部屋へ入ってくるものから身を守れるかのように。だがアイリスドアがひらくと、そこにいたのはやはりトウェルブ・アゼイリアだった。彼はすぐにその場の状況を見てとった。敷物の上にある紫色の顔をした死体、窓から射し込む夜明けの光、誤って高価な美術品を壊してしまった子供のように立ちつくすマヒートとスリー・シーグラス。

　テイクスカラアン人の無表情は、殺人事件の現場に出くわすという衝撃にも耐え抜いたようだった。トウェルブ・アゼイリアも同じように悲惨な夜を過ごしたらしく、それが役に立ったのかもしれない。着ている情報省のスーツは水で汚れ、オレンジ色のカフスはごわごわになって染みがついていた。片側の頬は泥まみれで、編んだ髪もほとんどがほどけている。

「ひどいなりをしていますね、ペタル」スリー・シーグラスが言った。

「きみの敷物の上に死体があるぞ、リード。ぼくがどう見えるかは重要じゃない」

「それはわたしの敷物だけど」マヒートは言った。「ドアを閉めたいから、中に入ってくれない？」

ドアがぶじに背後でロックされると——三人は死んだ男と共に、マヒートがかかえるほかの大きな秘密にともなう小さな秘密をかかえて部屋にこもった——トウェルブ・アゼイリアはジャケットの内側に手を入れて布の包みを取り出した。見た目は遺体安置所にあったシーツと似ていて、きれいに折り畳まれていた。彼はそれをマヒートに差し出した。

「きみはぼくに借りができたな、大使」トウェルブ・アゼイリアは言った。「六時間ずっとつけまわされて、さらに三時間も水はけの悪い庭で隠れていたんだ。この件は、暗号でメッセージを交換しているうちはとても楽しかったが、いまはだいぶおもしろみが減ってしまった。ぼくがよそ見をしていたあいだにきみたちが別の死体に出くわしたという事実は言うまでもない。だれかサンリットを呼んだのか？　きみたちはここでずっと突っ立っているつもりなのか？」

「ペタル、これから呼ぶつもりだったんです」スリー・シーグラスが言った。それはマヒートには初耳だった。

マヒートは布を広げた。中央にある小さな鋼鉄とセラミドのネットがイスカンダーのイマゴマシンだった。外科用メスでごく慎重に切除されたようだ。羽根のようなフラクタルな縁は、マシンがニューロンと相互浸透する部分で、かなり遠くまでたどってあったが、メスの刃では顕微鏡レベルの作業が続けられなくなったところですっぱり切り落とされていた。しかし、トウェルブ・アゼイリアはフラクタルなネット――マシンのインターフェース部分で、殻に似ている――を、イスカンダーをおさめたセントラルコアから切り離す方法を知らなかったようだ。そこはまだ無傷で、どんなに鋭利なメスでも傷つけられそうになかった。マシンはまだ使えるかもしれない（なんのために？　だれかを記録するため？　それともイスカンダーと、死んだ大使と会うために？　なんであれ彼の残骸に。マヒートは思いをめぐらしてから、まだだれにもそのことは伝えないと決めた）。

　マヒートはトウェルブ・アゼイリアが包みに使っていた布からマシンを取り出し――親指の関節ひとつぶんと同じくらいの長さだ――自分のジャケットの内ポケットにおさめた。

「まず最初に」マヒートは言った。「わたしの前任者の遺体から取り出してくれとあなたにお願いして違法に手に入れたマシンを、あなたがここへ持ってきてくれるまで待つべきだと思ったの。だれかを呼ぶまえに」スリー・シーグラスが警察を呼ぶ件について友人に嘘をつくつもりでいるなら、マヒートも協力できる。おそらくそれがいちばん簡単だろう。

もっと簡単かもしれないのは、サンリットに連絡して報告することだ、この……事件を——それを殺人と呼ぶのも、イレブン・コニファーが彼女の体の上で死体に変わっていったときの感触を思い出すのも、まだめまいがするような恐怖だった——起きたことをそのまま報告すればいい。男が大使の居室に押し入ってきた。二人はもみ合いになった。その最中に男が自分の武器で命を落とした。

「これで、きみはマシンを手に入れた」トゥェルブ・アゼイリアがしゃべっていた。「だれにも渡さずにすむ——ぼくは司法省の遺体安置所を出た瞬間から尾行されていたんだよ、大使。司法省のエージェントにね——いまいましいミストに追われていたんだ、グレースーツを着た幽霊たちに。水場で一時間ほど過ごしたときにまいたと思ったんだが、そうではなかったのかもしれない——あるいはここで会いたいと手紙を書いたときに、メッセージが盗み見られていたのかもしれない。かなり優秀な諜報網をもつだれかがきみの前任者の遺体を監視していたから、公共端末でインフォフィッシュ・スティックに書き込んで送信しなければならなかった」

それはナインティーン・アッズだったのかもしれない。マヒートがイスカンダーの遺体を正式なステーショナーの葬儀で燃やすことを提案したわずか数時間後に、彼女は素早く遺体安置所へ姿をあらわしたのだ。しかし、トゥェルブ・アゼイリアを尾行している司法省の特殊警察部隊がいるのなら、ほかの大勢の関係者たち、とりわけエイト・ループだった可能性もある。それがこの大騒ぎの困ったところだ——イスカンダーに関心をもつ人が多すぎるのだ。マヒートに関心をもつ人はもっと多いが、それは彼女が意図的にやっていたことだ。自分に注目を集めて前任者を殺した犯人を突き止められないかと期待したのだが、いまはその注目からのがれたくてものがれられなくなっていた。

　マヒートがなにもせずに部屋にこもって本来の仕事をしていたとしても、人びとは必要以上に関心をもっていただろう。エイト・ループはわざと新任のルスエルの大使を招致したのだ。マヒートがなにをしようが中立ではいられなかったはずだ。

「まだ尾行されているの？」マヒートはたずねた。

　トゥェルブ・アゼイリアはため息をついた。「わからない。現実の諜報活動はぼくの守備範囲ではないんだ」

「非現実的なやつだけですね」スリー・シーグラスが言った。トゥェルブ・アゼイリアがおいおいという顔をすると、彼女はおおげさに肩をすくめ、それで彼のほうは気が休まったようだった。

「いずれわかるんじゃないかな」マヒートは言った。「だれかがわたしを殺そうとしているように、だれかがあなたを殺そうとしているなら」

「暗殺者とストーカー」トゥェルブ・アゼイリアが言った。「まさにぼくが必要としていたものだ。ぼくがもっと分別のある人間だったら、サンリットに通報するだけでなく、きみに脅迫されてしかたなくやったと……ああ、死者から盗むのは犯罪になるはずだな。どういう罪状になるんだ、リード？」

「剽窃」スリー・シーグラスが言った。「しかし裁判では拡大解釈とされるでしょうね」

「笑えないな」

「笑えますよ、ペタル。あまりにもひどいジョークだからですが」

マヒートは二人の気安い友情がうらやましかった。あれならずっと簡単なのに……

彼女には簡単なことなどなにもなかった。あるのはイスカンダーのイマゴマシンと、死体と、頭上に重りのようにぶらさがっている皇帝からの申し出——イマゴの技術を譲渡し、ルスエルへ向かう艦隊の進路を変えさせ、彼女のステーションが十四世代にわたって守ってきたものすべてをテイクスカラアンに売り渡す。マヒートは、ふと自分の弟のことを思い出し、彼がその適性に応じて受け取れたかもしれないイマゴを奪われてしまうことを想像し、彼がステーションから連れ去られてテイクスカラアンの惑星で育てられることを想像した——弟はまだ九歳で、夢のような空想のほかはなにも知らない——マヒートだってたいしてちがうわけでもないのだが。

〝なぜあなたはイエスと言ったの、イスカンダー〟マヒートはたずねた。ステーショナーの言語で親密な相手に呼びかける二人称を使い、心の中にぽっかりあいた、彼の声が、二人がなるはずだった人物の声があるべき場所、彼のあらゆる知識と彼女のあらゆる展望が詰まっているはずの場所へ静かに語りかけた。

〈見当もつかない〉イスカンダーがはっきりした声で言った。〈ただ、もっとましな選択肢が尽きてしまったんだろうな〉

ぴりぴりする感覚が両腕の神経を流れくだり、足の裏からもわきあがってきた。死んだ男にやはり毒針で刺されていたかのように。マヒートはカウチにどすんと腰を落とした。イスカンダーがほんとうに戻ってきたのだとしたら――命を脅かすほどの分量のアドレナリンさえあれば、二人のあいだで起きた断裂をつなぎ合わせることができるのかもしれない。生理学的には意味をなさなかったが、マヒートに思いつけるのはそれだけだった。

〈ほんとうに驚くほど大量のトラブルにおれたちを巻き込んでくれたもんだ――〉そこで雑音。接続は切れた。脳が電気的なショートを起こしたような感覚だった。そのあとはマヒートがどれだけがんばって呼び戻そうとしても、イスカンダーは言葉を発するまえと同じように消えたままで、マヒートはめまいをおぼえながら自分の心の中にある穴へ、彼女と彼女のイマゴがあるべき場所との隙間にあいた果てしない奈落へ墜落していった。

第12章

ゲームは終わらない！

ベルタウンの〈ザ・ラビリンス〉がサウス・セントラルの〈ヴォルケーノス〉と対戦する、今シーズンもっとも期待されているアマリッツリの試合を見に行こう！ 地下鉄の閉鎖も我々の選手たちを止めることはできない！ チケットはクラウドフック経由あるいはノース・トラッチリコート・スタジアムで販売中。いっしょに楽しい時間を過ごそう！

――ハンドボールの試合の宣伝チラシ、249・3・11-6Dに印刷、インモスト州、ベルタウン、サウス・セントラル、ポプラの各州で配布

……あなたが最後にルスエル・ステーションに帰ってきてからもう五年たちました。あなたのイマゴラインを将来の世代に残すために、保存し、最新の状態に更新したい

と思っている〈遺産〉評議員だけではなく、わたし自身も、あなたの口からティクスカラアンの状況を聞きたいと願っています。この五年間であなたは見事に口を閉ざしてしまいました、イスカンダー、わたしが任命した職務であなたが成功を続けていることに不平は言えませんが、わたしの好奇心を満足させてほしいのです——帰ってきてください、ほんのわずかな期間でも……

——イスカンダー・アガーヴン大使が〈鉱夫〉代表評議員ダージ・タラッツから受け取ったメッセージ（０８７・１・１０‐６Ｄ、ティクスカラアン暦）

サンリットは呼び出しを受けて迅速に到着した。そろいの金色のヘルメットをかぶった三人は個性がなく効率的だった。呼び出したのはスリー・シーグラスで、自身のクラウドフックとドアの警報システムとを接続してから、震えおののく、怒りに満ちた驚きの印象を、もっともらしく実演していた——スリー・シーグラスが現実に感じたものにかなり近そうな感情を、目的のために、ただ表現したのだ。スリー・シーグラスが膨大にため込んでいる感情は、目的に応じて表現されるか、さもなければ鮮明なヒステリーとして吐き出されているだけのように見えた。彼女がどのようにして自分をコントロールしているのか、マヒートはもう考えるのに疲れてしまった。

マヒートが疲れているのは、三十二時間近く寝ていないせいでもあった。睡眠は想像のおよばない領域であり、部屋に死体がない人のためのものだ。少なくともマヒートが逮捕される可能性は低い。見たところサンリットは集団で混乱に陥っていたか、さもなければ単に彼女の言い分を信じたようだった――マヒートは自分の居室に帰ってきて、死んだ男に襲われ、その後のもみ合いで男が自分の武器で命を落としたのだ。いいえ、あんな太い針のような武器は見たことがありません。いいえ、男がどうやって部屋に入ったのかわかりません。いいえ、だれがあの男を送り込んだのかはわかりませんが、こういう不穏な時代ですから、可能性はたくさんあるでしょう。

マヒートは一度も嘘をつかなかった。それでもサンリットは彼女を信じていた。

イスカンダーはふたたび消えていたが、以前とはちがう消え方だった。聴取を受けているあいだ、マヒートの手のひらと足の裏はずっとぴりぴりしていて、四肢が体から離れて、ゆらめく電気の炎になったかのようだった――完全にしびれているわけではない。イマゴ記憶のフラッシュが起こる直前に感じたのと似ていたが、いまはそれが連続していて、なにかの光景が見えることもなかった。末梢神経の損傷、ただし彼女はどこにも損傷を受けていなかった。マヒートがこうしてテイクスカラアン語で、無表情に、穏やかに質問にこたえていたあいだに、頭蓋の根元にあるイマゴマシンが彼女に損傷をあたえていないかぎりは。イスカンダーが感じられるはずの場所は、からっぽの泡か、抜けた歯のように感じられた。舌でさわれる心の中の空洞。そこを強く押しすぎると強烈なめまいが戻ってくる。マヒートはなるべくそこにさわらないようにした。いまここで気絶してもなんの助けにもならない。

「一等貴族トウェルブ・アゼイリア」サンリットの一人がボールベアリングのついた回転台のように彼のほうを向いた。機械のようになめらかな動きだ。「どのような用件で早朝にドズマーレ大使の部屋へ来たのですか？」

ああ。やはりサンリットはマヒートを信じていなかったのかもしれない。やりかたが巧みなのだろう。彼らはトウェルブ・アゼイリアを利用して、マヒートの証言をシードスキフの真空シールのように破り、保護されていた空気を残らず吐き出させるつもりなのだ。

「大使が会いたいと言ってきたんだよ」トウェルブ・アゼイリアが言った。それはまったく助けにはならなかった。

「そのとおり」マヒートは口をはさんだ。「トウェルブ・アゼイリアと朝食をとりながら意見を交わすのを楽しみにしていたの……」二人で議論をしても不審に思われることのない題材はないかと頭をひねる。それほど多くはなかった。「……代理の大使がいなかった期間に、ルスエル市民から情報省に出された要請について」―さあどうだ。

眉毛をあげる動作がもつ懐疑心を、もしも金色のフェイスプレートが表現できるとしたら、これがそうだった。「それは就業時間内に対処すべき緊急の問題ではありませんか」

「トウェルブ・アゼイリアもわたしもスケジュールが詰まっていた。朝食の席が好都合だった。少なくとも、侵入者に襲われるまでは」マヒートは辛辣に言った。皮膚がいまにも震え出しそうだった。神経学的な炎と、睡眠不足からくる沸き立つような遠い震え。彼女はステーショナー式の笑みを浮かべ、サンリットはフェイスプレートの下でひるんだのだろうかと考えた。彼女の歯はすべてあらわになっていた。骸骨のように。

別のサンリットの一人が媚びるようにたずねた。「そのスーツはどうしたのですか、トウェルブ・アゼイリア？　水場に出くわしたように見えますが」

マヒートは以前にもティクスカラアン市民が赤面するのを見たことがあったが、このときのトウェルブ・アゼイリアほど見事にそれをやってのけた者はいなかった。「実は……デモがあったから、少し心配していたんだ……それでつまずいた」トウェルブ・アゼイリアは言った。「酔っ払ったみたいに、庭園でころんでしまった。家に戻る余裕がなかったんだ、約束に遅れてしまうから……」

「大丈夫なのですか？」サンリットがたずねた。

「威厳に傷がついたことを別にすれば――」

「なるほど」

カウチの隅で足を体の下に引き寄せて丸くなっていたスリー・シーグラスが言った。

「遺体を運び出してくれますか？　見ているのがつらいので」まだ声が震えていて、あまり自制が効いていない。皇帝の謁見の間の外でうたた寝しているのを見つけたあのひととき以外、彼女は眠ったことがあるのだろうか。おそらくないはずだ。

シティに到着してからの一週間、マヒートはまさに破壊をもたらす者だった。少なくともスリー・シーグラスにとっては（フィフティーン・エンジンにとっても――ああイスカンダー――）。マヒートはなにかしたかった。一度でいいから、スリー・シーグラスのために状況を打開してあげたかった。

「この一週間でわたしたちが危険な目にあったのは二度目」マヒートは言った。「爆弾事件のあと、あなたたちのシティが戦争に備えているような状況では……」ゆっくりとため息をつく。きわめて不快な、政情不安。「また騒ぎが起こるかもしれないどこかよその場所より、自分の居室で打ち合わせをするのがいちばんいいと思ったのに、やっぱりこんなことが起きてしまった」

三人のサンリットがそろってマヒートへ顔を向けた。マヒートは歯を食いしばって彼らのからっぽの偽りの顔を見返した。

「大使には思い出していただきたい」サンリットが言った——三人でいっせいに、奇妙な合唱団のように、では〝彼らはシティなのか、彼らは壁や照明やドアを制御しているのと同じAIなのか、彼らも科学省のアルゴリズムに組み込まれているのか〟——「ヤオトレック・ワン・ライトニングがあなたの身辺警護を申し出たことを。あなたはそれを拒否しました」

「大使が同意していればこんな不愉快なことは起こらなかったと言いたいのですか？」スリー・シーグラスが割って入ってきた。「なんとも都合の良い憶測ですね、帝国の警察の口から出るとなると」

サンリットたちは摩擦のないなめらかな動きで回転し、スリー・シーグラスに焦点を合わせた。スリー・シーグラスは眉をあげ、白目が見えるほど目をむいた——わたしになにかできるならやってみろと。

「アセクレタ・スリー・シーグラス」サンリットの一人が完璧に平坦な声で言った、「そのような種類の正式な告発をするための手続きがあります。それを利用したいですか？　わたしたちはあなたに奉仕します、帝国市民のだれにでも奉仕するように」

脅しだな、とマヒートは思った。それほど直接的ではないがしっかり狙いをつけられた感じはする。

「司法省のほうで手続きをとるかもしれません」スリー・シーグラスは言った。その表情は少しも揺らいでいなかった。「ここでの聴取は終わりましたか？　大使の敷物からこの不運な男を運び出してくれるのですか？」

「ここは捜査中の犯行現場です」サンリットは言った。「建物全体がそうです。大使には別の宿泊施設を手配することをお勧めします。今朝のニュースフィードを見るかぎり、大使には多くの選択肢があるはずです」

　マヒートはサンリットの肩越しにトウェルブ・アゼイリアをちらりと見た——今朝のニュースフィードを見た可能性があるのは三人の中で彼だけだ——が、彼は肩をすくめただけだった。マヒートは自分がなにを見逃したのかわからなかった。ひょっとしたら、ルスエル大使のエズアズアカット・ナインティーン・アッズへの見苦しい執着にまつわるただの暴露記事かもしれない。

「いつごろ自分の居室へ戻れるようになる？」マヒートはたずねた。たとえ口調が辛辣になっても、なるべく礼儀正しくしようとした——いまは全員がぴりぴりしていた、マヒートもその案内役もサンリットも。

　サンリットの一人が肩をすくめた。驚くほど表情豊かな身ぶりだった。マヒート自身の肩の大きな筋肉の中にイスカンダーの神経学的亡霊がちらついていた——彼もあんなふうに肩をすくめていた――あの種の肩のすくめかたは、演技っぽく、さりげなく、腕のもっと先のほうを使ってなされるものだ（彼がここにいるのかいないのか、マヒートはほんの少しでいいから手掛かりがほしかった）。

「捜査が終わりましたら」サンリットは言った。「もちろんご自由に戻られてかまいません。この男の死が事故だったことは理解しています」

では、殺人で逮捕されることはない。またもや追い出されるだけだ。今度は自分の居室から、ルスエルの外交領域から……

マヒートはイマゴマシンをシャツの中に安全に隠していたが、郵便物は回収していなかった。届いた郵便物の中にはルスエルからの指示もあるかもしれない。妨害工作のことで警告を受けていたイスカンダーへの指示ではなく、マヒートへの指示だ。生きているルスエル大使のかかえる問題を考慮した指示だ。マヒートはスリー・シーグラスとトゥエルブ・アゼイリアに顔を向け、身をすくめて――テイクスカラアン人のまねではなく、なるべく自分の動きを維持しながら――言った。「捜査の邪魔にならないようにしよう……」

玄関でインフォフィッシュの入ったバスケットを回収することができれば。そこにはたしかにルスエルからの通信文があった。故郷では常にそうするようにプラスティフィルムに印刷されてから、郵便を届けた人がインフォフィッシュ・スティックに見せかけようとしたのか、くるりと筒状に巻かれていた。

マヒートは歩いて外へ出ていきながらバスケットに手を入れた――そして手のひらの中に筒状のペーパーをおさめた。

「大使」サンリットの一人が、手をのばしたマヒートをたしなめるように言った。「ご心配なく、郵便物は開封しません。わたしたちにはその種のアクセス権はありません」

だが、アクセス権があれば開封するに決まっている。マヒートは叱責されたかのようにほんとうのインフォフィッシュ・スティックをバスケットに残し、すべての歯をあらわにしてほほ笑んだ。不作法でもかまわなかった。「絶対に開けないようにして」マヒートが言うと、安全な場所へ通じているはずだったアイリスドアが背後で閉じて、三人は完全に行き場を失ったままシティに取り残されていた。


「図書館で徹夜して次の講義までに家へ帰れなくなったときによくこうしていました」スリー・シーグラスはそう言って、マヒートに小さな鉢入りのアイスクリームを手渡した。赤く色づいた葉を広げる木の下で、自動車の車体を利用して商売をしている店主から買ったものだった。

「彼女を信じちゃだめだ」トウェルブ・アゼイリアが言った。「公共の庭園でアイスクリームを食べるのは、彼女がひと晩中クラブで遊んだあとによくやっていたことだ」

「そうなの？」マヒートは付いてきた使い捨てのプラスチック製スプーンでアイスクリームをすくった——濃厚でなめらかで、哺乳動物の新鮮なクリームから作られたようだが、それがどんな動物なのかきこうとまでは思わなかった。早朝の光の中でスプーンをひっくり返すと、アイスクリームが淡い金緑色に輝いていた。マヒートは儀式をやり遂げたような気分で言った。「これはわたしには毒になる？」

「グリーンストーンフルーツとクリームと搾油と砂糖からできています」スリー・シーグラスが言った。「あとのほうのふたつはルスエルにあるはずですし、最初のは赤ん坊に食べさせています。乳糖アレルギーでなければ大丈夫だと思いますよ」

マヒートにとって主な乳糖の経験と言えば粉ミルクだが、別に害はなかった。彼女はアイスクリームを口に入れた。衝撃的な甘さが溶けて、彼女の期待する複雑な味が広がった——舌を包み込む豊潤な緑の味わい。どんどん口に運んで、スプーンの裏からもなめ取った。毒の花で殺されそうになったあのとき——昨夜の最初の殺人の試み、いったい彼女になにが起きているのか——以来、食べ物を口にしたのはこれが初めてで、下がりきった血糖値がふたたび上昇してくるのが感じられた。シティへ追放されたこともけっして克服できない問題ではないような気がしてきた。

スリー・シーグラスがみなを芝生の上に案内してくれた。まったくにおいのない青緑色の草に覆われた手入れの行き届いた丘で、紅葉した木々が周囲に立ちならび、その大きな枝はいまにも地面にかすりそうだった。まるで小さな貴石のように、〝世界の宝石〟の一面がきらきらと輝いていた。スーツが汚れるのもかまわずに――どのみちしわだらけだったし、マヒートの見たところその草の染みは気にしなくていいようだった――スリー・シーグラスが腰をおろし、悠然と、集中して、自分のアイスクリームを食べ始めた。

「なんでいまだにきみたちといっしょにいるのかわからないな」トウェルブ・アゼイリアは草の上に仰向けに寝ころんでいた。「ぼくはサンリットに自分の部屋から追い出されたわけではないのに」

「連帯責任です」スリー・シーグラスが言った。「それにあなたが一人きりでいるのが苦手なのは実証済みです」

「これはぼくたちが経験したことがないようなでかいトラブルだぞ、リード」

「そうですね」スリー・シーグラスは快活に言った。

「あれは……あれは変だったよね？」マヒートは問いかけた。彼女は頭の中でそのことをずっと考えていた。彼女の行動が正当防衛だったとサンリットを説得するのがとても簡単だったこと。マヒートが軍事省――シックス・アウトリーチング・パームズ――のワン・

ライトニングのもとへ行っていればこんなことは起こらなかったとほのめかす、サンリットの露骨な脅し。「サンリットがわたしたちをあっさり……解放したのは。ただ部屋から追い出しただけで、警察署で事情聴取のために待機してくれとも言わなかった。問題の程度にかかわらず、わたしたちがそれに巻き込まれているのはまちがいない」

「サンリットがわたしたちを解放したのは、必ずしも異例なことではありません」スリー・シーグラスが言った。「あなたのステーションで正当防衛がどのように判断されるのかは知りませんが、こちらでは疑わしい点についてはそれを主張する人がなるべく有利になるように解釈する傾向があるのです」

「奇妙なのは、きみが軍事省に身柄をあずければ正当防衛で殺人をおかす必要はなかったとサンリットがほのめかしていたことだ」トウェルブ・アゼイリアがおおらかに肩をすくめて補足した。「あるいは、ここにいるリードがなぜお返しにサンリットを脅迫するのが良い考えだと思ったかということだ」

マヒートはスプーンの裏をなめて、あの緑の味を追い求めていた。きれいになると、彼女は言葉を慎重に選びながら、いままでと同じように注意深くたずねた。「サンリットはだれに仕えているの?」

「シティ」スリー・シーグラスとトウェルブ・アゼイリアが同時にこたえた。お決まりの返答、暗記された返答——世界のありさまについてテイクスカラアンの物語で用意されている返答。

「運営しているのはだれ？」マヒートは続けた。

「だれもいません」スリー・シーグラスは言った。「だれもいない、まさにそこがポイントで、彼らが応答するのはシティＡＩであり、その中心アルゴリズムは常に監視を……」

「地下鉄と同じだ」トウェルブ・アゼイリアが付け加えた。「彼らはシティそのものだから、まず第一に皇帝に仕えている」

マヒートはいったん口をつぐみ、質問のとっかかりを、適切な質問のしかたを見つけようとした。「地下鉄のアルゴリズムを開発したのはテン・パール」彼女はイマゴが見せた記憶のフラッシュを思い浮かべながら続けた。〝それによって彼は自分の省を勝ち取った——完全無欠のアルゴリズム〟

「テン・パールはサンリットを支配していない」トウェルブ・アゼイリアが言った。「サンリットは人間だ」

「シティのニーズに応える人びと」スリー・シーグラスがその概念をたしかめながらゆっくりと言った。「シティが行くべきだと言った場所に行く人びと——ＡＩのセントラルコアを管理しているのはおそらく科学省で——」

マヒートは口をはさんだ。「シックス・アウトリーチング・パームズを統率しているのはだれ？」

「軍事大臣はナイン・プロパルジョンです。彼女は新人で、シティに来て三年もたっていませんが、艦隊での実績は非の打ちどころがありません。それこそ不審をおぼえるほどで、わたしも情報省のデータベースで調べたことがあります」

「スリー・シーグラス」マヒートは言った。「軍事大臣はシティのニーズがなにを意味するかを変更できるの？ それが……どんな理由であろうと」

「たいへん恐ろしい示唆ですね、マヒート」スリー・シーグラスのやわらかな口調が疲労で乱れかけていた。「帝国のふたつの省のあいだに警察を悪用しようとする陰謀があると言いたいのですか？」

「わからない」マヒートは言った。「でも、今朝のできごとに対するもっともらしい説明のひとつではある」

「もっともらしいからといって可能性があるわけではない」トゥェルブ・アゼイリアが気を悪くしたような声で言った。その考えに動揺したらしい。それは不穏な考えなのだ。マヒートは彼を責めなかった。たとえ可能だとしても、軍事省がなぜそんなことをするのかさっぱりわからない。できれば可能であってほしくはなかった。

〝たったいまシティはいくつの目をわたしたちに向けているの？〟

スリー・シーグラスが言った。「大使と存分に話し合ってください、ペタル、わたしはひと眠りしますから」

「あなたが？」マヒートは信じられなかった。

アイスクリームを食べ終えたスリー・シーグラスは、ジャケットを脱ぎ、まるでポイントを作るかのように芝生に腹ばいになって、組んだ腕の中に額を落とした。そしてもごもごと言った。「三十九時間ずっと起きていました。わたしの判断力は完全にそこなわれていますし、それはあなたも同じです。わたしにはどうすればいいのかわかりません。あなたの不死マシンのこと、科学省と軍事省による陰謀の可能性、戦争全般。わたしの政府のいろいろな人たちがあなたの死を望んでいるという事実もありますが、それについてはわたしは職業的な理由でも個人的な理由でも明確に反対しています。それにあなたはまだ皇帝からなにを言われたか話してくれませんし――」

「きみは陛下と話したのか？」トウェルブ・アゼイリアが唖然としてたずねたとき、マヒートも同時に言った――

「個人的な理由？」

スリー・シーグラスは鼻で笑った。「わたしはひと眠りします。ペタルと話してください、マヒート、さもなければ寝てください。わたしたちは貧乏なアセクレタ見習いのように見えますから、イースト・フォーの庭園ではだれもじゃまはしません。わたしは……目が覚めたらあらためて計画を練ります」スリー・シーグラスは目を閉じた。体から力が抜けていくのが見えた――眠っているのかそのふりをしているだけなのかはあまり問題ではなかった。

「あなたたちが学生だったころも彼女はこんな感じだったの？」マヒートはすっかり圧倒された気分で言った。

「もう少し……怖くないバージョンだったな」トウェルブ・アゼイリアが言った。「きみはほんとうにシックス・ダイレクションに謁見したのか？」

〝八十年にわたる平和〟皇帝は謁見の場でそう言っていた。その言葉には、激しい、むきだしの切望があった。八十年のあいだ、公務員が芝生の上でこんなに安心して昼寝ができるなら、政治的な避難場所を見つけなければならないよりずっといい。弧を描く広大な空はあまりにも青くあまりにも果てしなく、その下にいる自分がとてもちっぽけに思えた。マヒートが惑星の制約のなさに慣れることはけっしてないだろう。たとえほとんどが都市の惑星だとしても。

「ええ」マヒートは言った。「謁見した。でもいまはその話はできない」

「きみはいつから起きっぱなしなんだ？」

「たぶん彼女と同じくらい」もっと長いかもしれない。マヒートは時間の感覚を失っていた。悪い兆候だ。指はまだぴりぴりしていて、ほとんどしびれていた。このとき初めて、自分が永遠にこのままだったらどうなるんだろうと考えた。もしも修復不可能なかたちで損傷を受けていたら。この先ふれるあらゆるものが、感触のない、おぼろげな電気の炎になってしまうとしたら。

それに耐えて生きていけるのかどうか。マヒートにはわからなかった。急に涙があふれそうになった。

トゥェルブ・アゼイリアがため息をついた。「こんなことは言いたくないが、リードの言うとおりだと思う。横になれ。目を閉じて。ぼくが……見張っているから」

「そんなことしなくていい」マヒートは言った。イスカンダーがふれたものに関わることで生じる悪循環から、せめて一人だけでも守りたいという衝動によって。

「ぼくはもうきみのために死体を粗末に扱った。そしていまは『ナインティ・アロイ』のできの悪いホロ作品みたいな台詞を吐いている。いいから眠れ」

マヒートは横になった。降参する気分だった。芝生は驚くほど快適で、肌に当たる陽射しはくらくらするほど暖かかった。イスカンダーのイマゴマシンの小さなかたまりとルスエルからの通信文があばらに当たっている感触があった。「『ナインティ・アロイ』ってなに？」

「軍事的プロパガンダが驚くほど中毒性の高いロマンスの筋立てで紡がれている」トゥェルブ・アゼイリアは言った。「だれかが常にだれかに〝見張っているよ〟と言っている。たいていそいつらは全員死んでしまう」

「引用するなら別のジャンルにして」マヒートは言った。ふと気がつくと、するすると、かろやかに、意識が遠のいていき、まぶたの裏の暗闇が自由落下のやわらかな癒やしのように広がった。

それだけ疲れ果てていたのに、長く眠っていることはできなかった。朝が過ぎていくにつれて庭園はテイクスカラアン市民で埋め尽くされ、大勢の人びとが走ったり、叫んだり、アイスクリームやくるりと巻いたパンケーキで作った奇妙な朝食を熱心に買い込んだりしていた。だれも内乱や国内テロを心配しているようには見えなかった。みんなただ若く、幸せだった。太陽の光があふれ、マヒートの知らない、でも知りたいテイクスカラアンの方言で笑う声が聞こえてくる。（もうひとつの人生。イマゴもなしで一人きりでここへ来て、そして——勉強して、詩を書いて、教科書に載っていない話し方のリズムを学ぶ人生。

別の人生ではあるけれど、ふたつの人生のあいだの壁はときどきすごく薄く感じられた）

しばらくすると、目を閉じているだけでは寝たふりさえできなくなったので、上体を起こした。両肘に青緑色の草の染みがついていた。ぴりぴりする神経の痛みはだいぶおさまっていたが、それはまだ底流として、気をそらすものとして、傷ついた手のもっとひどい痛みの下にある細脈として残っていた。

スリー・シーグラスとトウェルブ・アゼイリアが一枚のインフォシートの上で頭を突き合わせて静かに話していた。二人の気楽な親密さはマヒートの孤独を際立たせた。イスカンダーがいないのが寂しかった。彼に腹を立てているときでさえ、そこにいないのはやはり寂しかったし、マヒートはほとんどいつでも彼に腹を立てていた。

「いま何時？」マヒートはたずねた。

「午前中の中ごろです」スリー・シーグラスが言った。「あなたもこれを見たいかもしれませんね、こちらへ」

スリー・シーグラスのかたわらにはニュースが山積みになっていた。束になったパンフレットやプラスティフィルムのインフォシート——これは折りたたみ可能なプラスチック製の広い透明なシートで、全体が絵文字で覆われていた。山のてっぺんに見えるのは、任務に熱心すぎる帝国の軍団がオーダイル星系でおかした残虐行為についての怒れる大学生が作ったパンフレットや、マヒートは知らないが明らかに多くのファンを持つふたつの州のハンドボールチームの試合の割引チケットの広告。大判のシートには新作の詩がたくさん載っていて、そのほとんどは韻律分析《スキャンション》の面では非常にできが悪かったが、ワン・ライトニングにとっては非常に満足のいくものだった。マヒートはこの庭園でこんなに陽気に走り回っているのは何者だろうとあらためて考えた。貧乏なアセクレタ見習い、とスリー・シーグラスは言っていた。大学生か。ここは若者が安心していられる場所、少しくらい過激になっても大丈夫だと思える場所なのだ。帝国の検閲委員会を気にすることなく、ほとんどどんなパンフレットでも配ることができる。帝国の使用人になる方法を学んでいるだけの子供たちをだれが検閲するというのか？

トウェルブ・アゼイリアが手にしているインフォシートはニュースフィードのように見えた——物語、スケッチ、ヘッドライン。彼がその上で指をすべらせると、それに合わせてテキストが動き、まるでニュースがならぶ透明な窓をつかんでいるかのようだ。マヒートは左下にある小さな〈注目アイテム！〉に目を留めた。テイクスカラアン語の絵文字で綴られた彼女の名前が、ぎこちない音節で表現されていた。〈**ルスエル大使の上流階級の友人たち**〉と書いてある。〈遠いルスエルからやってきた新任の大使は、前任の大使と同じように光輝なる皇帝と親しくしているのだろうか？　監視カメラの写真はそれを暗示している！　最後に目撃されたのは、エズアズアカット・ナインティーン・アッズと共に、真夜中にパレス・アースへ入っていくところで……〉

「うれしい」マヒートは言った。「ゴシップになった」

「それではありません」スリー・シーグラスが言った。「そちらはいいんです。むしろ良い影響があるかもしれません、あなたの――ブランドのために。ヘッドラインを見てください、それをあなたに見てほしかったんです」

〈皇位継承者エイト・ループが併合戦争の正当性について声明を発表〉とヘッドラインの絵文字が綴られていた。

「はあ」マヒートは言った。「ちょっと貸してくれる？　その方向からの公的な異論は予想していなかったけど――」

トゥエルブ・アゼイリアがインフォシートを手渡した。マヒートは読み続けた。エイト・ループの声明は短く、テイクスカラアンの前例への言及が不可解な重層を成す、韻を踏まない政治詩として構成されていたが、彼女が司法長官であることを考えればそれは予想してしかるべきことだった。だが、しばらくにらんでいるうちに、エイト・ループの言いたいことがわかってきたような気がした。

戦争を始めるのは皇帝の裁量にゆだねられているが（当然のことだ）、拡大戦争は〝完全な静穏の中で開始〟されなければならないと法律で定められていた。すなわち——マヒートがテイクスカラアンの法律用語を正しく読んでいるなら——テイクスカラアンが直面しなければならない現実の脅威が存在しなくなって初めて、艦隊で征服に出かけられるようになるということだ。「エイト・ループはどんな脅威が存在すると言ってるわけ？」マヒートはたずねた。「それに、どうしていまになって、シックス・ダイレクションにはこの戦争を遂行する能力がないと言い出したの？　二人はいっしょに育ったんでしょう？」盟友ではなかったのか？

スリー・シーグラスは肩をすくめたが、プレゼントをもらったような顔をしていた——解かなければならないパズル。「エイト・ループは帝国の保全に対する直接の脅威があるとは言っていませんが、今年はどこかのエイリアン種族がいよいよ人類の宇宙を侵略する年だという噂は常にあります。エイト・ループは光輝なる陛下は脅威がないと証明したわけではないと言っているだけです。陛下の怠慢を非難しているのではなく、むしろ陛下が考えるべき重要なことを見落としていると示唆しているのです。たとえば、陛下はもはや統治者にはふさわしくないとか、陛下がこんなことを思い出せないのならとか……」

「気に入らないな」トゥエルブ・アゼイリアが言った。「陰険だ」

たしかに陰険だった。「わたしを呼んだのは彼女だ」マヒートは言った。「付け加えて言うけれど。イスカンダーが死んですぐに新しいルスエルの大使をここへ呼び寄せたのはエイト・ループだった」

「イスカンダーは殺されたのです。大丈夫、わたしたちは知っています」スリー・シーグラスが言った。

「殺された」マヒートは認めた。「ただ、いずれにせよわたしを呼び寄せたのはエイト・ループで、その彼女がいまはこんなことを言っている。わたしは彼女に直接会いたい」

スリー・シーグラスが両手をぱんと打ち合わせた。「さて、あなたの科学省との約束まで、わたしたちには居場所がないのですが、その約束は明日です。あなたの居室には戻れませんし、またエズアズアカットに助けを求めたいとは思わないでしょうから……」

「シャワーとまともなベッドがほしいという以外にましな理由がなければね」マヒートは言った。「今夜にはそう言いたい状況になってるかもしれないけど」

「ではエイト・ループのオフィスへ徒歩で直行するほうがいいですね」

「庭園で昼寝をしていたのに、今度は司法省に侵入するのか？」トゥェルブ・アゼイリアが泣きごとを言った。

「あなたは帰っていいですよ、ペタル」スリー・シーグラスが言った。それはエイト・ループのちょっとしたほのめかしと似たような態度だった。〝家に帰ってもいいけど、仲間の期待を裏切ることになるよ〟

トゥェルブ・アゼイリアはかなり酷使されたスーツを手で払いながら立ちあがった。

「とんでもない。ぼくはこれを見届けたい。たとえミストから遺体安置所でこそこそなにをしていたのかと聞かれることになっても。それに彼らはやったのがぼくだということさえ知らないかもしれない」

たいした見ものだろうな、とマヒートは思った。情報省の役人が二人と野蛮人が一人、みんな服はしわくちゃで草で汚れている。一人はイレブン・コニファーの恐ろしい針にあらがったときにジャケットの袖が長く破れていたし（それがマヒート）、一人は水場に隠れていたような身なりで――事実そうだった（トゥェルブ・アゼイリア）。スリー・シーグラスだけは乱れた服をそれが宮廷ファッションの極致であるかのように着こなしていた。にもかかわらず、彼らは司法省に入る途中でほとんど直接的な抵抗を受けなかった。扉がまだトゥェルブ・アゼイリアのクラウドフックに反応してひらくということは、たとえ司法省専属の調査部隊に尾行されているとしても、彼がここにいるのは禁じられていないということになる。省内の役人たちが静かに見守る中、スリー・シーグラスは二人を案内してエイト・ループと街角から入り込んでくるやっかいごとを隔てる官僚機構の階層を抜けていった。

その官僚機構は、放射線を浴びすぎたプラスチックのように、スリー・シーグラスの圧力を受けてするするとひらいていった。なにかがおかしかった。彼らは司法省という巨大な鋭い槍を簡単にのぼりすぎていた。

スリー・シーグラスのあとを追っているうちに、これは罠ではないのかという感覚がだんだん強まってきた。だが、マヒートがそれを口にしたら、おそらく罠は彼らのまわりで閉じて、無数の司法組織の針のような歯が内側へ向けられるだろう……

エイト・ループはずっとマヒートを待っていたのかもしれない（ナインティーン・アッズも、マヒートはまず最初にだれが彼女を呼び寄せたのか突き止めるべきだとほのめかしたときに、そんなようなことを言っていた。だが、マヒートにはナインティーン・アッズの判断を自分の判断の代わりに使っていいものかどうかわからなかった）。

エイト・ループのオフィスまでの最後の数階をあがるために、三人はエレベーターに乗り込んだ。莢のような形をした赤いガラスの小さな隔室で、半透明だった。内部の空気がかすかに帯電しているように感じられる。ふと気がつくと、マヒートは光がスリー・シーグラスの顔に当たる様子を見つめていた。暖かな茶色から、まるで血を浴びたかのような赤みを帯びた色に変わっている。

「これは簡単すぎる」マヒートは言った。

スリー・シーグラスは頭をうしろへかしげ、両肩をまわした。「わかっています」

「なのにわたしたちはこのエレベーターの中に――」

「ペタルに緊急停止ボタンを押させることもできますが、考え直すのは少しばかり手遅れですよ、マヒート」

「エイト・ループは明らかに会合を望んでいる」トゥエルブ・アゼイリアが言った。「ぼくたちだって同じように望んでいるわけだから、きみが悩んでいる理由がわからないな」

「最終的には」スリー・シーグラスが乾いた声で、少し悔しそうに言った。「あなたは自分以外のだれかが望むことをしなければならないのかもしれませんね、マヒート」

テイクスカラアン特有の二重の意味、引喩や参照や隠れた動機に反応するマヒートの一部が――正直に言えば、その部分があるからこそ彼女は政治家として有能で、外交と交渉に適性があり、イスカンダーとの相性も完璧だったのだ――そのいまわしい部分が、スリー・シーグラスが初めからずっとエイト・ループのために動いていた可能性は充分にあると示唆していた。スリー・シーグラスがこの会合の実現にひどくこだわっているとしたら

……

〝それでなにか変わりがあるのか？〟

おそらく。なにも変わらない。どのみち手遅れだ。エレベーターのドアがひらいた。

エイト・ループのオフィスは、ナインティーン・アッズのホワイトクォーツのような落ち着きのある作業部屋とは似ても似つかなかった。司法省の塔の最上階にあるにもかかわらず、きっちりと密閉された感じで、閉所恐怖をおぼえそうだ。五角形の壁にはインフォフィッシュや冊子本《コーデックス》がならび、棚の上で重なったり二重に積みあげられたりしていた。窓は——それぞれの壁の中心に窓があった——分厚い布のブラインドで覆われていた。その下からほんの少しだけ太陽の光が射し込んでいる。部屋の中央で、エイト・ループがAIのセントラルコア——情報を伝えるケーブルに取り囲まれたゆっくりと脈動する心臓——のようにすわっていた。デスクのむこうにいる老いた女性、その頭上では透明なホロスクリーンが大きく弧を描いてならんでいた。スクリーンはすべて内向きで、マヒートの目ではなくエイト・ループの目のほうを向き、十種類ほどの画面を表示していた。シティの景観、絵文字がびっしりとならぶ文書、二次元の平面で描かれた星図らしきもの。

「おはよう、大使」エイト・ループが言った。「アセクレタ」

マヒートは三角形に合わせた手の上でお辞儀をした。「おはようございます。わたしたちと会うことに同意していただいて感謝しています」

エイト・ループの表情にはまったく変化がなかった。彫像のようにじっとしたまま、ぴくりとも動かず、のっぺりした黒い目には関心も動揺もない。「時間の節約になる。おまえがわたしのところに来るほうが」

「わたしがはるばるここまで来たのは、あなたの命令だったことが判明しました」マヒートは言った。本音を隠したところで意味はない。マヒートは理由を聞くためにここへ来たのだ。二カ月まえにイスカンダーが死んだとき、なぜエイト・ループはそんなに急がなければならなかったのか。そもそもなぜルスエルの大使が必要だったのか。

「ルスエルがわたしの要請に迅速に対応してくれたことには感謝している」エイト・ループが言った。「まさに称賛に値する。そのような協力はいずれおまえの民の助けになるだろう。今後も続けることを勧める」

それは解雇通知のように聞こえた。〝いや、結局のところおまえは必要なかった、良き野蛮人としてルスエルがテイクスカラアン宇宙に加わるのを監督しなさい〟マヒートのステーションが帝国に併合される。協力的に。マヒートはまだここに着いたばかりだ。宮廷にいた一週間になにをしたせいで——あるいはなにをしなかったせいで——エイト・ループにとって役立たずな存在になってしまったのだろう？　エイト・ループはあんなに切実にマヒートを必要としていたのに。

エイト・ループが必要としていたのがマヒートではなく、代わりのイスカンダー——あるいは収穫して利用できるイマゴマシンを持っているステーショナーならだれでも——だったとしたらどうだろう。エイト・ループがシックス・ダイレクションの保育所仲間で、イマゴマシンを使って皇帝を生かし続けようとするイスカンダーの考えに賛同していたのなら、すぐに新しい大使をほしがったのもよくわかる。だれでも良かったのだ、その大使がイマゴマシンを手に入れられるなら。あるいは自分のマシンを引き抜くことができるなら。

怒りが遠い巨大な波のように押し寄せてきた。マヒートは氷のような冷たさを感じた。

「今朝のニュースフィードで見たあなたの発言は」マヒートはいつのまにかしゃべり始めていた。「ルスエルの併合に賛成しているようには聞こえませんでした。あるいは併合全般についても。それどころかまったく逆です。判断をくだした光輝なる陛下に成り代わって、わたしはそのことにかなりの憤りを——」

「マヒート」スリー・シーグラスが警告するように言った。

「おまえの大使の不適切な言動を気にすることはない、アセクレタ」エイト・ループが言った。「大使の混乱は理解できる」

「あなたは大使を呼び寄せました」マヒートは続けた。「わたしはその理由を知りたいのです。あなたのためにわたしになにかできることはないのでしょうか。ただ従順に協力するだけではなく」

相変わらずしゃくにさわるほど冷静さをたもったまま、エイト・ループがデスクの上に両手を広げた。指の関節は節くれだち、大きく腫れていた。スタイラスを持つ姿はとても想像がつかない。「大使、おまえが到着するまでにかかった二カ月のあいだに、こちらの状況は変わった。わたしがおまえのためになにか特別な任務を用意していると期待させてしまったのなら申し訳ない。残念ながらいまはそういう状況ではないのだ」

もはやなすすべもなく、マヒートは自分で思っている以上に自制心を失っていた――部屋で男を殺したときよりも、シックス・ダイレクションの手にふれてイスカンダーの神経化学反応が花火のように輝くのを感じたときよりもひどい状態で、マヒートは問いかけた。

「わたしになにをしてほしいのですか？」

悲しげな声だった。捨て子のように必死な声だった。スリー・シーグラスの手はマヒートの腰に置かれていて、突然、小さな指先が背骨に押し付けられるのを感じたとき、彼女は自分がなにを言っているのかに気づき、口を閉じた。

「仕事に戻りなさい、大使」エイト・ループが言った。「だれが太陽の王座にすわっていようがその背後に立っていようが、おまえにはたくさんの仕事がある。シックス・ダイレクションが戦争を始めてワン・ライトニングを排除しようが、戦争を始めたもののそれに失敗しようが、そもそも戦争を始められなかろうが関係はない。おまえが気にかけていないセクターに向けて進軍したところで関係はないのだ。ルスエル・ステーションからの大使がこなすべき仕事がある。それはどんな市民にとっても充分なものだし、おまえにとっても充分なはずだ」

三人の背後でエレベーターのドアがひらいていた。その中へ戻ると、マヒートは足がもつれたようになって、うまく立っていることができなかった。下降していく赤く照らされた小さな隔室の中で、聞こえるのは自分の激しい息づかいだけだった。

なにを見落としたんだろう？　なにが変わったんだろう？　エイト・ループが最初にイマゴマシンにアクセスできる人をほしがり――それがルスエルの大使を呼び寄せた理由だとしての話だが、ほかに大使が特に有用な点は見当たらない――その後に大使がいても意味がないと判断したのはなぜなんだろう？

スリー・シーグラスとトウェルブ・アゼイリアの、赤く染まった、気遣うような顔を見て、マヒートは庭園での三時間の睡眠では足りなかったのだと悟った。マヒートは迷走し、ひとりぼっちで、切実に求めていた――イスカンダーを求めていた。広大なテイクスカラアンの社会機構の真ん中で、彼女を支えてくれるだれかを。

マヒートは司法省の外にある石造りのベンチにすわり、両手で頭をかかえて、スリー・シーグラスとトゥェルブ・アゼイリアが彼女の話をしているのを聞いていた。

「――彼女の部屋には戻れない――」

「あなたが刺激と虚勢だけで何日も走り続けられるのは知っていますよ、リード、でもわたしたちはふつうの人間で――」

「彼女がちがうと言っているわけじゃない。ぼくが彼女を市民と同じ人間だと思っていないようなことをほのめかしてぼくや彼女を侮辱するのはやめてくれ――」

「そんなことはしていません。たぶんあなたも針金とお茶とうぬぼれた野心だけでは正気をたもてないのでしょう。あなたも彼女と同じように磨り減っていて――」

「なにか提案があるのか？　それともぼくを侮辱し続けるつもりか？」

トゥェルブ・アゼイリアがマヒートのとなりでベンチに腰をおろした。マヒートは顔をあげなかった。顔をあげるのも仲裁するのも面倒だった。「うちへ来るといい」彼は重々しく言った。「ぼくはもう耳までどっぷりとこの件に浸かっているし、この六時間のあいだ、きみたち二人といっしょにシティのあらゆる記録に残ってしまったから、もっともらしい否認の権利はかけらも残っていない。きみはそうしたほうがいい」

長い間。マヒートは広場の装飾タイルが太陽の光を浴びてちらちらと光るのを見つめた。

「なんとも気高い犠牲精神ですね」スリー・シーグラスがようやく口をひらいた。とげとげしく。挑むように。

「ぼくはきみを手伝いたいのかもしれないぞ」トウェルブ・アゼイリアは応じた。「ぼくはきみが好きなのかもしれない、リード、ひょっとしたらぼくはきみの友人なのかもしれない」

ため息。マヒートは水がやはりちらちらと光る様子を思い浮かべた。物理学の正しい理解にもとづけば、水と光は同じようにふるまうのだ。波として。

「わかりました」スリー・シーグラスは言った。「わかりましたが、もしもあなたの部屋に暗殺者がいたら、わたしはあきらめて艦隊に加わって惑星を離れます。より安全な労働条件を求めて」

トウェルブ・アゼイリアが立てた音は笑い声ではなかった。それにしてはあまりにも息が苦しそうだった。

トウェルブ・アゼイリアの住まいはマヒートのところよりも宮殿から離れていた。通勤に四十分かかると本人が言っていたが、情報省で働いているだれもがリードのように豪華な特権を得ているわけではなく、中には給料で家賃を払わなければならない者もいるらしい——トゥェルブ・アゼイリアは自分がふつうの人が言いそうなふつうのことを話しているのを聞くためにしゃべり続けているようだった。

宮殿や中心街から離れるとシティの様子が変わった——商店が増えて、小規模になり、客が待っているあいだに調理される料理や、遠く離れた大陸や惑星外から輸入された有機物に重点が置かれ、職人が作った品物については、そのすべてが使い捨てであると同時に、なにかの理想を模倣していた。マヒートはテイクスカラアン人の歩行者にじろじろ見られるのではないかと思っていた——だらしない格好をした野蛮人一人とアセクレタ二人が住宅街に入っていこうというのだ——が、この通りにある緊張感の源はマヒートたちではなかった。それを生み出しているのはテイクスカラアン市民自身だった。

初めのうち、マヒートは単に人がそれほど多くないだけで、トゥェルブ・アゼイリアの隣人たちは仕事に出かけているか、さもなければ立ちならぶ背の高い花のようなビル群から予想されるよりも人口が少ないのだろうと思っていたが、トゥェルブ・アゼイリアの表情が穏やかな静けさから困惑へ、さらには高まる恐怖へと移り変わっていく様子が、その可能性を完全に打ち消してしまった。なにかがまちがっていた。空気がぴりぴりしているように感じられたのは、あのレストランでの爆弾事件の直後に味わった感覚の心理的な再現だった。マヒートは重い足を運びながら、トゥェルブ・アゼイリアのあとを追って角を曲がった。こんなに疲れたのは記憶になかった。

スリー・シーグラスがきびきびと言った。「別の通りを行きましょう、ペタル。この先でデモをやっています」

「ぼくはこの通りに住んでいるんだ」

マヒートは顔をあげた。姿を消していた人びとが集まって不定形のかたまりと化し、歩道からあふれだして車道まで流れ込んでいた。男性、女性、だっこされた子供たちが、プラカードや紫色の横断幕を手にしている。彼らの顔はテイクスカラアン人らしく平静で、表情がなく、集中していた。子供たちさえ騒いでいなかった。静けさは騒音よりも危険な感じがした。そこには意図が感じられた。

「あの人たちはワン・ライトニングの支持派とはちがう」マヒートは言った。「この三日間で民衆の喝采がずっと静かになったのでないかぎり」

「民衆の喝采だったらわたしたちもとおり抜けることができます」スリー・シーグラスが言った。「韻を踏んだ狂詩《ドガラル》が好きなふりをして、ヤオトレックと頭韻を踏む言葉をなにか叫んでさえいれば――」

「これは政治運動じゃないか。このへんの連中はこういうことには巻き込まれないと思っていたのに」

「甘いですね、ペタル」スリー・シーグラスがあきらめたように言った。「人口統計を見たことがありますか？　あなたが引っ越してきたのは貿易地区で、ここの人たちはみんな――」

「――サーティ・ラークスパーの支持者で、あの花を襟につけている」マヒートは口をはさんだ。三人とも足を止めていた。デモは菌類のようにじわじわと成長しながら近づいてきた。いっしょに歩いている人びとの数が増えているのだ。一枚のプラカードにはマヒートも知っている詩の断片が書かれていた――〝これらは絶え間なく続く――星図、荷下ろし／生まれていない花びらのくぼみは空虚をいだく〟

朗詠コンテストをひどく動揺させたナイン・メイズの二行連句だ。

「そうです」スリー・シーグラスは同意した。「この界隈が裕福なのは遠方州との貿易と製造業のおかげです。つまり名目上の皇位継承者であるサーティ・ラークスパーを支持しているわけですが、そのくせこの人たちは、積極的な反逆行為と現皇帝の意向に反した平和を求めるデモをおこなったという理由で駆けつけたサンリットに締め出されるのを待っているんです」

エイト・ループの声明ほど反逆的ではないと、マヒートは思った。いま起きていることの一部は理解できたような気がした。二人の皇位継承者のあいだでなにかが交わされ、なんらかの取引が結ばれた。エイト・ループとサーティ・ラークスパーは交渉しているのだ。あの二人は協力して、民衆の喝采によって皇位を奪おうとしているワン・ライトニングの名声を傷つけるだけでなく、現皇帝の権威をも貶めようとしているように見えた。現在、この戦争をまかされ、それを頼りにみずからへの支持を強化しようとしているワン・ライトニングは、エイト・ループの声明によれば、法的に疑いを持たれていた——そしてサーティ・ラークスパーのパルチザンによるこのデモによれば、民衆にも望まれていなかった。ではシックス・ダイレクションは？　まあ、彼は失敗していた。完全に平和ではないときに、それが謎のエイリアンであれオーダイル星系で続いている混乱であれ、とにかく外部からの脅威があるかもしれないときに併合戦争を許可しようとしたのはまちがいであり、そのことがこのシティにすら抗議の声を呼び起こしていた——皇帝は法律を誤解していた——そしてその誤解が、戦争を望まない彼自身の民によって拒絶されていたのだ……

司法省とサーティ・ラークスパーは手を組んでいる。マヒートはもう少しで、あとほんの少しで、彼らが望んでいるものの正体を見きわめることができそうだった。

　こんなに疲れてさえいなければ。

「どこかにあなたの部屋まで行ける裏道はないの、トウェルブ・アゼイリア？」マヒートはたずねた。「今日はもういやというほどサンリットを見たし、彼らはすぐにここへやってくるはずだから――」

裏道はあった。三人は追われるように走っていった。

第13章

エズアズアカット・サーティ・ラークスパーが皇位継承者に

全ティクスカラアンの光輝なる皇帝シックス・ダイレクションに長らく仕えてきたことを鑑み、エズアズアカット・サーティ・ラークスパーは、第十一インディクティオの三年目の一日、〇九・三〇より、皇位継承者として認定され、皇位継承者エイト・ループおよび皇位継承者エイト・アンチドートと同等の地位と権限を有することになります。三名の皇位継承者が共にゆるぎなく成長し、等しい希望をいだき、必要に応じて共同で統治できますように。

――プラザ・セントラル・セブンの地下鉄駅に掲示された帝国布告書、赤いスプレー塗料（非ホログラフ）で汚され、雑に描かれたティクスカラアン戦旗の中央にワン・ライトニングと書かれている。２４９・３・１１にサンリットのパトロールによって没収され、破棄イスカンダー・アガーヴンの末路について明確でないにもかかわらず、テイクスカラアンにもう一人の大使を拒否する有用な理由はない。我々は帝国に代弁者を置く必要があり、アガーヴン氏は以前から頻繁に連絡をよこすほうではなかった。志願者およびイマゴラインを持たない若者のうち、テイクスカラアン帝国試験で特に高得点をあげた者に徹底的な適性検査を実施し、その中からアガーヴンのイマゴ記録ともっとも相性の良い者を新しい大使として選任することを提案する――なお、イマゴ記録については、時遅れではあるが、我々が所有している。

――〈遺産〉のアムナードバットからルスエル評議会の他メンバーへの内部メモ、公式記録

あとになって、マヒートはその午後の残りの時間をとぎれとぎれに思い出した――疲労の圧力で時間が引き伸ばされ変性したことによりおたがいから切り離されたひとつひとつの瞬間を。初めて見たトウェルブ・アゼイリアの部屋、壁にかかる美術品――異世界の油絵やアクリル絵やインク絵のコピーで、大量生産品だが質は高い――マヒートからすてきな絵だと言われたトウェルブ・アゼイリアが、来客から自分の趣味についてなにか言われ

たことがほとんどなかったかのように、ひそかに照れていたこと。肌に突き刺さるようなシャワーの熱さ、そしてテイクスカラアンのどの石鹸からも、マヒートの知らない、胡椒のような異国風の花の香りがしたこと。トウェルブ・アゼイリアが貸してくれたゆったりとしたズボンとシャツの生地が、ざらっとしたシルクのようで、どこもかしこも短すぎて、ふくらはぎと前腕にいたっては半分くらいまでしか隠れなかったこと。広いカウチに横たわるとひどく不条理に感じられたが、やがてその感触が消えて、生地も音も次第に消えていったこと。

背中に押し付けられたスリー・シーグラスの背中の重みが、マヒートのかたわらに伸びていた。目を開けるとホロスクリーン上でぼんやりと動くものがあり、椅子の上であぐらをかいているトウェルブ・アゼイリアは、長い箸でプラスチック容器からなにかの麺料理を食べながら、窓のすぐ外で繰り広げられている抗議活動の終わりの部分をながめていた。遠くでガラスが割れる音を聞いたとん、マヒートはふたたび自分の心の中へ戻り、ほんの少しのあいだだけ、イスカンダーがいるはずだったあの暗い空間に引きこもった。

あらためてきちんと目を覚ますと、あたりは真っ暗だった。トウェルブ・アゼイリアは食事をとなりに置いたままテーブルで眠り込み、頭を腕にのせて突っ伏していた。ホロスクリーンは音量を下げてそのまま流しっぱなしで、動く映像が彼の顔を照らしていた。マヒートはカウチとスリー・シーグラスの両方からそっと身をほどき――スリー・シーグラスは顔色が悪く、眠っているときでも不健康な灰色だった（神経への打撃から充分に回復したのだろうか？　マヒートにはとてもそうは思えなかった）――それから窓辺に近づいた。外の通りは静かだった。サンリットの金色のフェイスプレートが交差点の角できらりと光った。少なくとも四人が、この閑静な住宅街の中で、威嚇するような監視を続けていた。

レストランでの爆弾事件。デモ。そして今度は暴動。サンリットがほんとうにワン・ライトニングの支配下にあるとしたら、彼らがここにいることは、あのヤオトレックが急速に増大する社会的な苦悩と不安の中で唯一の秩序になりうる力として自分の存在を誇示しているということだ。なかなか賢明な配慮だ。ワン・ライトニングが皇帝になるための資格証明として征服戦争を率いる必要がなければもっと賢明だと思えるのだが。とはいえ、サンリットがマヒートの身柄を皇帝やシティではなくワン・ライトニングに引き渡そうと繰り返し試みてくるという事実は、シックス・ダイレクションがテイクスカラアンを支配する能力に彼女が予想していた以上の深い傷があることを反映している。皇帝はすでにどれくらい敗北しているのだろう？

マヒートはテイクスカラアンの皇位継承の様式が実際にはどれほど野蛮な――テイクス

カラアン語のその単語を、その言語を話す人たち自身にあてはめると、まだ少し心がざわついた――ものであるかという点についてはまったく考えたことがなかった。叙事詩や歌に出てくるならともかく、現実に喝采で皇位を得ようとするのはいかにも荒っぽいやりかたで、その喝采を妥当なものとするために犠牲にならなければならなかった場所や人びとへの配慮がまったくなかった。

ホロスクリーンにはまだニュースフィードが流れていた。スクリーンの下半分を循環する真っ赤な絵文字は、なかなか魅力的な狂詩《ドガラル》になっていた。〝大急ぎであなたの注意をこちらへ！　緊急大注目！／その斬新さと重要性で未来を先取り／二分後にチャンネル・エイトで！〟

マヒートが肩をつつくと、トゥェルブ・アゼイリアは驚いて目を覚ました。「――どうした？」片手で顔をこすりながら言う。「ああ、起きたのか」

「ホロスクリーンのチャンネルはどうやって変えるの？」マヒートはたずねた。

「ああ。なにを見たいんだ？」

「チャンネル・エイトの〝斬新さと重要性〟」

「チャンネル・エイトは政治と経済だ……ちょっと待って――」トゥェルブ・アゼイリアの目がクラウドフックの下で動いて、わずかに微調整をほどこすと、ホロスクリーンがちらついて画面が切り替わった。

右上の隅に浮かぶ〝チャンネル・エイト！〟という文字が、なにか巨大な船のブリッジの映像に重なっていた。きらびやかな空間だ。冷たい金属に淡い照明、チタンと鋼鉄、後方の壁にかかる黄金色のテイクスカラアンの戦旗に描かれた、太陽光のように広がる槍の群れがけばけばしい。そのまえに浅黒い男がいた。石から削り出した棍棒のような顔。制服は銀色で、記章と勲章と名誉章がちりばめられ、階級をあらわすストライプが入っていた。

「ワン・ライトニングだ」トウェルブ・アゼイリアが言った。「おい、リード、起きてこれを見てみろよ」

スリー・シーグラスが体を起こした。カウチのクッションに押し付けられていた頬に跡が付いていたが、目はしっかりしていた。「――プロパガンダが流れていたら眠れません、わたしはそういうタイプじゃないんです」

「イレブン・レイズとはぜんぜんちがうな」トウェルブ・アゼイリアが気さくに言った。

マヒートは急に胸が苦しくなった。こんなふうにからかえる友達がいれば。ルスエルで付き合っていたような友達がいれば。

「しっ、ヤオトレックが話しています、音量をあげて」スリー・シーグラスが言った。

たしかに話していた。まるで大声の伝令のような語り口だ。ワン・ライトニングは雄弁ではないが、長いあいだ効果的に叫び続けることができる男だった。マヒートには彼のもとで兵士になるのがどんなふうか想像できた——彼が毅然とした思慮深い態度で、大いなる切迫感をもって話し続けるのを聞いていると、兵士たちが仕えることを誓った皇帝を差し置いてまでこの男に従う理由が、マヒートにも想像できた。

「オーダイル星系での成功から世界の中心に戻り、こうして軌道上にいてさえも、わたしの艦トゥェンティ・サンセッツ・イルミネイテッドは〝世界の宝石〟の市中でわき起こっている混乱と不確実性をしっかりと認識している」ヤオトレックが言うと、〝チャンネル・エイト！〟の放送担当者が気をきかせて抗議活動の映像を挿入した。マヒートは数時間まえのトゥエルブ・アゼイリアの部屋の外の様子が流れたのに気づいて、カメラはどこにあるのか、何人の人びとがそれをとおしてここを見ているのかと考えた。アルゴリズムとしてのシティについてあらためて考えてみる。どんなアルゴリズムもその設計者と無関係ではいられないことを、初めて明確に意識した。それはありえないことだ。どれだけ遠い過去に作られようと、アルゴリズムには起源となる目的がある——たとえ進化して崩壊して変化していたとしても、だれかがそれを作った理由がある。テン・パールのアルゴリズムによって運営されるシティには、テン・パールの最初の関心事が埋め込まれていた。テイクスカラアン人の願望に反応するように設計されたアルゴリズムによって運営されるシティは、機械学習によって増強されねじ曲げられた同じテイクスカラアン人の願望と無関係ではいられない（テン・パールが設計したアルゴリズムによって運営されるシティは、テン・パールが指定しただれに対しても急に反旗をひるがえす可能性がある――もしも彼がほんとうに軍事省と手を組んでいたとしたら、もしも軍事省がすでにワン・ライトニングのほうに……寝返っていて、科学省となんらかの協定を結んでいたとしたら？）。

ニュースフィードで流れている、怒れるテイクスカラアン市民でいっぱいの通りは、この通りだけではなかった。どうやらセクター全体で平和のための抗議活動が大々的に勃発しているようだ。あらゆる場所で多くの抗議者が肩につけている紫色の花を、カメラは正確にとらえていた。

〝チャンネル・エイト！　経済と政治〟はサーティ・ラークスパーに雇われているわけではなさそうだ、とマヒートは思った。そちらに集中するのではなく、同時にワン・ライトニングの抗議活動に反対する演説が流されて、彼の声が語り続けていた。「わたしも、わたしが仕えさせていただいているテイクスカラアンの勇敢な公僕たちも、平和と繁栄を夢見る〝世界の宝石〟の民衆の願いには共感している――だが、あなたがたよりも見晴らしのきく我々の視点に立つと、あなたがたには見えないものがはっきりと見える。あなたがたの心からの願いは皇位継承者サーティ・ラークスパーの利己的な計画に利用されているのだ」

スリー・シーグラスが歯の隙間からしゅっと息を吸った。その鋭い呼吸音は、すべての視聴者がそれぞれにショックを受けているあいだワン・ライトニングがとった間《ま》に、ぴったりとおさまった。

「あの皇位継承者は戦争にも平和にも関心がないのだ！」ワン・ライトニングの声が雷鳴のようにとどろいた。「あの皇位継承者が関心をもっているのは利益だけだ！　もしも我々の戦争が宇宙の他のセクターを目指していたならば、彼はこのような抗議活動に賛同したり、資金を提供したりはしなかっただろう――だが、このセクターは彼の利益を脅かすのだ！」

「さあ、話して、なぜそうなるのか、決定的な台詞はまだなの」スリー・シーグラスがつぶやいた。マヒートがちらりと目をやると、彼女は陶然としたまま、目を輝かせていた。

「――この四分円の中にあるのはルスエル・ステーションだ。取るに足らない独立領ではあるが、ティクスカラアンの人びとが知らないうちに、サーティ・ラークスパーに違法で非道徳的な神経強化テクノロジーを提供していた。わたしに想像できるのは、このステーションの併合によって彼の秘密の供給ルートが遮断されるということだけだ。それゆえに、サーティ・ラークスパーは我々が仕える人びとの高貴な衝動を利用して不安をかき立てずにはいられなくなっているのだ！」

「これはおもしろいことになりましたね」スリー・シーグラスは、トウェルブ・アゼイリアがホロスクリーンを消すと同時に息をついた。

「大問題だよ」トウェルブ・アゼイリアは言った。「ほんとうなのか、マヒート？」

「わたしの知るかぎりではちがう」マヒートは言った。ワン・ライトニングが、イマゴマシンをほしがっているのがシックス・ダイレクションではなくサーティ・ラークスパーだと判断した理由は想像もつかなかった。そもそもワン・ライトニングはどうやってその存在を知ったのか。露骨なプロパガンダだとすれば話は別だが……マヒートはため息をついた。「ほんとうにとんでもない問題で、〝わたしの知るかぎり〟なんて言い方じゃ生やさしすぎる」

トウェルブ・アゼイリアがマヒートの向かいでどっかりと腰をおろした。「きみの知るかぎりでは、アガーヴン大使はサーティ・ラークスパーにこの……違法なテクノロジーを提供していなかったんだな？　神経強化の？　不道徳なテクノロジーを？　〝きみの知るかぎり〟ではない部分とはいったいなんなんだ、大使？」

この件にまつわるあらゆることが急に腹立たしくなってきた。マヒートはテイクスカラアン語のひとつのフレーズと別のフレーズとのあいだのわずかな意味のちがいを明確にすることにひどく疲れていた。文章を正確に表現するために強調する場所を変える労力。彼女がスリー・シーグラスに話したこと、彼女がトゥェルブ・アゼイリアに話したこと、そして彼女がだれにも話していないことを区別する労力。

(皇帝はマヒートに、〝八十年にわたる平和を維持できる者がほかにいるか〟と言っていた。彼の後継者候補たちの状態を考えると、そのとおりかもしれないという胸の悪くなるような確信が強まってくる。だれもがその地位を手に入れようとして、シティの人びとを破壊と暴力の渦へ叩き込もうとしているようにしか見えなかった)

歯を食いしばりすぎて顎が痛くなってきた。「アガーヴン大使はサーティ・ラークスパーにそんなものは提供していなかった。わたしの知る限りでは。それにテイクスカラアンでどんなことが不道徳とされるのかよくわからない――どうして神経機能を強化することがあなたたちにとってそんなに問題になるの?」

「――しかし大使はだれかにそれを渡したんだな!」トゥェルブ・アゼイリアは論理パズルで納得のいく解答にたどり着いたかのように言った。

「約束しただけ」マヒートはあきらめて言った。「それなら、そうでなかった場合よりも多少は優位に立てる。もしもアガーヴンが殺されるまえにそれを引き渡していたら、わたしには交渉の材料がなにもない」

「マヒート」スリー・シーグラスが口をはさんだ。マヒートの経験からすると冷静すぎる声だった。「あなたが光輝なる陛下とどんなことを話し合ったのか、見当がつき始めているのですが」

「あなたになにかを隠すのはむだな努力みたいね」マヒートはトゥェルブ・アゼイリアのテーブルに頭をのせたかった。できれば額を何度か打ち付けたかった。

スリー・シーグラスがマヒートの肩にふれ、いっときなだめるような仕草をしてから肩をすくめた。「わたしはあなたの案内役です。本来、おたがいになにも隠し事をするべきではないのです。そのように努力しましょう」

「そうしなければいけないの？」マヒートは力なくたずねた。それから、スリー・シーグラスが歯が見えるルスエル式の笑顔をつくるのを見て、いつの間にか自分も笑顔になっていたことに気づき、あらためてたずねた。「なにをしたらテクノロジーが不道徳になるわけ？　隠し事をしていないのなら教えて」

「不道徳なものはほとんどありません」スリー・シーグラスが話し始めた。「ヤオトレックが訴えかけている相手は、伝統主義者で、法と秩序を重んじ春が来るたびに勝利の行進に参加するような人です。しかしあなたのイマゴマシンにはなにか不穏なところがあります。わたしたちは人間に本来もっている以上の精神的な能力をあたえる装置が——あるいは化学物質が——好きではないのです」

「きみは試験を受けたんだろう?」トウェルブ・アゼイリアがたずねた。「帝国の適性試験を」

マヒートはうなずいた。果てしなく続いたイマゴ適性検査のあとだけに、あれは楽しかった。テイクスカラアンの文学、歴史、言語のすべてを網羅したもので、マヒートはそれを自分のために、いつの日か帝国の中心へのビザを獲得できるかもしれないという希望をもって受けたのだ。

「わたしたちという存在の多くの部分は、わたしたちがおぼえていて語り継ぐものから成っています」スリー・シーグラスが言った。「わたしたちが自分自身のモデルにしているのはだれなのか、どの叙事詩なのか、どの詩なのか。神経学的強化は不正行為です」

トウェルブ・アゼイリアが付け加えた。「しかも適性試験で使うのは違法だ。何年かに一度はスキャンダルがあって——」

マヒートには、イマゴ——人と人との組み合わせ、技能と記憶を世代を超えて保存するもの——と試験での不正行為を同等に考えるのは困難だった。「それほど単純なことではないはず。不正行為は違法だけど、不道徳かな?」

「不道徳とは〝自分がとてもなれそうもない人を模倣すること〟です」スリー・シーグラスは言った。「他人の制服を着るとか、あるいは『礎の歌』から初代皇帝の台詞を引用しながら同時にテイクスカラアンを裏切ることです。その並置こそが問題なのです。どうやって知ればいいのですか、あなたがあなたであることを？　あなたが自分がなにを守ろうとしているか自覚しているのかを？」

「あなたたちは死者に化学物質を詰め込んでなにも腐らないようにしている――人びとでも理念でも……へたくそな詩でも。完璧な韻律詩でさえ、実際はそういう部分がある」マヒートは言った。「模倣についてあなたと意見が合わないとしたら許してほしい。テイクスカラアンはそのすべてがとっくに死んでいるはずのものの模倣でしかない」

「あなたはイスカンダーなのですか、それともマヒートなのですか？」スリー・シーグラスが問いかけた。それがもっとも重要な点であるように思えた。マヒートはイスカンダーなのか、たとえ彼がいなくても？

マヒート・ドズマーレというものは存在するのだろうか――マヒートには合わないイマゴのように、ずっと彼女に影響をおよぼしていて、記憶と経験の蔓を急速に成長する菌類のごとく彼女の中にのばしている、テイクスカラアンの都市の、テイクスカラアンの言語の、テイクスカラアンの政治の文脈において。

「スリー・シーグラス、ティクスカラアン人の〝あなた〟の概念はどれくらい広いの」それは今回の事件が本格的に始まるまえにマヒートがたずねたことだった。

スリー・シーグラスは両手を広げて、緊張した、悲しげな身ぶりを見せた。「よくわかりません。ステーションナーの概念よりは狭いですね。わたしたちのほとんどにとって」

「そうでなければワン・ライトニングのチャンネル・エイトでのささやかな煽りが効果を発揮することはないだろう」トゥエルブ・アゼイリアが補足した。「あれはサーティ・ラークスパーが自分の目的のために民衆を利用しているだけでなく、その目的が……堕落した、なさけないものだとほのめかしただけだからな。強化が必要な者は明らかに皇帝になる資格がないわけで――」

「おそらく」スリー・シーグラスが言った。「内戦になると思います」

そして、かなり唐突に、彼女は涙をこらえるように顔に手を押し当てた。

トゥエルブ・アゼイリアがスリー・シーグラスを部屋から連れ出した。キッチンの片隅のほうから、二人の声がゆるやかに大きくなったり小さくなったりするのがまだ聞こえていた。スリー・シーグラスがあんなに取り乱したのは見たことがなかった。自分が命の危険にさらされていたときでも、マヒートが取り乱して異質ないらだたしい仕事相手になっていたときでも、あの発作のあとでもそんなことはなかった。だが、スリー・シーグラスは放射線にさらされすぎた金属のようにもろくなっていた。彼女自身のすぐれた分析力によって、マヒートがすでに知っていた答にたどり着いたのだ――ティクスカラアンはみずからを生きたまま食い尽くす寸前にある。

　マヒートはとりあえず類推と努力で理解できると思った。マヒートがティクスカラアンは不変ではない、改変不能でもない、永遠でもないという概念を自分のものにするのはむずかしい。しかも彼女は野蛮人であり、異分子であり、単に帝国の文学や文化を愛する（そうだったのか？　いまでもそうなのか？）存在であり、それは故郷ではない。ティクスカラアンはスリー・シーグラスにとっては世界の形そのものだろうが、マヒートにとっては、単に世界が真実からゆがめられた形、大質量の物体によって宇宙の布地にできたへこみでしかなかった。

　それでもスリー・シーグラスの指のあいだからしたたり落ちる涙はつらすぎて、トゥェルブ・アゼイリアが水と旧友だけにできる慰めをあたえるために彼女をキッチンへ連れて行ってくれたのはありがたいことだった。いっとき一人になったマヒートは、ジャケットの内側のポケットに手を入れて、自分の部屋から回収してきたものを取り出した。ルスエル・ステーションからの新しいメッセージが記されている、インフォフィッシュ・スティックの形にまるめたペーパーと、イスカンダーのイマゴマシン。マヒートはその両方を目のまえのテーブルに置いた。どちらも親指の関節ひとつぶんほどの大きさだ。イスカンダー・アガーヴンのすべてをおさめている淡い銀色の蜘蛛のようなマシン。細い灰色の筒のほうは、赤いワックスで封印されて惑星外通信用の赤と黒の付箋が貼られていた。慎重に、親指の爪でワックスに切り込みを入れ、めくれたもろい赤色をはがした。封印用のワックスは実用というより象徴だった。どこかの郵便室の職員がその気になれば、通信文を開けてわからないようにまた閉じておくのはいとも簡単だろう。ワックスは比喩的なものであり、マヒートとしてはテイクスカラアン人のプライバシーや礼儀に対する信念に頼るしかなかった。

それと、ルスエルの暗号。

ペーパーをすっかり広げるまえに、マヒートは同じ動きを繰り返し、爪をイスカンダーのイマゴマシンの金属面にすべらせて、彼に接触したものにふれた。彼の体内におさまっていたものにふれた。中央の長方形のチップは、金属面が漬け物にされたかのようにくすんでいて、角から伸びる長いフィラメントの脚はすべて、かつて彼の脳幹に浸透していたフラクタルの枝だった。マヒートの頭蓋の、彼女自身のマシンがおさまっている部分に痛みが走った。共感の痛みだ。

　ここにもルスエルの暗号。だれもマシンのメモリー内で暗号化されたイスカンダーと、そのすべての知識にたどり着くことはできなかった。あの失われた十五年については、マヒートは一度もアクセスしていなかった。彼女の心の中のイスカンダーが正常に機能していたときでさえ。マヒートはイスカンダーがいないのが寂しくてたまらなかった。

（マヒートはあの男を、ルスエルの秘密をシックス・ダイレクションに売り払った男を気に入るだろうか？　彼女はそうなるのではないかと心配していた。ふたたびほんとうの味方を得られるなら、彼女がやったことなど少しも問題ではなくなるのではないかと）

　マヒートは通信文の残りのワックスを割って、丸まったペーパーを両手でテーブルの上に平らに押し付けた。

　そこに書かれていたのはマヒートが期待していたものではなかった。たしかに、そのメッセージは正しそうに見えた——最初にぱっと見たときには。それぞれの段落はアルファベットで、三十七の文字から成るルスエルのアルファベットで書かれていて、びっくりするほどなじみがあると同時になじみがなかった。冒頭のあいさつの言葉は、次の段落がマヒート独自の、テイクスカラアン語の文法書を利用した置き換えの符牒を使っていることを明確にしめしていた。心配になってきたのはその次の段落だ——それはマヒートが知らないだけでなく、見たことがない符牒だった。

まあ、しっかり暗号化されていることを期待していたわけで……

「トウェルブ・アゼイリア？」マヒートはキッチンに向かって呼びかけた。

「どうした？」

「ここに辞書はある？　具体的には、『帝国標準絵文字ブック』を持ってる？」

「だれでも『帝国標準絵文字ブック』なら持っています」スリー・シーグラスが叫び返した。泣いていた声にしか聞こえなかった。

「わかってる！」マヒートは言った。「だから選んだの——あなたもそう？」

トウェルブ・アゼイリアが戻ってきて、広げられたペーパーを好奇心旺盛にのぞき込んだ。「それがきみたちの言葉か？　文字が多いな」

「それを言うなら、『帝国標準絵文字ブック』には四万種類の絵文字が載っている」

「だけどアルファベットは単純なはずだ。とにかく、情報省の訓練セッションではそう教わる。ちょっと待って、辞書を取ってくる」

少なくともトウェルブ・アゼイリアは持っていた。どこの店でも買えただろうが、店を探さなくて済むのはありがたい。特に現在のシティの不安定な情勢では。

トウェルブ・アゼイリアがマヒートの肘のそばにどさっと本を落とした。冊子本《コーデックス》形式で四百ページを超える長さがあり、文法と絵文字が表のようにならんでいた。「これでなにをするんだ？」

「すわって」マヒートは言った。「わたしがルスエルの国家機密を明かすのを見ていて」

トウェルブ・アゼイリアはすわった。しばらくすると、目を赤くしたスリー・シーグラスがあらわれて、そのとなりに腰をおろした。

観客のまえで符牒を解読するのは妙な感じだった――だがマヒートは、自分がこの二人に肩入れしていることに気づいていた。二人はマヒートといっしょにいて、マヒートを守り、マヒートのために政治的、物理的な危険に身をさらしてきた。それに、二人に教えるのは符牒を解読する方法ではなく、どの本を使うかということだけだ。長くはかからない――この符牒を書いたのはマヒートだし、その読み方もわかっていた。

通信文の最初の段落を見れば差出人がわかる――ダージ・タラッツだ。マヒートは驚きをおぼえた。メッセージを送ってきたのは〈鉱夫〉代表評議員であり、〈遺産〉評議員のアクネル・アムナードバットではなかった。だが、デカケル・オンチュの秘密の通信文がほのめかしていたように、アムナードバットがマヒートのイマゴマシンに妨害工作をほどこし、彼女にいまのようなダメージをあたえた責任があるとしたら、ひょっとしてタラッツが……介入したのだろうか？ メッセージを傍受して、彼がそれに返事をするようにしたとか？

マヒートがそれを信じるとしたら、デカケル・オンチュの疑い――マヒートが目にするはずではなかった疑い――を真実として受け止めることになる。タラッツはオンチュがイスカンダーに警告したことを知らなかったはずだ。タラッツはマヒート・ドズマーレと話をしようと考えるだろう――そのマヒートは、イマゴのイスカンダー・アガーヴンにアクセスできるかもしれないしできないかもしれないが、アクセスできない理由を知らないのはたしかだ。マヒートがそれを信じないとしたら。あの妨害工作はまったく別のことで、マヒート自身の個人的な失敗であり、遠方の評議員たちが距離を置いて繰り広げている争いとは無関係なのかもしれない。

　ダージ・タラッツがマヒートと話をしたかったという前提で考えてみよう――彼がアムナードバットの妨害工作を知っていたかどうか、そもそもアムナードバットの妨害工作が現実なのかどうかは別として。〈鉱夫〉代表評議員はいつでも防衛と自治の問題に関心をもっていた。それで票を獲得したのだ。このメッセージがタラッツからのものだとしたら、テイクスカラアンの拡大戦争がルスエルの主権にもたらす脅威は、少なくとも真剣に受け止められていることになる。

　絶対にまちがいないと思えることから始めて、妨害工作という空想は（神経学的な障害の連鎖が彼女のせいでないとしたら良いことではないか？――考えてもしかたがない）あとで楽しめばいい。

　マヒートは解読可能な段落の残りの部分について、絵文字をひとつずつ解き明かしていった。それはマヒートのメッセージを認め（ひとつの絵文字だった）、マヒートに感謝し（別の絵文字）、本を使った符牒はメッセージの残りの部分を暗号化するのに適切なレベルではないと指摘していた。そこには、これまでマヒートには明かされていなかった重要な情報に基づいた、具体的な行動指針が記されているのだと（ここは六つの絵文字が必要で、最後のひとつはひどくあいまいだった。マヒートも書かれているのを見たことはなかった。それはテイクスカラアンの単語で〝初心者にはこれまで明かされなかった秘密〟を意味していた。彼らにそれをあらわす言葉があるのは当然だ）。

「はい、はい」マヒートはつぶやいた。「じゃあどうやって残りの部分を解読すれば……」

　スリー・シーグラスがくすりと笑い、マヒートが目をあげてにらみつけると、申し訳なさそうに両手をあげた。「あなたが仕事をするのを見ているのが好きなんです。混乱していても、あなたはとても速い。季節の流行の詩をおぼえれば、わたしたちのほんとうの符牒を学ぶことだって――」

「そんなの簡単」マヒートは懐柔されなかった。「でも、それだってほんとうの符牒ではないんだよ、スリー・シーグラス。つまり——それはほんものの暗号ではない。置き換えの符牒は簡単に破られてしまう、まともなＡＩがあって鍵がなにかわかっていれば。絵文字ブックか詩か」

「わかっています。それは暗号ではなくて、芸術です。あなたはそれが得意なんでしょう」

なんだか妙な煽りだった。マヒートは肩をすくめ、理解できる唯一の段落の最後の一文に目を戻した。

符牒——安全に保管／監禁／施錠——（個人／世襲）知識（内部の場所）——（所属）

それから完全に明瞭なステーショナーの文字で、イスカンダー＝イマゴ。

〝初心者にはこれまで明かされなかった秘密〟を含むメッセージの残りの部分を解読するためのコードは、マヒートではなくイスカンダーの知識ベースにあった。ダージ・タラッツは彼女がそれにアクセスできると思っていた（彼は妨害工作のことを知らなかったにちがいない。あるいは、妨害工作が失敗して、マヒートとイスカンダーはすでに充分に統合されているので、二人を結びつけたマシンに多少の損傷があってもこれを解読するのは可能だと予想したのかもしれない）。

そのイスカンダーは機能不全に陥っていた。マヒートといっしょではなく、妨害工作か彼女自身の神経障害のせいで、なかば消えていた。マヒートには彼と連絡を取るすべがなかった。彼女が知っているどんな言語でも充分な悪態はつけなかったし、『帝国標準絵文字ブック』にある最悪の言葉でも充分とは言えなかった。〝わたしは自分の半分を失っていて、彼が必要なのだ〟ということをどうすれば説明できるのだろう――しばらくまえにイスカンダーのようなものがなぜ不道徳なのかということを説明していた二人のティクスカラアン市民にむかって。いったいどこから始めればいい？

なすすべもなく、マヒートは「完全に行き詰まった」と言って、反応をうかがった。反応はあった。トゥエルブ・アゼイリアは、もしも野蛮人が涙を流したらどうすればいいのかと心配しているような表情を見せた――そしてスリー・シーグラスは、残っていたみじめな表情をふり捨てて、絶対的かつ完全な集中力を取り戻した。

「そうかもしれませんが、理由を教えてもらえたらネジをゆるめる手段を提供できるかもしれません」その言葉を聞いたとたん、マヒートはなぜトゥエルブ・アゼイリアではなくスリー・シーグラスが文化案内役をまかされたのかを一気に理解した。適性には分析力、観察力、情報収集力をあらわすものがあるが、それ以外に決断力をあらわす適性もあり、スリー・シーグラスには前者と同様に後者の適性もたっぷりある。

マヒートは背筋をのばし、覚悟を決めた。彼女とルスエル・ステーションが、シックス

・ダイレクションからその後継者への権力の移行を無傷で乗り切るためには、スリー・シーグラスにネジをゆるめてもらう必要がある。

〝行くよ、イスカンダー。いまわたしは、テイクスカラアンの出身者にわたしたちの命をあずけようとしている。あなたは同じことをしたときどんな気持ちだった？〟

　マヒートは無言のイマゴ＝イスカンダーに話しかけているのではなかった。死んだ男のほうに話しかけていた。その男にマヒートの声を聞かせるためには、イマゴマシンにまだ残っているかもしれない彼の痕跡に、使われていない幽霊に、なんとかしてアクセスしなければならない。

「わたしの頭の中には、イスカンダー・アガーヴンか、少なくとも彼のひとつのバージョンがあるはずだった。わたしもこれと同じイマゴマシンを着けているの」マヒートは親指と人差し指でイスカンダーのマシンをつまみあげた。「わたしの中にある彼の記憶のコピーは十五年まえのもの。というか、彼がまだいっしょにいるならそのはずだった――でも彼はいない。ここに来た最初の日にイスカンダーの死体を見て以来、ずっといないまま。彼は――あるいはわたしは――機能不全に陥っている」

　スリー・シーグラスが言った。「そこまでは見当がついていましたよ、マヒート」

「ぼくはさっぱり――」

「ペタル、あなたもやっと追い付きましたね」

「きみはほんとうにこれを頭に入れているのか？　どんな感じなんだ？」

トゥエルブ・アゼイリアは、火傷が水ぶくれになっている人に〝痛むのか？〟ときくようなもの言いをした。空虚な不条理。「そのこととは無関係だけどね、トゥエルブ・アゼイリア、ただまあ、ふだんは快適なんだけどいまは作動していなくて、それを作動させる必要があるのが問題で……彼が必要なの」

「あの暗号化されたメッセージのことがあるからですね」スリー・シーグラスが言った。

「イスカンダーがその鍵をもっているから。そしてわたしは政府がなにを求めているのかを知る必要がある」

短い沈黙があった。マヒートは、スリー・シーグラスがさらなる事実が明るみに出るのを待っているのだろうかと思った。彼女が文化案内役としてマヒートに協力するために役立つ情報を。だがほかにはなにもなかった。あるのはメッセージと、マヒートと、彼女の頭の中のうつろな電気的沈黙だけだ。

するとスリー・シーグラスが、「あそこにいるイスカンダーは？」と言って、全員のあいだにあるテーブルに置かれたイマゴマシンを指差した。「彼も同じことを知っているのではありませんか」

それは炸裂する心因性の痛みのようにマヒートを襲った。頭蓋の根元にある小さな傷跡がひらき、神経組織のピンクがかった灰色のひだにイマゴマシンの新たな重みがかかる。あのすべてを、繰り返すのか。

マヒートはイスカンダー・アガーヴンの、殺害された大使の名残を手のひらで包み込んだ。スリー・シーグラスのテイクスカラアン人らしい観察眼から彼を隠すかのように。

「……少し考えさせて」マヒートは言った。

第14章

２８　屋外　昼間　混乱と煙が広がるギエナ9の戦場。もつれ合った死体をなめてトラックイン、焼け焦げた金属やかき乱された泥の中を進み、横転した地上車の中でなかば意識を失っているサーティーン・クォーツを見つける。そのままサーティーン・クォーツの姿をとらえてから次のカットへ。

２９　屋外　昼間　まえと同じだが視点はナインティ・アロイ。カメラが引いてナインティ・アロイの両肩があらわれ、サーティーン・クォーツのかたわらで膝をつく――

――サーティーン・クォーツが目を開けてうっすらとほほ笑む。

サーティーン・クォーツ（弱々しく）「戻ってきてくれたのか。わかっていた……きみなら戻ってくれると。今度も」

（カメラがまわり込んでナインティ・アロイの顔をとらえる）

ナインティ・アロイ「もちろん戻ってきた。きみが必要だ。朝食のまえに独力で戦争の半分を片付けてしまう副官がほかにどこにいる？　（真顔で）わたしもきみが必要だ。きみはいつでもわたしの幸運だった。さあ降りるんだ、すぐに。もう放さない。家に帰るぞ」

――『ナインティ・アロイ』シーズン15最終回の撮影台本

コマ3　シャトルのブリッジにいるキャメロン艦長のロングショット。全員が彼に目を向けている。ほかのクルーは怯え、あせり、いらついているように見える。キャメロンは自身のイマゴと相談しているので、カラリストに彼の手と頭のまわりの白い光を強調させること。彼が見つめているのは黒い宇宙に浮かぶ敵艦で、きわめて不吉でとげとげしく見える――その艦がこのコマの焦点になる。

キャメロン「わたしがチャドラ・マヴだったころ、エブレクト族と話すすべを学んだ。これはむずかしいことにならないだろう」

――『危険な辺境地帯！』のグラフィックノベル脚本、第三巻、配布元は地元の小出版社アドベンチャー／ブリーク、ルスエル・ステーション第九層

スリー・シーグラスとトウェルブ・アゼイリアが草で汚れた服を洗濯し、そのあと三人

でホロスクリーンのニュースフィードでワン・ライトニングの演説や抗議活動の映像を見ているあいだも、マヒートはずっとそのことを考えていた。対位法の曲を聴くように、軍隊の動きや政治的な演説と同時並行で執拗に思いをめぐらし、ほうっておけない口の中のひりひりする痛みのように、舌でその考えをころがした。彼女はイスカンダーのイマゴマシンをジャケットのポケットに戻していた。小さな重りが振り子の鼓動のように揺れていた。

イマゴマシンを悪用する方法はたくさんある。

いや、言い方を変えよう。イマゴマシンの使い方の中には、テイクスカラアン文学への愛着を自負しながらも、ルスエル育ちで骨の髄までルスエル文化に染まりきっているマヒートに、スリー・シーグラスとトゥェルブ・アゼイリアが帝国試験での不正行為に対して感じていたような思いを感じさせるものがたくさんあった。イマゴマシンの使い方には、マヒートのどちらの言語でもぴったり当てはまる語彙がないのだが、不道徳なものがたくさんあるのだ。

たとえば、亡くなった恋人のイマゴを引き継ぎ——たいていは非業の死で、これは昼間の娯楽ホロヴィジョンの筋立てだ——そのイマゴを次のふさわしい適性の人のところへ行かせずに持ち歩き、自分たちを破壊することで何世代にもわたる知識をも破壊する。それは不道徳な感じがする。似たようなパターンはいくらでもある——新しいイマゴの持ち主が死者の未亡人のもとへ戻ってきて、終わった関係を再開しようとする。それは実際に起きたことで、だれもが知っているとおり、ルスエルの科学に心理療法が根付いているのには理由があるのだ……

もっと悲惨なのもあるだろう、とマヒートは自分に言い聞かせた。単に悲しくなるだけではなく、身もだえしたくなるようなやつが。

心の弱い人に組み込まれたイマゴがあった。その人の融和性は適性検査に合格できるレベルではあったが、ふたつの人格から新しい、ほんものの、機能する人間を作り出せるほどではなかった。イマゴが引き継いだ人の心を食ってしまったのだ。

あれはほんとうに悲惨なできごとで、マヒートは考えたくもなかった——

（それはまさに光輝なるシックス・ダイレクションがやろうとしていたことではないか）

——それがどんな感じのものであるか。

〝よくやった、マヒート。ついに見つけたじゃないか、スリー・シーグラスからやってはどうかと提案されたことよりもさらに気が進まないことを〟

スリー・シーグラスはマヒートがアガーヴン大使のマシンを引き継いで、更新されたイスカンダー＝イマゴを抽出し、彼女の心の中でうごめいている、壊れて役立たずでフラッシュの形でしか存在しない半端なイマゴを上書きするべきだと考えた。マヒートがそのコードをどうしても必要としているなら——彼女はたしかに必要としていた——それが唯一の理にかなった行動だと考えた。

スリー・シーグラス自身は、結局は実験的な脳神経外科手術になってしまうものに志願しているわけではない。脳神経外科の介入を好まない惑星の上で——文化の中で——実験的な脳神経外科手術をおこなう。身もだえしたくなるような概念。不道徳な概念。スリー・シーグラスはマヒートを志願させようとしているのだ。

〝ねえイスカンダー、あなたならこれを解決できるんだよ〟そう考えたのはもう百回目くらいだが、静寂以外に返ってくるのは末梢神経のざわめきだけ。マヒートが別のイマゴを扱えるかどうかはだれにもわからない。今回のイマゴがうまくいかなかったのは、彼女が壊れていて、不適格で、融和性がなかったせいかもしれない。たとえそうではないとしても、最初のときがどんな感じだったかはおぼえている——めまいがするような知覚の重なり、高い絶壁の端に立っているような感覚。少しでも動いたら、だれかの巨大な記憶の中へ墜落してしまいそうだったのに、新しい人間になるための時間は充分ではなかった。マヒート＝イスカンダーに、イスカンダーが若いころに吸収しただれかの亡霊、マヒート＝イスカンダー＝トサグケルに……

その名前は、マヒートの心の中のイマゴの破片から浮かびあがってきた。自分が加わったラインをたどろうとしてルスエルの記録で調べたときに得た印象のこだまだ。トサグケル・アンバックは、シティを訪れたことはなかったが、宇宙巡洋艦の艦首からテイクスカラアンと交渉し、四世代まえに、ルスエルやそのほかのステーションが自分たちのセクターで独立した採掘を継続する権利を確保していた。マヒートは彼女の詩を読んだことがあったが、退屈で、平凡で、故郷にまつわるものばかりだと思い――ほんの三カ月まえには――自分ならもっといいものが書けると思っていた。

ひょっとしたら新しいイマゴは、マヒートの心の中に入ってきたあとで、彼がかつて吸収したイマゴについてもっとくわしく教えてくれるかもしれない。

やってみよう。自分がその結論に達したことに気づきもしないうちに、マヒートは決断をくだしていた。そんな気になったのは、マヒートが孤独であり、それがやるべきことであり、完全な姿になってルスエルからの大使の長いラインに加わりたいからだ――彼女がその一部になるべきラインに、彼女が招き入れられたラインに、それを失ったせいでまだ動揺が残るラインに。もしも妨害工作があったのなら正しいかたちに戻したい。自分のイマゴラインを取り戻し、そのまま維持したい。マヒートは記憶の立派な継承者になりたかった。記憶を守りたかった。彼女がここで仕えることになっている人びとのために、ルスエル・ステーションの主権の延長として。彼女のあとに続くかもしれない人びとのために、彼女の精神と記憶を故郷のステーションで受け継いでいくために。

窮地にあると、いとも簡単に愛国心が生まれてくるようだ。

それはシティの通りにあふれる暴徒たちにも当てはまることなのだろう。

マヒートはスリー・シーグラスが台所で植物になにか不可解なことをしているのを見つけた。中をくり抜いてそこに別のものを、米と挽いた肉のように見えるもので作ったペーストをいっぱいに詰めている。

「それは食べ物？」

スリー・シーグラスが肩越しに振り返った。顔はやつれ、こわばっていた。「まだちがいます。一時間ほど待ってもらえれば、そうなります。なにか用事でも？」

「神経外科医を見つけないと」マヒートは言った。「そんなものがこの惑星にいるならの話だけど」

「やるんですか？」

「やってみる」

スリー・シーグラスは一度だけうなずいた。「シティにはあらゆるものがあります。なんらかのかたちで。でも残念ながら、あなたの脳を進んで切開してくれる人――そしてそれができる人――をどこで見つけたらいいのかまったく見当がつきません」

　別の部屋からトゥェルブ・アゼイリアが呼びかけてきた。「リード、いまはそうでも、きみならそれができる人を見つけられるはずだ。なにを賭けてもいいぞ」

「盗み聞きはやめてこっちへ来てください」スリー・シーグラスは叫んだ。トゥェルブ・アゼイリアが戸口にあらわれると、彼女はそちらへ鋭い視線を向けた。「では、どこでその人物を探せばいいのですか？　終わったあとも大使には生きていてほしいのですが」

「きみが科学大臣に会いに行くあいだに、ぼくはもう少し非公式な手段で探してみるつもりだ」トゥェルブ・アゼイリアはすまして言った。「ぼくは情報省の一員として医科大学に所属している。この陰謀にぼくを巻き込んでよかったと思わないか？」

「思います」スリー・シーグラスは言った。「理由はいくつかあります。あなたの部屋を避難所として利用できますし――」

「きみはぼくの物質的財産を気に入っているだけなのか、リード」

「それとあなたの裁判所や省庁以外の人たちとの長きにわたるつながりも」

「その気になればきみだって同じくらいのつながりを持てるはずだ」トゥェルブ・アゼイリアは慎重に言った。「手を広げたいと思っているなら」

　スリー・シーグラスはため息をついた。「ペタル。それは悪いことだとわかっているでしょう。いまに始まった話ではありません」

「なぜ？」マヒートは思わずたずねていた。アセクレタが宮廷外との結びつきを持つことのなにが悪いのか、まったく思いつかなかった。

「わたしは彼らを資産として利用してしまうのです、マヒート」スリー・シーグラスは鋭い声で、まるで自分を罰するように言った。「ただの資産として。でもペタルにはほんものの友人がいて、そのうちの何人かについては、わたしならいずれは反帝国主義者として報告するでしょう。適切な、役に立つと思われるタイミングで」

「昔からずっと、きみは自分で自分に割を食わせる人だった」トゥェルブ・アゼイリアは言った。「うぬぼれた野心と――」

「共感力が足りないのはわかっています」スリー・シーグラスはこたえた。「これはもともとあなたの話だったのでは？」

トゥェルブ・アゼイリアがため息をついて笑みを浮かべ、黒い目を見ひらいた。そのときマヒートは、このやりとりは何十回も繰り返されてきたのだと気づいた。二人のあいだでは、注意深く手入れされた二人の友情の片隅では、スリー・シーグラスはトゥェルブ・アゼイリアが勤務外になにをやっているかきかないし、トゥェルブ・アゼイリアは彼の――なんというか、独特の反体制的な医療関係の友人たち？――を、スリー・シーグラスという形をした政府の仕事に巻き込まないと決めていた。二人は越えてはいけない線がどこにあるかを知っていて、それを守り続けていた。マヒートがたずねたことは、それらの線を一本残らずぼやけさせてしまう。とはいえ、彼らは二人ともその気があるように見えた。

マヒートは自分が二人の助力に値することを願っていた（ルスエル・ステーションは充分に値する――また例の愛国心が顔をのぞかせ、マヒートはそれが妙に反射的になっているのが気になってしかたがなかった――が、彼女の二人のアセクレタはルスエルのために尽力してくれているわけではなかった）。

「そうだな」トウェルブ・アゼイリアが言っていた。「すべてはぼくのこと、ぼくがどれだけ役に立ち、どれだけきみを助けているかという話だ。きみが明日のアポをとっているあいだに、ぼくはこっちを片付けておくよ」

翌日の早朝の澄んだ光の中でも、シティでの移動はますます厳しさを増していた。トウェルブ・アゼイリアの部屋を出て地下鉄へ向かったとき、マヒートは自分とスリー・シーグラスが尾行されていることをほぼ確信していた。金のマスクをかぶったサンリットではなく、影のような、灰色の服を着た幽霊のような人びとによって。トウェルブ・アゼイリアはその司法省専属の調査部隊を〝ミスト〟と呼んでいた。あれが彼らだとしたら――あれが現実だとしたら——霧《ミスト》という名称はふさわしい。

　ただの思い過ごしかもしれない。大勢の人びとに狙われているとなれば被害妄想にとらわれるのもむりはない。ルスエルで心理学の授業中に教わったが、マヒートにはそれを信じない理由がどんどん減っていた。そのうえ、地下鉄の半分は遅延しているか完全に閉鎖されていて、怒れる通勤者はもはやお題目のように唱えられる他人の安全や心の平穏など知ったことではないようだった。六方向に分かれた宮殿と街のそれ以外の部分との境は、マヒートとスリー・シーグラスが犯行現場として閉鎖された部屋をトウェルブ・アゼイリアといっしょに出たときとはちがって、いまでは目に見える境界となっていた。そこではサンリットが列をなして立ち、ティクスカラアン市民一人一人のクラウドフックをチェックして、身元を確認していた。その背後ではシティそのものであるガラスとワイヤーの壁がほのかな輝きを放ち、承認された来訪者のためにアイリスドアが開閉を繰り返していた。それはこれまでになく直接的な脅威に見えた。

　マヒートは洗濯したばかりのシャツの下にルスエルから届いた暗号化されたペーパーの通信文を入れて、トウェルブ・アゼイリアが引き出しの奥で見つけた伸縮性のあるスポーツ用の包帯であばらに固定してから、裏ルートで脳外科手術を実施してくれる人を探すトウェルブ・アゼイリアをあとに残し、スリー・シーグラスと共に宮殿へ戻ろうとしていた。

トゥェルブ・アゼイリアがそんな包帯を持っていたのは、ボールとネットを使ったある種のチームスポーツをしていて足首をひねったことがあるからだ。庭園でくばられたチラシに載っていたのと似たようなやつだ。トゥェルブ・アゼイリアは、マヒートをその話題でうんざりさせるほどそのスポーツに熱中していて、週に一度は省内のチームでプレーしているようだったが、そんなことはどうでもよかった。〝強制徴用〟された包帯を身につけて、マヒートはいまや秘密をかかえて敵陣に潜入するような気分になっていた。法律的にも道徳的にも最初から彼女の秘密ではあったが。

「逮捕されると思う？」マヒートはたずねた。

スリー・シーグラスはやけに陽気な声で息をひそめて言った。「いまはまだ」清潔な情報省のスーツに身を包んだ彼女は、とても鋭く精密な刃を持った武器のようで、実際のところマヒートは彼女抜きではなにをすればいいのかわからなかった。

「いまでなければ、いつ？」マヒートも荒涼とした、しかし愉快な気分で応じ、二人は金色に輝くヘルメットの壁に近づいた。スリー・シーグラスが自分自身とマヒートについて、さらりと、淡々と伝えた——担当する要人の移動のために扉を開ける文化案内役の姿そのものだ。サンリットがクラウドフックを要求すると、スリー・シーグラスはそれを手渡した。サンリットが二人でどこへ行っていたのかとたずねると、スリー・シーグラスはごまかしも罪悪感もなく、彼女の元クラスメートである親友の家でひと晩泊まってきたのだと説明した。

サンリットはシティとひとつの巨大な精神を共有しているのだろうかと、マヒートはあらためて考えた——この個体はいまこの瞬間にも彼女の居室にいる仲間の仕事を参照しているのかもしれない。たしかにずいぶん時間をかけている。サンリットは顔をあげ、マヒートとスリー・シーグラスの背後を見て——またもやあの霧のような灰色のゆらめき、なめらかな金色のフェイスプレートに映るもの、マヒートの背後にあってサンリットがじっと見つめるほどのなにか、果てしなくささやかな広がり——それからまた下を見た。おそらく仲間たちを経由してシックス・アウトリーチング・パームズに相談しているのだろう。陰謀に次ぐ陰謀。マヒートはたしかに被害妄想にとらわれていた。だれも二人を尾行などしていないし、科学省は軍事省と共謀して皇帝を退位させようとしていないし、街頭で抗議デモなど起きていないし、プラザ・セントラル・ナインの爆発は偶発的な事故で、彼女を狙ったわけではない、彼女とは無関係なできごとで、オーダイルの民衆への象徴的な態度表明でしかない——きっと。

サンリットがとおってよしと二人に手を振り、その唐突さにマヒートは驚いた。ひりひりする、熱くて冷たいアドレナリンのしずくが背筋を滑り落ちていく。シティの内壁にひらかれたドアを抜けて歩くと、動物の口の中へ踏み込んでいくような感じがした。ドアが二人の背後で閉まったとき、マヒートはステーションに棲む寄生動物の顎にぐるりとならぶ歯を思い浮かべた——天井裏に棲みついて電力ケーブルの絶縁体を餌にしているやつらだ。

昼の光の中で見ると、宮殿はほかのどこよりもずっと平穏だった。壁のおかげだ。壁が目に見える不穏な兆候を遮断していた。科学省までの道のりはのどかで、空気にはどこにでもあるテイクスカラアンの花々の香り——つんとくるペッパーと豊潤なホワイトムスク——がただよっていたし、太陽の光はやや肌寒さを感じるくらいだったが、マヒートは機械がうなるような心臓の鼓動を抑えることができなかった。

「ここから出てくるまでに、宣戦布告もせず、忠誠を誓うこともなく、あなたがテン・パールの最高のイクスプラナトルたちに誘拐されて脳の実験をされたりもしなかったら、たいへんありがたいことですね」スリー・シーグラスが言った。

「宣戦布告をしないことは約束できる」マヒートは銀色の鋼鉄製の花のような科学省を見あげながら言った。真珠がはめ込まれた装飾用レリーフに素粒子の軌道やタンパク質の形が描かれていた。「わたしにはそんな権限はないから」

「すばらしい。わたしたちは大丈夫ですね」

中に入ると、いまではおなじみとなったティクスカラアンの宮廷における儀礼的なやりとりがあった。スリー・シーグラスが紹介をしてテン・パールとの約束を確認する。マヒートは指先を合わせてお辞儀をし、体を適切と思われる角度にかたむける。それが彼女自身の直感なのかイスカンダーの名残なのかは問題ではなかった。

二人が案内されたのは窓のない会議室だった。淡い色のテーブルのまわりに淡い色の椅子が置かれ、飾りといえば、真珠がはめ込まれたレリーフの控えめなストライプが照明のスイッチパネルの下で壁をぐるりと一周しているだけだ。二人はそこで待った。

スリー・シーグラスは指の爪でテーブルをこつこつと叩いていて、マヒートは彼女のそんな神経質なそぶりを見たことがなかった。マヒートのほうは、ジャケットのポケットの中のイマゴマシンを無意識にいじっていて、何度も自制しなければならなかったし、深く息をしたらシャツの下に留めてある通信文がつぶれてしまうのではないかと不安だったが、そこからはなんの音も聞こえてこなかった。会議室のドアからテン・パールがあらわれたときにはほっとした。彼女と話をしに来たテン・パールがいれば、なにかをすることができた。待つのは……いまはよくなかった。まったくよくなかった。

「大臣」マヒートは立ちあがってあいさつをした。

「大使。お会いできて良かった。あなたは行方不明だと聞いていましたよ！」

ああ。ではそういう線で話を進めることになるのか。文句はない――皇帝の朗詠コンテストの晩餐会でテン・パールと顔を合わせたときも、マヒートはニュースフィードむけに大臣の相手を演じていた。宮殿を離れていたことについてナインティーン・アッズがどんな解釈をでっちあげていようと、マヒートはそれに合わせて言い逃れをするしかないのだろう。

「自分がどこにいるかはずっとわかっていました」そう言ったとたん、マヒートは自分がそれまでの野蛮人や田舎者というふりを脱ぎ捨てようとしていることに気づいた。そんな偽装にはもはや意味がないし、どのみちうまくいっていたわけでもない。少なくとも二人の人間がマヒートを殺そうとした。一度は毒の花で、一度は彼女の部屋で待ち伏せをして。野蛮人であることを盾のようにかまえたところで、政治家である場合よりも防御力があがるわけではない。いまは正直になるほうがましだろう。賢い野蛮人になるのだ、ナインティーン・アッズがそう言っていたように。

テン・パールは礼儀正しく笑った。「そうでしょうとも！　なんとも魅力的な表現のしかたですね。どのようなご用件でしょう、大使？」

この会見を設定したとき、マヒートはイスカンダーがイマゴの技術をテイクスカラアンに売るという意図をあからさまにして科学省の反感を買ったのかどうか突き止めようと思っていた——その疑問にはもはやほとんど意味がなかった。イスカンダーは死んだし、彼がイマゴの技術を売った相手は皇帝だった。むしろいま知っておく必要があるのはテン・パールがだれを皇位後継者として支持しているのかということだ。それがわかれば、彼がルスエルの併合を望んでいるかどうか、そして併合を阻止するためにこちらの有利になるように彼をあやつれるかどうか見当がつく。

「わたしは不愉快な話題にいつまでもこだわりたくありません」マヒートは好きなだけ時制を使って話し始めた。もはや大臣を相手に無知なふりをすることはない。「しかし、あなたとわたしの前任者が彼の亡くなった夜になにを話し合ったのか、どうしても知っておきたいのです——おわかりでしょうが、わたし自身の利益と健康のために」スリー・シーグラスがとなりで居住まいを正すのが感じられた。慎重に意識を集中しているようだ。

テン・パールが両手を組んだ。このおとなしい蛍光灯の光の下でも、彼の指輪はひとつ残らずきらめいていた。「自分も同じようなミスをするのではないかと心配しているのですか、大使？　あなたの前任者は体に良くないものを食べただけです。運が悪かった。わたしたちが語り合ったのは彼の食習慣とはまったく異なる話題でした。気をつけていれば、あなたはそのようなものを食べずにいられるはずです」

マヒートは歯をあらわにしてほほ笑んだ。野蛮人。だが根気強い。「前任者がなにを食べたのか、だれも具体的に語ることはありません。とても興味をそそられる不作為ですね」

「大使」テン・パールはマヒートをなだめるようにゆっくりと言葉を引き延ばした。「あなたもその不作為には理由があるのではないかと考えたことがあるのでは？　いまはもっと別のいろいろな話題に時間を割くこともできますよ。水耕栽培における栄養因子について、小さな個体群と大きな個体群とを比較して語り合ってもいいのでは？　おたがいから学ぶことがたくさんあるのですよ、ルスエルとテイクスカラアンは」

　あまり激怒すると都合が悪い、とマヒートは思った。それは彼女の語彙の切れ味をにぶらせてしまう。それでも彼女は激怒していた。エイト・ループのオフィスにいたときと同じくらいに。

　マヒートは大臣の顔をまっすぐに見据えた。「テン・パール、わたしは前任者がなぜあなたの庇護のもとで死んだのかを知りたいのです」それは厳密には告発ではなかった（告発ではあったが、直接的ではなかった）。スリー・シーグラスがマヒートの膝に手を置き、温かな警告を伝えてきた。

　テン・パールはため息をついた。その少しあきらめたような態度は、不快だがやらなければならないことをする準備でもしているかのようだった。ちょうど腐った食べ物を処分するように。「アガーヴン大使の活動と提案は不適切でした。彼は、完全に文化的な食事の席で、何度でも取り消す機会をあたえられながら、我々の社会の機能を揺るがすようなテクノロジーをいつでもテイクスカラアンの市場に氾濫させる準備ができているとほのめかしただけでなく、栄光に満ちた光輝なる皇帝陛下を買収するか影響をおよぼすかしているように見えました——科学大臣として、わたしには大使が提示する脅威に対処する責任があったのです」

「それで殺したのですか」スリー・シーグラスが吸い寄せられるように言った。

テン・パールはスリー・シーグラスを冷静に見つめた。「現在の状況を考えると」彼はテイクスカラアンの外交問題の全般的な状況にマヒートを含めるような身ぶりをしてから、ぜんぶひとまとめにしりぞけた。「アガーヴン大使が死にかけていたあいだ、わたしが医学的な介入をしなかったことを否定する理由はほとんどありません。もしもドズマーレ大使が医療過誤の調査でその件を追及したいのであれば、わたしは彼女が司法省でそのような調査を始めることができると確信しています」

マヒートの影響力はここまで落ちてしまったのか。シティと政府が混乱した二日間で、テン・パールは政敵を排除したことをあっさり認められるようになった——「医学的な介入をしなかった」という発言は法律用語にこだわるスリー・シーグラスに向けられたものでしかなく、マヒートはそれを聞いたときにすぐに本来の意味を理解していた――だけでなく、マヒートの宮廷内での人脈を考えればその件で彼を罰しようとする者はいないと確信できたのだろうか？　明らかにテン・パールは、だれが皇位を継ごうが科学省がとがめられることはないと考えていた――

――それと同じように、イスカンダー・アガーヴンと彼が約束したテクノロジーがなければ、もはやシックス・ダイレクションが進んでルスエル・ステーションやその市民を守ることはないと考えていた。従って、マヒートに不死マシンを市場に氾濫させる意図がないのであれば、もはや彼女に用はない――テイクスカラアンの端にある小さな衛星国家の大使として用がある以外は。

サーティ・ラークスパーが朗詠コンテストで言っていた――当時のマヒートは理解していなかったが――ように、皇帝とイスカンダーのあいだの〝取引は破棄〟されたのだ。

マヒートはなんとか声を平板に保ち、語彙を素朴にして、会話の軌道上に試験衛星を打ち上げた。「わたしは司法省から始めたりはしませんよ、大臣。助言が必要なら、皇帝陛下のエズアズアカットから始めます。そこなら安全ですから」

「安全？」テン・パールは言った。「それは良かった。ずいぶん変わったものですね」

「そうなんですか？」マヒートはたずねて、相手の言葉を待った。彼女はテン・パールが話をしたいのではないか、自分の言葉で彼女に無力感をあたえたいのではないかと思い始めていた。スリー・シーグラスの指はいまにもマヒートの太ももにあざをつけそうだった。握る力が強すぎる。

「あなたのご自慢の女主人、ナインティーン・アッズ閣下は、わたしとまったく同じように傍観していました」テン・パールは言った。「あの夕食の席でわたしは自分の省の利益を守り、それによって帝国全体の利益を守ることになったかもしれませんが、彼女はわたしがそうすることを許したのです」

マヒートは氷のような透明感を感じた。ナインティーン・アッズがお茶を飲みながら〝彼はわたくしの友人でした〟と言ったことをおぼえている——マヒートが彼女に対しておぼえた心の底からの神経化学的な親近感を、マヒートの中のイスカンダーが彼女のそばにいて楽しい時間を過ごして挑戦と安心を同時に感じたいと思っていたことをおぼえている——ナインティーン・アッズがオフィスビルの廊下でマヒートを見ていたこと、マヒートが毒の花を手に取り、頭をさげて息を吸い込もうとするのを見ていたことをおぼえている。ナインティーン・アッズにとってはいともたやすいことだった——あのままアーチの下にとどまり、白いスーツ姿でじっと黙り込んだまま、まったく介入せずにいることは。

だが、ナインティーン・アッズは救った。なんらかの理由で、マヒートの命を救ったのだ。たとえイスカンダーの命を救わなかったとしても。

「ご忠告に感謝します」マヒートはどうにか声を出した。しらじらしい嘘。もう少し嘘をついてもいいかもしれない。彼女は震え、混乱し、動転しているふりをした（動転しているのはほんとうだ）。「ある不快な事件がありました――わたしに届けられた花に毒があったんです――あなたの意見は――」

「まさか」テン・パールはマヒートの言葉をさえぎった。「わたしに花による暗殺の濡れ衣を着せようとしているのではないでしょうね。わたしは現代人であり、科学省は植物専門というわけではないのですよ」

「わたしたちは科学省が植物専門だと言おうとしたわけではありません」スリー・シーグラスが言った。

その結果として訪れた沈黙はえんえんと続き、マヒートは最初にそれを破って叫ぶかヒステリックな笑い声をあげるかするのは三人のうちのだれなのだろうと考えた。

「なにか提案はありませんか、大使？　わたしは花を持っただれかを送り込んであなたを排除しようとしてはいないということを踏まえて」テン・パールがとうとう口をひらいた。

「あなたのおかげでわたしの立場はとても明確になりました」マヒートは言った。「状況が落ち着いたらまた連絡します。おたがいに言いたいことをなにか思いつけばの話ですが。

水耕栽培ですね。おぼえておきます」

科学省からさっさと退出したあと、スリー・シーグラスはマヒートをレストランに連れて行った。マヒートはほんの少しだけ抵抗した——「このまえ行こうとしたときはテロが起きたのに」——が、「このまえは予約していました。今度はだれもわたしたちの居所を知らないから大丈夫です」と言われてしまった。薄暗い洞窟のような空間ですわり、ボックス席で壁のそばに身を寄せ、見知らぬ人にマヒートとスリー・シーグラスの食べ物を運んできてもらうのは気分が良かった。

一瞬だけ毒を盛られたことを考えたが、そのときスープが届いたので、いまだけは気にしないでおこうと決めた。

「ほんとうに、とてもよくやったと思いましたよ」スリー・シーグラスが言った。彼女は料理から肉を薄く切り取っていたが、それは一匹の動物の脇腹のように見えた。マヒートはそのにおいに恐ろしく誘惑され、同時に少し恐ろしくなった——それは製造所で育てられたにしてはあまりにも血が多かった。それは息をしている生き物だったのに、いまはスリー・シーグラスがそれを食べていた。

「あの男はイスカンダーを殺したことを告白して、だれもまったく気にしていないとわたしに教えた。ほかにどうふるまいようがあったのかわからない」マヒートは言った。

スリー・シーグラスは紫白の大きな花びらで肉を包んでいた。彼女はそれを何枚も注文して、薄い小さなパンのように扱っていた——皿の上の肉を口に運ぶためだ。「泣くとか。復讐を誓うとか。すぐに暴力を振るうとか」

「わたしは叙事詩の英雄じゃないんだよ、スリー・シーグラス」そんなことを言うのは恥ずかしい、不適切だと感じた自分にマヒートは憤りをおぼえた。いまだにテイクスカラアン人になって、模倣して、文学を再創造したいなどと思うべきではない。こんな一週間をすごしたあとなのに。

スリー・シーグラスは花びらの包みに調味料と構造用接着剤のような緑色の濃いソースをかけて、勢いよくかぶりつき、口をもぐもぐさせながら言った。「とてもよくやったと言ったでしょう？ あなたはよくやりました。次になにをするつもりかは知りませんが、あなたはあの会見を、まるで宮殿に生まれた人のように、少なくとも訓練されたアセクレタのようにこなしていました」

マヒートは頬が赤く染まるのを感じた。「ありがとう」

二人のあいだの沈黙が——スリー・シーグラスは笑顔で、暖かな目を同情するように見ひらいていて、マヒートは自分の頬がとても赤く、花びらかスリー・シーグラスが食べている肉のように赤いことを強く意識していた――張り詰めている感じがした。マヒートは唾をのんだ。言うべきことを見つけた。

「殺人の告白はさておき」マヒートは口をひらき、スリー・シーグラスが少し背筋をのばして、少し集中を高めてくれた――〝ここにやるべき仕事がある〟――のでうれしくなった。「テン・パールは水耕栽培に興味を持ちすぎている。わたしたちのは立派だけど、惑星全体を養えるほどのものじゃない。彼が水耕栽培の話をしたがる理由を思いつかないけど、シティの食料育成アルゴリズムになにか妙な問題が起きているとすれば……」

そのときマヒートは、こうして口にしてみると、いま言ったことは興味をそそられるなと気づいた。「シティの警備アルゴリズムと同じように」

「シティによる攻撃のことですね。プラザ・セントラル・ナインでわたしがくらったような。それと……サンリットになにが起きているのか。もしも彼らになにかが起きているなら」

マヒートはうなずいた。「テン・パールが大臣になったのは彼の完璧なアルゴリズムのおかげ。最初が地下鉄で、彼がすべての異なる路線を単一アルゴリズムのＡＩ制御システムに統合したから。そのあとがシティの警備機構。まちがいない？」

「はい」スリー・シーグラスは言った。「ところで、どうやってそういう情報を仕入れたのですか？　あれができたのは……うわ、わたしはまだ保育所も出ていませんでした」

　マヒートは肩をすくめた。「もしもわたしが、〝イマゴテクノロジーよ、でも期待したようには機能していない〟と言ったら、あなた驚く？」

「もう驚きません」またもや、あの奇妙な温かみのある笑顔。

　スリー・シーグラスがそういう顔をしているとき、マヒートは彼女と目を合わせることができなかった。「この一年でシティによる攻撃が八回あったと言っていたよね。二日まえの夜、二人で歩いて帰っていたときに。それはまえの年より何回多い？」

　スリー・シーグラスはわずかに首をかしげた。「七回です。アルゴリズムに欠陥があると言っているのですか？」

「あるいはまちがった使われ方をしているのかも。アルゴリズムが完璧だと言ってもそれを設計した人には限界があるから」

「ああ、賢いですね、マヒート」スリー・シーグラスはうれしそうに言った。「殺人をおかした科学省に復讐したいなら、科学省は公平だという評判を殺せばいいと」

　苦労して説明しなくてもスリー・シーグラスがマヒートの言っていることを理解してくれたときには、おおいに満足感があった。「具体的にはテン・パールの評判だね」マヒートは同意した。「このアルゴリズムを設計したことで彼は科学省を手に入れ、それがいまや帝国のごく普通の市民を傷つけている」

「気に入りました」スリー・シーグラスが言った。「データサイエンスの専門家が何人か必要ですね――声明の見栄えを良くするイクスプラナトル――それと報告書を広く公表するだれか――特にそれがほんとうに軍事省とつながっているなら、難事を成し遂げるための興味深い材料になるでしょう……」

「きっと成し遂げよう。わたしの部屋に戻ることを許されたら。いろんな騒ぎがぜんぶ――静かになったら」

スリー・シーグラスは顔をしかめ、手をのばしてマヒートの手の甲をなでた。「いまはなにをしたいですか？　やっぱり……まえに二人で話したことを？　あのマシンで？　実は注文をしていたあいだにトウェルブ・アゼイリアからメッセージが入っていました。州の半分ほども離れたところで医療関係者を見つけたそうです」

それはマヒートがずいぶんひさしぶりに聞いた良いニュースのように思えた。肌がちくちくして、安堵と興奮となにか中毒性のある恐怖を感じた。「そうか」彼女は言った。「だったらますますあの符牒にアクセスしないと。なにかしないと。なにかを変えないと。とにかくいまとちがう状況にしないと」

スリー・シーグラスが頭をわずかにかしげてマヒートをじっと見つめた。マヒートは目をそらしたかった。彼女はいまの政治的混乱に介入する準備をしていることを示唆したばかりだった。もしもマヒートの案内役がたじろぎ、身を引くようなことがあったら……だがスリー・シーグラスはただうなずき、言った。「わたしは怖いです」

「わたしが怖くないと言った？」

「でもあなたは以前にもやったことがあるでしょう」

「トゥェルブ・アゼイリアが見つけてくれた人よりもはるかにすぐれた専門家のケアを受けてね」

スリー・シーグラスはテイクスカラアンの医療技術に対する侮辱に怒りを表明したそうに見えたが、そうはせずに肩をすくめた。「トゥェルブ・アゼイリアは大勢の人を知っています。あらゆる種類の人を。彼が見つけた人なら少なくとも自分のすることはきちんと心得ているはずです」

「もしもわたしが死んだり、ごちゃ混ぜになって目覚めたりしたら、次のルスエルからの大使には——次の大使がいればの話だけど——あなたからなにもかも伝えてほしい。できるだけ多くのことを、いっぺんに」

「もしもあなたが死んだら、情報省はわたしを次のルスエルからの大使にも、ほかのどこからの大使にも近づけさせないでしょうね」

マヒートは笑みを浮かべずにいられなかった。「そうならないよう努力する」

「けっこう」スリー・シーグラスは言った。「これがほしいですか？」

「え？」

「サンドイッチですよ。ずっと見ているので」

マヒートの口の中は唾でいっぱいだった。「それは動物だったの？　食べ物になるまえは」

「……はい？」スリー・シーグラスは言った。「ここはまともなレストランですよ、マヒート」

マヒートはおそらく実験的な脳手術で死ぬことになるし、二人の情報省のエージェントをのぞいて味方はみんな消えてしまったか疑わしいかのどちらかだし、テイクスカラアンはほぼ確実に血まみれの宇宙船の歯で彼女の故郷を生きながら食らうだろう。

「うん」マヒートは言った。「ほしい」

その肉を味わうと、舌の上に肉汁が花ひらいた。

第15章

〈世界の宝石〉中央航空管制《CTC》のスリー・ナスターシャム主任管制官より帝国旗艦トゥエンティ・サンセッツ・イルミネイテッドへ——ただちにCT進入管制に連絡してください、貴艦は許可も連絡もなく管制空域に進入しています、目的および誘導方位を宣言してCTCが貴艦の進入ルートを案内できるようにしてください、もう一度周波数1-8-0-5でCT進入管制に連絡してください、帝国旗艦トゥエンティ・サンセッツ・イルミネイテッド、貴艦は許可も連絡もなく管制空域に進入しています、受信確認をお願いします

——衛星通信、251・3・11-6D

≫照会／権限：オンチュ（操縦士）／最終アクセス

≫イマゴマシン32675（イスカンダー・アガーヴン）最終アクセス

医療部（神経外科）、１５５・３・１１‐６Ｄ（テイクスカラアン暦）

》照会／権限：オンチュ（操縦士）／全アクセス

》範囲が過大

》照会／権限：オンチュ（操縦士）／全アクセス　＊・３・１１

》イマゴマシン３２６７５（イスカンダー・アガーヴン）アクセス

医療部（神経外科）、１５５・３・１１‐６Ｄ（テイクスカラアン暦）

医療部（保守）、１５２・３・１１‐６Ｄ

〈遺産〉評議員アクネル・アムナードバット、１５２・３・１１‐６Ｄ

医療部（保守）、１５０・３・１１‐６Ｄ

医療部（保守）、５０・３・１１‐６Ｄ……

――デカケル・オンチュによるルスエル・イマゴデータベースへの照会記録、２
２０・３・１１‐６Ｄ（テイクスカラアン暦）

地下鉄に戻り、別の検問所を通過した――サンリットはみな落ち着き払い、みな金色で、ただ観察していた。宮殿に入る者に対するときと比べると宮殿から出ていく者にはあまり関心がないようで、それは別に驚くことではなかったが、マヒートはそれでも彼らのあいだを抜けるときにはひどく緊張した。アルゴリズムは計画を察知し、罪悪感が生む動悸を感じ取ることができるのだろうか。もしもアルゴリズムが最低でもどこかの時点でテイクスカラアン市民だったことのある人びとに基づいて作られているとしたら、マヒートとスリー・シーグラスがレストランで交わした会話を観察し、二人がそれ以上なにかをするまえに阻止するのだろうか。マヒートとしては、神経系の強化に対するテイクスカラアン人の態度を踏まえたうえで、サンリットがまだテイクスカラアン市民なのかどうかを調べる時間がほしかった。いずれにせよ、そこにいたサンリット全員が通過するマヒートとスリー・シーグラスに顔を向けた。恒星をめぐる衛星が必然的にスイングするような集団回転運動により、七つの金色のヘルメットがいっせいにぐるりとまわった。

　マヒートは少なくとも彼女の部屋で死んだ男のことはもっと質問されるのではないかと身構えた——イレブン・コニファーが死んでまだ二日だし、皇帝の朗詠コンテストの晩餐会に出席するほどの人物であれば、家族や、同僚や、軍隊時代の旧友がいたはずだ。騒ぎ立てる人、正義を求める人がいるはずだ。

　だが、サンリットはいっとき動きを止めて、おたがいに相談しているように見えたが、そのままなにも言わずに二人を通過させた。マヒートは守られているのだろうか？　アルゴリズムがサンリットをあやつっているのだとしたら、それに影響をあたえている人物は一人ではないかもしれない——軍事省にいるだれか、あるいはテン・パール自身だけでなく……それ以外のだれか。司法省のエージェント（あるいは司法省の蜃気楼）である灰色の影のことがふたたび頭に浮かび、マヒートはちらりとあたりを見まわした。彼らの姿を見つけることができなかったが、それで彼らがいなくなったとは限らない。歩き方が速くなってきたので、小さく素早く足を運んでスリー・シーグラスと歩調を合わせながら、テイクスカラアンの法律における管轄権について考えた。司法省がマヒートを追っていたら、おそらくサンリットは介入しないだろう。野蛮人の移動や活動を管理する法律だけではなく、複雑な刑法の法典も勉強しておくべきだった。

　やっておくべきだったことはたくさんあった。地下鉄に戻り、スリー・シーグラスの案内で中央駅へ向かうあいだも、指先の血管が末梢神経障害の消えないざわめきと共に脈打っているのを感じることができた。

「まだ逮捕されていない」マヒートはふたたびつぶやいた。

　スリー・シーグラスの表情は、笑いと、マヒートに黙ってと言いたいという必死の思いとのあいだのどこかで板挟みになっていた。「まだですね」スリー・シーグラスは言った。マヒートはにやりと彼女に笑いかけた。いささかヒステリー気味だ。突然、ステーションの通路で友達と遊びまわって、大人には見せない秘密をかかえていた、子供のときのような気持ちになってきた。大きく息を吸うと、暗号化された通信文をあばらのまわりに保持している包帯がくい込んで、その存在を思い出させた。

インモスト州――千七百万人のテイクスカラアン市民と、宮殿と、セントラル・シティを擁する州、マヒートが大使としてのキャリアの大半を過ごすことになっていた州――の中央輸送ハブに、巨大な記念碑のようなビルがあった。地下鉄から長い階段をあがっていくとそれが視界にあらわれた。空の半分を覆い隠すドームを頂き、周囲に鋭くとがった尖塔を従える巨大建造物。コンクリートとガラスでできたアザミのようなビル。背後にはマグレブの軌道がうねうねと伸びていて、まるで扇状に広がるねじくれた蔓から成る巨大な装置のようだ。『ザ・ビルディング』にはこの駅を描写した一節があった。〝破壊不能、無数の小面、目が送られる先に／我が市民、観察する〟それは目のように、昆虫の目のように見えた――きらきら輝く複眼。テイクスカラアンの文学が目について語るとき、それはしばしば影響をおよぼす能力について語っている――目は見る、目はそれが見るものを変える。半分は量子力学、半分は物語。

テイクスカラアンでは、すべてが物語だ、たとえ量子力学の助けがあるとしても。

「トウェルブ・アゼイリアとはどこで会うの？」マヒートはたずねた。この建物の中では簡単に迷子になりそうだ――よどみなく行き交うテイクスカラアン市民の、常に動いている流れの中に埋没して。

「大ホールです、エズアズアカット・ワン・テレスコープの影像のそばで」スリー・シーグラスが言った。「見ればすぐにわかります。あれは影像がとても輝いていた時代に作られたもので、しかも非常に大きい——二百年まえの大流行のおかげで、ワン・テレスコープは基本的には全体が真珠層なのです」

　巨大な影像を覆い尽くす貝殻の内側の層は、ほんとうの海で養殖されたものにちがいなかった。ゆっくりと。時間をかけて。マヒートはまた笑い出しそうになったが、理由がよくわからなかった。なぜ落ち着かないのか、なぜあらゆるものがこの避けられない衝突に向かって突進しているような感覚に縁取られているのか。〝あなたは実験的な脳外科手術を受けようとしている、それが理由かもしれない〟そう自分に言い聞かせ、スリー・シーグラスにうなずきかける。「じゃあ、行こう」

　二人はグレースーツを着た司法省のエージェントを見つけた。入口のところに、マヒートの想像ではない、ほんものを。二人が入っていくと、彼らはきわめてさりげなく、きわめて注意深く、そこらをぶらついていた。マヒートは突然あらわれた大ホールの透明な半球——片側だけ支えられたガラスのドームがありえないほど大きく広がっている——に目を奪われたが、そのドアから入ってきた人びとが慎重に観察されていることに気づかないほどではなかった。チケット売り場のまえで注意散漫な通勤者のようにうろうろしているのにけっしてチケットを買わない別のエージェントを見つけたとき、マヒートはスリー・シーグラスの肩を叩いた。

「ミストだ。わたしたちを尾行してきたのかな？」

「……なんとも言えません」スリー・シーグラスはつぶやいた。乗り込む列車を探しているテイクスカラアン市民の喧騒の中ではほとんど聞こえなかった。「トウェルブ・アゼイリアの部屋の外の通りにもわたしたちを尾行している者がいたかもしれませんが、たとえそうだったとしても、わたしたちが科学省から出てくるまでに離れていたでしょう――この連中はわたしたちが着くまえからいましたし……」

司法省がマヒートとスリー・シーグラスに似た人物を探しているかもしれないと考える理由は、〝エイト・ループがマヒートはとても役に立つと考え直した〟から始まって〝イスカンダーの死体を違法に荒らした〟にいたるまでたくさんあった。もっとも、後者の行為をおこなったのはほぼトウェルブ・アゼイリアだったが。

「わたしたちを探しているのではないと思う。あいつらが探しているのは――」マヒートは彼の名前を口にしたくなかった。「ペタルだ。マシンを持っているから」

スリー・シーグラスは静かに毒づいた。「彼らがわたしたちを尾行しているのは、わたしたちが彼の部屋から出てきたからでしかなく、そのあと——わたしたちは無害で、ひとつ約束を片付けて昼食に出かけただけなので、対象者ではないと」

ふたたび、マヒートは管轄権について考えた。マヒートたちは二人を尾行していたエージェントの対象者ではなかったかもしれないが、尾行されていたのは事実で、そのせいでサンリットにその場で逮捕されなかったのかもしれない。マヒートは感謝と怒りを同時に感じていた（この組み合わせにもだんだん慣れてきた——その二重性、そもそも経験する必要がなかったはずのことに感謝するというおかしな流れ。テイクスカラアンにはそういうものがあふれていた）。

「その可能性はあるね」マヒートは言った。「彼はいる？　ペタルは」彼女はワン・テレスコープの彫像と思われるものを身ぶりでしめした。胸が分厚く、腰も幅広く、台座のてっぺんで渦巻く真珠色に輝いている。トウェルブ・アゼイリアの姿をその近くに見つけることはできなかった。

「裏にまわってみましょう」スリー・シーグラスが言った。「ここでなにが起きているのかまったく気づいていないように。のんびりと。ほかの人たちのペースに合わせて」

できの悪いスパイ謀略ホロヴィジョンドラマに入り込んだようだった。交通の要所でうろつく奇妙な人びと、マヒートとスリー・シーグラスは目立たないよう努めているが——

野蛮人と、まだクリーム色と炎の色の宮廷服を着ているアセクレタが、いったいどうすれば目立たずにいられるのか——おそらくそれは、二人がいま探している人物とは無関係だと見せかけようとしているだけなのだろう。それならなんとかなるかもしれない。

トゥェルブ・アゼイリアはワン・テレスコープの彫像の裏にはいなかった。スリー・シーグラスがあまりにも平然とその台座によりかかったので、マヒートも同じようにもたれかかった——そして待った。うごめくテイクスカラアン市民の海の中に、目に見える彼の痕跡を見つけようとした。見つからない。とにかく数が多かったし、トゥェルブ・アゼイリアと似ている人も多すぎた。背が低く、肩幅が広く、黒髪で茶色い肌で、生地が幾重にも重なるスーツを着込んだ男たち。

「わたしが動いても反応しないでください」スリー・シーグラスがささやいた。「彼が見えました。三十秒かぞえてからついてきてください。彼はゲートをふたつ越えた、食品の売店の陰にいます——ゲート14と15のあいだです」彼女は顎でそちらをしめしてから、特に目的もない様子でぶらぶらと売店に向かって歩き出した。〈スナックケーキ、ライチ味!〉とか〈イカ・スティック、入荷しました!〉といったホログラフ広告が、楽しげに、にぎやかに映し出されている。マヒートはどちらも食べたいとは思わなかった。スリー・シーグラスが売店でなにかを買ってその陰に姿を消したとき、マヒートはちょうど三十かぞえ終えて自分もそちらへ向かった。売店には近寄らずに、大量のホログラフ広告が視覚的な気晴らしを提供している裏手にぐるりとまわり込んだ。

トウェルブ・アゼイリアはこれまでマヒートが見た中でいちばんカジュアルな服装をしていた。シャツとズボンの上に長いジャケットをはおっていて、いずれも色はピンクと緑だった。やつれた、気もそぞろの顔をしている。ミストはやはり彼を狙っていたか、少なくとも彼を尾行していたのだ。いまのところどうしても逮捕しようとまでは考えていないようだ。

「ここに隠れられる水生庭園がないのが残念ですね」スリー・シーグラスが〈スナックケーキ〉の騒がしいＣＭソングの下で静かにしゃべっていた。「この連中はあなたのストーカーですか？」

「ぼくのストーカーは増殖した」トウェルブ・アゼイリアがこたえた。「司法省から抜け出したときは一人しかいなかったのに」

「きっとあなたの部屋を監視していたんだ」マヒートは言った。「わたしたちが出たときに彼らもついてきたんだと思う。でも、わたしたちがなにもおかしなことをしなかったからあきらめた」

トウェルブ・アゼイリアは声をあげて笑い、息が詰まったような聞き苦しい音を素早く何度も立てた。「リードがなにもおかしなことをしでかさなかったなんて、きみがよほどしっかり紐でつないでおいたんだな、大使。もう何時間もたっているのに」

「見つかったと思いますか？」スリー・シーグラスがたずねた。トウェルブ・アゼイリアが言ったことはきれいさっぱり無視していた。

「ああ――だけどあいつらは近づいてこない。ぼくをつかまえようとしているわけじゃなくて、どこへ行こうとしているのかを知りたいから、ずっとあとをつける気だ――」

無免許の神経外科医のところまで。もしもそこまで追跡されてしまったら、テイクスカラアンの遵法精神と逮捕者の山の下で、計画全体が押しつぶされてしまうにちがいない。

「――それでいまはぼくたちと売店のあいだにいる。チケットを買うところを見られるわけにはいかないな」トウェルブ・アゼイリアは語り終えた。

スリー・シーグラスは完全に落ち着いて、完全に集中していた。そういう非常時の行動力と決断力を見ると、マヒートは悔しくなるくらい感心させられるのだった。「チケットはわたしが手に入れます。だれもわたしを見ていませんから。あなたとマヒートは、二分後に26番ゲートで合流してください。彼女にまえを歩かせて。たとえあなたがバカみたいにかわいくて明るい色の服を着ていようと、彼女のほうがずっとよく目立ちますから」

「ぼくはスパイ活動のための服を着たわけじゃない」アゼイリアはつぶやいた。「ぼくが着たのは外の州へ出かけるための服だ」

スリー・シーグラスは肩をすくめて、彼とマヒートの両方にまばゆいばかりのテイクスカラアン風のほほ笑みを向け、細い顔の中で目を見ひらくと、肩をすぼめてアセクレタのジャケットをぬいだ。それを裏返してオレンジ色の裏地をあらわにし、編んであった髪をほどいて肩のまわりにカーテンのように垂れさがらせて、いまは赤くなったジャケットを片方の腕にかけた。「すぐに戻ります」

「彼女はスパイ活動の実務を身につけているみたい」マヒートは乾いた声で言った。

「リードはほんとうは保守的なのかもしれない」トゥェルブ・アゼイリアが感心したように言った。「ただ、彼女の保守性は、情報省のことを省になるまえのような潜入・情報収集部隊として考えることにまでおよんでいる」

マヒートはゆっくりと歩き始めた。そこらをぶらぶらしてなるべく目立つようにした。背の高い野蛮人が、野蛮人の服を着て。いかにもステーショナーらしく、この惑星よりも小さな重力に慣れていて、動きがのろくなっているようなふりをしていたら、イスカンダーが惑星の引力に慣れようとしていたときの感覚のこだまを、心強い筋肉痛のように感じた。「省になるまえの情報部というのは、具体的になんだったの？」マヒートは灰色の服を着た司法省のエージェントたちから目を離さずにたずねた。彼らはマヒートを見ていなかった。背の高い彼女の陰に隠れているトウェルブ・アゼイリアを探していた。マヒートは重要ではなかった。ここでは。いまは。

「シックス・アウトリーチング・パームズの諜報・分析部門だな」トウェルブ・アゼイリアが息をひそめて説明した。「だが、それは何百年もまえのことだ。ぼくたちはいまは民間人だ。皇帝に仕えているのであって、ヤオトレックのだれかに仕えているわけじゃない。それは皇位簒奪の試みを減らす役に立つ……」

26番ゲートがインモスト州からポプラ・ブリッジへ向かう通勤列車の出発をアナウンスした。停車駅はベルタウン・ワン、ベルタウン・フォー、ベルタウン・シックス、エコノミッカム、そしてポプラ・ブリッジ。マヒートとトウェルブ・アゼイリアはゲートの脇に立った。トウェルブ・アゼイリアは壁に身を寄せ、マヒートはそのまえに立って、彼と向かい合い、できるだけ彼の姿を隠していた。ゲートが列車は二分後に発車するとアナウンスした。マヒートは司法省の人びとの視線が彼女をとおりすぎていくのを感じることができた――まっすぐこちらへ近づいてくる足音が聞こえたので、思いきって肩越しに振り返った。大学から外の州に帰省しようとしている若い女性のような、本人とは似ても似つかぬ姿をしたスリー・シーグラスが、マヒートたちに向かって近づいてくる――さらに、灰色の服を着た司法省のエージェントの一団も、反対方向から彼らに向かって集まってくる。

いよいよ決断したとき、マヒートはすべてを一度に決めた。この列車に乗り込んで、トウェルブ・アゼイリアの秘密の神経外科医を見つけて、少しでも前任者の記憶と能力へアクセスできるならそれを拒絶されないようにする。あのミストのエージェントたちは三人がどの列車に乗るかを知ることはできるかもしれないが、どこで降りるかを知ることは絶対にできない。

「走って」マヒートは言った。「いますぐ」そしてトウェルブ・アゼイリアの袖をつかむと、彼を引っ張ってゲートを抜け、通勤用マグレブの黒と金のすらりとしたカプセルへと向かった。スリー・シーグラスは走って追ってきてくれると信じるしかなかった――くそっ、腰が痛む、まだきちんと治っていない――

列車のアイリスドアはなにごともなくひらき、二人の背後で閉じた。「上へ」マヒートが言うと、トウェルブ・アゼイリアも彼女のあとを追ってカプセルの二階へあがった。一瞬おいて、差し迫った出発の最初のアナウンスが聞こえた――〝ドアが閉まります、おさがりください〟――そしてスリー・シーグラスが間に合ったことを、司法省のエージェントたちが間に合わなかったことを祈り――

――まだ息を切らしているうちに、カプセルが優雅に音もなく浮上して、摩擦もなく動き始め、そしてスリー・シーグラスが階段をあがってきた。

「彼らは間に合いませんでした、チケットを持っていなかったので」スリー・シーグラスは言った。「ほら、まだホームにいます」そして胸を波打たせながら座席に倒れ込んだ。マヒートはホームへ目をやった。灰色の服を着た二人の男が、マグレブが加速するにつれて急速に遠ざかっていく。

「わたしが期待したよりだいぶ刺激的だった」マヒートはほかになんと言っていいかわからなかった。これですべてが……終わってはいないが、いったん立ち止まると、どれほど体が痛むかを強烈に意識させられた。実験的な手術を受けるのに最高の状態とは言えない。

「それはあなたが到着してからのわたしの一週間のことですよ、マヒート」スリー・シーグラスがチケットを差し出した。マヒートは少し喉を詰まらせて、笑いをこらえた。

「さて」スリー・シーグラスは続けた。陽気に、決然と。「どこまで行くんですか？　わたしたちが会う人物には名前があるんですか？　それとも素人スパイの流れがまだ続いていて、街角をうろついて合言葉を伝えるとか？」

「彼女の名はファイブ・ポーティコ、ぼくたちはベルタウン・シックスまで行く」トウェルブ・アゼイリアが言うと、スリー・シーグラスが歯の隙間からわずかに息を吐いた。

「シックスですか」スリー・シーグラスは言った。列車の窓の外では、シティが鋼鉄と金とワイヤーの光り輝く混乱となって流れ過ぎていく。マヒートはそれを見つめながら、聞くともなく聞いていた——そのさりげない文化への没入は、ルスエルでの心理療法の訓練で身につけた彼女の最高の特技のひとつだった。心を解き放ち——新しいものの中にただよい、それを吸収し、必要に応じて自分のものにしていく。マヒートは休息を必要としていた。できるだけ心を落ち着かせる必要があった。

「ああ、ベルタウン・シックスだ。なにしろ無免許のイクスプラナトルだからな、どこに住んでると思うんだ？ 資産価値の高いところか？」トゥェルブ・アゼイリアの声は弁解しているように聞こえた。

「形成外科の手術を受けたければ、州を半分横切るほどのところまで行かなくても近場で無免許のイクスプラナトルを見つけられますよ」

「大使の頭蓋骨をこじ開けてくれる人を見つけるのはなかなかむずかしいんだよ」

短い沈黙。列車は単調な音を立てて走り続けていた。カスーン、カスーンと、耳にぎりぎりで届くやわらかな音が繰り返されていた。

「感謝していますよ、ペタル」スリー・シーグラスがため息をついて言った。「わかっていますよね？ とにかく……たいへんな一週間でした。ありがとう」

トゥェルブ・アゼイリアが肩をすくめると、マヒートにその肩がふれた。「一年くらいは酒をおごってもらわないとな。でも、わかってるよ。どういたしまして」

一時間近くたったころ、列車はインモスト州――そこはシティの中心部であり、マヒートは大使として少なくとも最初の三カ月間はよそへ行くことはないと思っていた（観光というのは定住してからの話で、どこか別の、もっともてなしの良い宇宙にいる、別のマヒート・ドズマーレがもつ遠い感傷だと思っていた）――を離れベルタウン州に入った。最初は目立った変化はほとんどなく、例外は乗客の構成くらいだった。民族的にわずかなちがいがあるようで、全体的に少し背が高く、スリー・シーグラスやトウェルブ・アゼイリアよりも少し肌の色が薄かった。だが、ベルタウン・ワンからスリー、フォーと、扇形に広がる各地区を外側へ向かって進むにつれて、建築物の構成にもゆっくりと変化があらわれ――建物の高さは変わらないが、より暗く、風通しが悪くなった――花や光の遍在するモチーフ、セントラル・シティの繊細な網目模様は、背が高く圧迫感のある槍のようなビルに取って代わられ、似たような窓がぎっしりとならぶようになった。ビルは日差しの大半をさえぎっていた。

ルスエル・ステーションの狭い通路に慣れていたマヒートにとっては、青空のアーチ天井がないのは、ちょっとした重荷をいったん忘れて気を抜けるような、妙な心地よさがあった。いちいち空の純然たる大きさを考えずに済むのだ。テイクスカラアン人はどう思っているのだろう。大勢の人びとが寄り集まって太陽をさえぎっているのは、都市の衰退の兆候なのかもしれない。

ベルタウン・シックスもやはりビルが密集していて、灰色のコンクリートでできた槍の庭園のようになっていた――駅を出た瞬間からもう薄暗い。頭上の空は青みがかった細長い線だった。スリー・シーグラスは両肩を耳のそばまで引きあげて、ありもしない寒さに身をちぢめていて、セントラル・シティの住人がこの州をどう思っているかは、それだけでほとんど説明がついた。

「どうやってこのファイブ・ポーティコという人を見つけたの？」マヒートは、先に立って狭い道を進んでいくトウェルブ・アゼイリアにたずねた。

トウェルブ・アゼイリアは片方の肩をすくめた。「リードは知っていることだけど――よくからかわれたよ――ぼくは情報省を目指すまえに科学省を目指していて、入省試験ではじかれたんだ。試験の時期が終わると、いつでも不満を持った学生のグループができる。カフェや半合法のクラウドフックのメッセージネットで語り合う怒れる人びと――いまでもその中の数人とは連絡を取り合っているんだ」

「あなたは――思ったより深みがある人なんだ」マヒートは言った。

スリー・シーグラスが忍び笑いをもらして、鋭く小さな音をたてた。「かわいい格好をしているからといって見くびってはいけませんよ。この人が科学省に入れなかったのは情報省のほうの点数が高すぎてほかのどこへも行けなかったからです」

「それはともかく」トゥェルブ・アゼイリアが言った。「古い友人の一人がファイブ・ポーティコを知っていて、その友人が完全なイカサマ師をぼくたちに紹介したりしないことは断言できる。いいかな？」

「部分的なイカサマ師かもしれませんけどね」スリー・シーグラスがそう言ったとき、トゥェルブ・アゼイリアが巨大な槍のようなビルのひとつの中央玄関で二人を止めた。セントラル・シティや宮殿のドアのようなクラウドフック式のインターフェースではなかった――押しボタン式のダイヤルパッドだ。

トゥェルブ・アゼイリアは親指で下の列のボタンのひとつを押した。それは小さな警報器のような耳障りな音を立てた。

「その人はわたしたちが来るのを知っているんですか？」スリー・シーグラスがそうたずねた瞬間、大きなドアがカチッと鳴ってひらいた。

「そうみたい」マヒートは少しも恐れていないように中へ踏み込んだ。

ファイブ・ポーティコの部屋は一階にあり、廊下全体でそこだけドアがひらいていた。深い灰色の薄暗がり。女性はその中にたたずみ、マヒートたちが廊下を歩いてくるのを、じっくり評価しているとしか言いようのない表情で見ていた。近くで見ると、マヒートが想像していた無免許のイクスプラナトルの姿とはまったくちがっていた。贅肉のない中背の女性で、テイクスカラアン人らしい高い頬骨にぴったり張りついたブロンズの肌が中年とビタミンDの不足で灰色っぽくなっている。見た感じは、きょうだいの中で最年長で、生殖割り当て用紙の記入をさぼってもステーションの人口委員会からせっつかれるような遺伝子を持っていないというタイプだった。

ただし――彼女の片方の目はそもそも目ではなかった。

非常に古いクラウドフックなのかもしれない。金属とプラスチックがいまや女性の頭蓋骨の一部になっていて、その境界はずっとまえに治癒したゆがんだ皮膚のせいであいまいになり、眼球があるはずの中心部分には伸縮式のレンズがおさまっていた。それはかすかに赤く光っていた。マヒートが近づくにつれて絞りがひらいた。

「あなたが大使ね」ファイブ・ポーティコが言った。その声はふつうの中年らしい姿にも人工の目にもそぐわなかった。甘美で、愛らしく、どこか別の人生で歌手をしていたかのようだった。「入ってドアを閉めて」

ファイブ・ポーティコの家では儀式のようなあいさつはなかった。だれもマヒートとその連れにおきまりのお茶をいれたりはしなかったし――マヒートはナインティーン・アッズのことを考え、四人の聖域という感覚すらないことを一瞬残念に思った——すり切れたターコイズ色のブロケード張りのカウチがあるのに、すわるよう勧められたりもしなかった。その代わり、ファイブ・ポーティコは健康状態でもチェックするようにマヒートのまわりを素早く一周したあと、肩をいからせて彼女の正面に立ち、頭をあおむけて顔を見た。もとは頭蓋骨だった部分に組み込まれたテクノロジーは、透明でないところはきらきら光っていて、透明なところには空気から遮断された黄色っぽい骨と鮮やかな濃いピンク色の血管が透けて見えていた。

「あなたが取り付けてほしいというマシンはどこに?」ファイブ・ポーティコがたずねた。

スリー・シーグラスが咳払いをして、礼儀をわきまえなさいという身ぶりをした。「まずは自己紹介から始めたほうが——」

「こちらがルスエル大使、そちらのぼうやはあたしに連絡してきた人で、あなたは修学旅行に行ってから一度も省の外に出たことがない情報省の高官。あたしはあなたたちに雇われた者。これで満足かしら?」

スリー・シーグラスは目を見ひらいてテイクスカラアン式の笑みを浮かべた。ひどく腹を立てている。「たしかに。あなたのもてなしは期待していませんでしたけどね、イクスプラナトル、いちおう試してみようかと思いまして」

「あたしはイクスプラナトルではないわ」ファイブ・ポーティコは言った。「あたしは整備士よ。考えておいて、アセクレタ、あたしが大使と話しているあいだに」

「わたしの頭の中にはすでにマシンがある」マヒートは言った。「ここ、脳幹と小脳が出会うところ」体をひねってファイブ・ポーティコに見せてから、首の最上部にある小さな傷跡を親指でなぞる。「あなたには新しいマシンを、いまのものとまったく同じ場所に、同じやりかたで組み込んでほしい。中央部分は織りをほぐして——あとでまた織り直して、外側のマシンへの接続部はあらためてつないで」

「それでこのマシンは具体的になにをするものなの、大使？」

マヒートは肩をすくめた。「一種の記憶の拡大。シンプルそのもの」

シンプルどころではないものだったが、三分間の失礼な出会いのあとでマヒートが共有する気になれるのはそれが限度だった。ファイブ・ポーティコは興味と疑いを両方あらわにしていて、どちらの表情も自然に見えた。「いま付いているのは故障中？」

マヒートはちょっとためらってからうなずいた。

「どんな故障か説明できる？」

ファイブ・ポーティコの質問は、マヒートがイマゴマシンについて語ったときにトゥェルブ・アゼイリアやナインティーン・アッズ、あるいは皇帝自身から投げかけられた質問とは微妙に異なっていた。それは遠回しで、あいまいで、ほんとうの目的をほのめかしながらも、マヒートにそれを教えろとあからさまに迫るものではなかった。マヒートは、この女性は違法な脳外科手術を必要とする理由を明かしたくないあらゆる種類の人びとにいつもこういう質問をしなければならないのだと気づき、自分がファイブ・ポーティコの最初の患者でないことに妙な安心感をおぼえた。

「あなたがわたしを開けたときになにがあるかわからない」マヒートは話し始めた。「故障は機械的で目に見えるものかもしれない。あるいは……そうではないかもしれない。マシンが正常に機能していないうえに、それにアクセスしようとすると末梢神経障害としか言いようのない症状が出るの」

「それで、摘出と交換の作業中にどういうことがあったら中止してほしい、大使？」ファイブ・ポーティコの人工の目の赤く光る中心部が広がり、伸長した。まるでレーザーハウジングの白熱する心臓部をのぞき込んでいるように。

「大使にダメージをあたえないことが望ましいです」スリー・シーグラスが言った。

「もちろんそうでしょう。でも、あたしが割ろうとしているのはあなたの頭蓋骨ではないのよ、アセクレタ、だからあたしは大使自身から聞きたいの」

マヒートはどのような惨事なら許容できるかを考えた。震え、失明、発作の連鎖、死―

—全テイクスカラアンが彼女のステーションに狙いを定め、巨大な顎をひらいているいま、どれもさほど重要なこととは思えなかった。いままでこんなふうに、どこにも命綱がつながっていないように感じたことはなかった。この豊かで広大な惑星で、ちっぽけな塵のような人間が、ルスエルが誇る神経科医でさえ認めないような実験を試みようとしていた。

「わたしは生きていたい」マヒートは言った。「でも、それはわたしの精神的な能力の大部分を保持できそうな場合にかぎる」

マヒートの背後で、トウェルブ・アゼイリアが抗議の声をあげた。「いやいや、ぼくだったらもう少し控えめにいくよ、マヒート——ファイブ・ポーティコはなんでもまともに受け止めるから……」

ファイブ・ポーティコは舌の先を歯に当てて、なにやら考え込んでいるように小さく鼻を鳴らした。「信任投票に感謝するわ」その口ぶりがあまりにもそっけなかったので、マヒートは彼女が不快に思ったのか喜んだのかよくわからなかった。「生きていて精神的にも機敏なまま。わかったわ、大使。それで、このささやかな冒険のためにあなたはなにを支払うつもりでいるのかしら？」

マヒートはうろたえ、自分がどうやって支払をするか考えてもいなかったことに気づいた。大使としての給料はある——とはいえまだ受け取っていなかったし、テイクスカラアンの政情がこれ以上悪化したら、一度も支払を受けられないのではないかという疑いがある——そして、彼女が持っているクレジットチップの通貨口座は、ルスエルの銀行の機械以外では読み取ることさえできない。マヒートはこの手術を宮殿のレストランのようなものだとなんとなく考えてここまでやってきた。だれかの大盤振る舞いだと、あるいはだれかの政治的な交渉材料だと。なんと愚かな。なにも考えていなかったのだ。彼女のふるまいはまるで——

——ああ、テイクスカラアンの貴族ならこんなふうかもしれない。

くそっ！

「あなたは取りはずしたマシンを自分のものにできる」マヒートは言った。「科学省のメンバーや皇帝陛下に引き渡したりしないかぎり、それを使ってなにをしてもかまわない」

「——マヒート」スリー・シーグラスが愕然として言った。

マヒートは、スリー・シーグラスの顔のすべてのラインが裏切られたという失望にゆがんでいるのを見て、ぐっと歯を食いしばった。マヒートがテイクスカラアンの価値観を尊重し、テイクスカラアンの官僚制度や宮廷文化の様式や機能に従っていたことは、スリー・シーグラスにとってそんなに重要なことだったのだろうか？　いまマヒートが手放そうとしているのはイスカンダーが懸命に売り込んだものだ。そうだ。おそらくそうだったのだ、彼女はそれが真実であることを望んでいなかったが、やはり現実であり（結局、友情などなく、たまたま見つけた味方もなく、ただ私利私欲だけがあって、それはとてもつらいことだったが、いまはどうすることもできなかった）、そして彼女には、自分の真意を説明したり、相手の失望を取り除こうと努力するだけの時間も気力もなかった。

だが、ファイブ・ポーティコは「決まりね」と言って、まるで風味豊かなデザートをかじらせてもらったかのような顔をした。マヒートは気分が悪くなった。「脳外科手術を実施している文化からちょっとしたテクノロジーを拝借できるとなれば、あなたの頭の中へ一度遠征する以上の価値があるわ、大使。ほかになにか必要なことはない？　視力を強化するのはどう？　髪の生え際をここにいるアセクレタですら魅力的だと思うような形に変えるのは？」

「そんなものは必要ない」マヒートはひるむまいと努力した。表情がまったく変わらないよう努力した。ちゃんとテイクスカラアン人らしく、穏やかに。イスカンダーが教えてくれたように（いまマヒートは、彼を、イマゴを、彼女のもうひとつの自我を殺そうとしているのか？　それが彼女の支払うほんとうの代償なのか？　たとえイスカンダーを彼自身に置き換えるのだとしても、彼女がなるはずだった人物を破壊することになるのだから）。

「お好きなように」ファイブ・ポーティコが言った。「あたしの手にあまるできごとが起きないかぎり——ここベルタウンでもサンリットの襲撃からはのがれられないし、それがあたしの命に関わることならマシンは引き渡す——あなたの世界のテクノロジーがそれをもっとも必要とする人のところに戻ることはないと言っておくわ」

「なんてとんでもないことを」スリー・シーグラスがだれにともなく言うと、トゥェルブ・アゼイリアが彼女の腕に手を置いた。

「わかってる」マヒートは言った。「でも、ほかにましな選択肢がない」

「ないんでしょうね」ファイブ・ポーティコが言った。「さもなければこんなところへ来ることはなかったはず。さあ、手術室に入って。始めましょう。彼女は三時間かそこらで戻ってくるわ、アセクレタ——戻ってこられればの話だけど」

第16章

夜間外出禁止令　二二〇〇時より〇六〇〇時まで——市民の不安が高まっているため、サンリットは以下の地域で夜間外出禁止令を発令しました。セントラル・サウス、ベルタウン・ワン、ベルタウン・スリー……

——クラウドフックおよびニュースフィードでの告知、251・3・11

……現在の状況を鑑み、テイクスカラアン帝国はルスエル・ステーションから新たな大使の派遣を要請する。メッセージ終わり。

——アセンションズ・レッド・ハーヴェストからルスエル・ステーションの政府へ特使によって届けられた外交文書

滅菌されて清潔ではあったが、ファイブ・ポーティコの手術室はマヒートの記憶にあるルスエルの白いプラスチックの部屋とは似ても似つかない場所だった。高さ調整が可能な台に磨きあげられた鋼鉄製のテーブルが置かれ、そのまわりには移動式の器具用アームと複雑な拘束具が林立していた。夢のような、まったく非現実的な気分のまま、マヒートは上着を脱いだ。シャツは着たままで、その下のあばらにはまだ彼女のルスエルの秘密が縛り付けられていた。ファイブ・ポーティコは気にしていないようだった。てきぱきとマヒートをテーブルの上に腹這いにさせ、頭をパッド入りの棒とストラップのケージで固定した。不条理だった。別の惑星にある集合住宅の奥の部屋で、見知らぬ女に彼女のイマゴマシンを引き抜かせようとしているなんて。彼女はイエスと言っていた、何度も何度も。

〝イスカンダー〟マヒートは最後にもう一度だけ必死に意識を差しのべた。〝許して。ごめんなさい——戻ってきて、お願い——〟

やはり沈黙。例の神経障害が腕から一番外側の指までぴりぴりとくだっていく以外はなにもない。

ファイブ・ポーティコが注射器を手に近づいてきた。針の先端は麻酔薬がしずくになっている。人工の目の虹彩がひろがり、金属製のシャッタースピンが外へのびていく。針がマヒートの上腕に刺さったが、その目の白色レーザーの心臓部をまえにしては、ほんの付け足しでしかなかった。

　頭がくらくらしてきた。ファイブ・ポーティコの手がマヒートの腕に置かれていた。自分の骨が鋼鉄に押し付けられているのを感じた。レーザーアイがさらに広がり——その熱を感じた——〝彼女はあの目を使って切るつもりなのか〟——

　空白。ゆるやかな衰退、巻き戻しで過去へ、さらに巻き戻し、閉じていく闇の記憶、下降、そして——彼が目覚めるとそこは落ち着いた肉体の中、かすかな酸素がやすやすと、ゆっくりと喉をとおってくる——初めに、安堵、めまいのするような深い安堵、息をしている、空気が届かなかったところで肺に空気が満たされた強烈な喜び——

(彼は床の上にいた、床の上で息を詰まらせていた、敷物のパイルが彼の頰に押し付けられていた、だがいまは彼の頰はなにか冷たいものの上にあった)

　呼吸が、さらにゆっくりと、薬でゆっくりと——

(——わたしの頰じゃない、肺が小さすぎる、体が細くてきゃしゃで若さと疲れが簡単に混ざっていて、こんなに若くなったのは何十年ぶりだろう——別の体、新しい小さな自我、わたしは死んだのか——死んでイマゴに、新しい体の中に——)

　彼の口が鋭い、調子はずれな音を立てていた。理由はわからなかった。

　それは問題ではなかった。彼は息をしていた。彼はふたたび闇に沈んでいった。

ルスエル・ステーションにおける日の出は二十四時間周期で四回訪れる。日差しを受ける彼の手の甲（しわがない、四角い爪）は、冷たい、鍛えられた灰色の鋼鉄の上に置かれている。指は針に刺されたようにアドレナリンでちくちくしている。彼の向かいにはダージ・タラッツがいて（どこか遠くから、彼にはだれなのかわからない声――このダージ・タラッツはとんでもなく若い、だれかの記憶にあるような動く死体ではなく、人間らしく見える）、きっちりカールした灰色の髪の下、重苦しい顔で話している。「我々はきみをテイクスカラアンへ派遣するつもりだ、ミスター・アガーヴン、きみにその気があるならば」

彼は言う〈自分が言っていたことを思い出したように〉（彼女が言っていたように）

「行きたいです。わたしはずっと望んで――」

あふれ出す鮮明な欲望、本来は自分のものではないものへのむきだしの恥ずべき欲望。

彼がそれを感じたのはこのときが初めてだったのか？

（もちろんちがう。彼女にとっても初めてのことではなかった）

「きみが派遣されるのはきみが望むからではない」ダージ・タラッツが言う。「そうなれば帝国はきみの体からさらに肉をむさぼることになるかもしれないが、しばらくはきみをこちらへ吐き戻すことはないだろう。我々はテイクスカラアンに影響力のある人物を必要としているのだ、ミスター・アガーヴン。できるだけ深く入り込み、必要不可欠な存在になってもらいたい」

彼は若さゆえの傲慢な態度で「きっとなります」とこたえ、そこでやっと質問する。

「なぜいまなのですか？」

ダージ・タラッツが鋼鉄のテーブル越しに星図を押しやる。緻密で正確なもので、イスカンダーはそれらの星ぼしを知っている。子供のころに見た星ぼしだ。星図の片方の端にいくつもの黒い点があり、座標が記されている。なにかが起きた場所。

「テイクスカラアンより悪いものから我々を守ってくれとテイクスカラアンに頼まなければならない可能性があるからだ」ダージ・タラッツが言う。「それを頼むときには、彼らに我々を愛してほしい。我々を必要としてほしい。テイクスカラアンに我々を愛させるのだ、イスカンダー」

「この場所でなにが起きたのですか？」たこのできていない指先を広がった黒い点の上に置いて、イスカンダーはたずねる。

「ここにいるのは我々だけではない」ダージ・タラッツが言う。「ここにいる別のなにかは飢えている、ひたすら飢えている。いまはまだ休眠しているが、しかし……その状況は変わるかもしれない。すぐにでも。そのときのために、きみにはテイクスカラアンに介入を依頼する準備をしておいてほしい。少なくとも人間の帝国は人を心臓から外へ向かって食べるだけだからな」

イスカンダーは怒りと恐怖に身を震わせる。怒りを、侮辱を、愛するもののせいで卑劣になるという感情を抑え込み、有益な質問をする。「これまでもエイリアンとは遭遇していますーーこれはなぜちがうのですか？」

ダージ・タラッツの顔は穏やかで、落ち着いていて、とことん冷たい。イスカンダーはのちの困難な時期にそれを夢見ることになり（それがわかるのは、先のことをおぼえているから）、タラッツがこう告げる夢を見ることになる——「やつらは考えないのだ、イスカンダー。やつらは人ではない。我々はやつらを理解できないしやつらも我々を理解できない。説得も交渉もしようがない」

その夢を見て、どんな厚手の毛布や恋人の温かな体でも追い払えない寒さの中に目覚める。そして考える、自分自身に向かって——なぜタラッツは評議会に言わなかったのか？　なぜ彼の武器にわたしを選んだのか？　どれだけ続くかわからない期間（〈二十年〉とだれかがつぶやく）こんなリスクをおかして、タラッツはルスエル・ステーションにどうなってほしいのか？

あのときでさえ、タラッツがテイクスカラアンの軍事的保護よりも大きなものを望んでいることはわかっていたが、あのときイスカンダーはシティに、宮廷にいたので、そんなことは――問題ではなく――

〝これを思い出すのは二度目だ〟

〈これを思い出すのは二度目だ〉

(わたしは見たことがないものを思い出している――)

〝わたしはこれを見た。わたしがこれだ。きみはだれだ?〟

(内側を向き、探し求め、その異質な声を見つける――彼女を見る、彼らの内側に。内側を向き、そして内側を向くことで彼らはおたがいを見る、二重に――)

〈おれはイスカンダー・アガーヴンだ〉イスカンダー・アガーヴンが言う。

イスカンダー・アガーヴンは二十六歳で、テイクスカラアン領に来て三十二カ月ほど。イスカンダー・アガーヴンは〈死んだ! 死んだ、おれはあんたが地下室の台座の上で死んでいるのを見た! あんたが死んだからおれは死んだんだ!〉四十歳、ほぼ四十一歳で、中年期には避けようのない身体面の悲劇、腹と顎の線のたるみがある。

わたしがイスカンダー・アガーヴンだ、とイスカンダー・アガーヴンが言う、きみは十五年まえにわたしがルスエルに送り返したイマゴだ。わたしのイマゴをわたしの中に入れるなどというバカげたことをしたのはだれだ？

〝それはわたしです〟

（ふたたび内側を向き、横を向き、そして見る――頬骨の張った女性、短く刈り込まれた髪、背が高くて痩身、鋭くとがった鼻、灰緑色の目は疲れて血走っている）

わたしはマヒート・ドズマーレ、とマヒート・ドズマーレが言う、いまのわたしはあなたたち二人でもある。

血と星の光にかけて、とイスカンダーが言う、彼のそれぞれが、彼の両方が、まったく同じ口調でテイクスカラアン語の悪態をつく、なぜそんなことをした？

自分の心の中で笑うのは不快だな、とマヒートは笑いながら気づく、あるいは不快なのは三つの心をひとつの心に合わせようとすることであり、彼女／彼らはほかのふたつの心があまりにも似すぎている一方、彼女は……そうではないので、この断層部分から分裂してしまうかもしれない。彼女は女性で、ひと世代若く、四インチ背が低く、朝食のお粥にかける粉末加工されたフィッシュフレークの味が好きで、彼らはそんなどうでもいいことにはうんざりで、彼女は自分の心の中へ落ちていく、まるでこだまのような気分で、異質な人間味のない手で彼女が切りひらかれて彼女ではないなにかに作り変えられている場所へ——

ルスエル・ステーションには心理療法の長い伝統がある。さもなければ内部の全員がとうの昔に自己喪失の危機に陥っていただろう。

イマゴとの統合の初期段階、ふたつの人格が、そのイマゴ構造においてなにが重要なものでなにが捨てるべきものなのか、ホストの人格が自己同一性をたもつために不可欠なのはなにか、編集、上書き、削除できるのはなにかを整理するもっとも困難な時期——その初期段階において人がすべきことは、選択について考えることだ。小さな選択、イマゴとホストが同じやりかたを選ぶ些細な選択。その選択に意識を集中するのだ——ゆるぎない場所、対立のない核心として。そこから積みあげていくために。

〈マヒート〉イスカンダーたちの一人が言う。彼女はそれを若いほうだと、彼女のイマゴだと、もう半分以上は彼女のものになっているほうだと思う。〈マヒート、初めて偽サーティーン・リバーの『拡大の歴史』を読んだときになにを感じたかを思い出せ。ルスエル・ステーションのラグランジュ点で浮かんでいるときに見ることができる三重の日の出の描写に出くわして、おまえはこう思ったはずだ。〝ようやく、わたしの気持ちをあらわす言葉を見つけたのに、それはわたしの言語ですらない——〟〉

〝そうだ〟マヒートは言う。そう、たしかにそうだ。あの胸の痛み——あこがれと激しい自己嫌悪、それはあこがれをいっそう強くしただけだった。

〈おれも同じことを感じた〉

〝わたしたちも同じことを感じた〟

二人の声、ほとんど同じ声。マヒートの神経に電気の火がともる、わかってもらえるという甘美な思い。

突然、不快きわまりないことに、マヒートは自分の頸椎の内部を流れる空気の動きをけっして意識したくなかったかたちで意識した。胸の悪くなるような親密な愛撫が神経インパルスの連鎖へと変化し、指先や足先がほのかな圧迫感と共に輝き、そこでなんらかの巨大なスイッチが作動して、突然の痛みに切り替わる。

なぜわたしは意識を失っていないの？

ファイブ・ポーティコはわたしになにをしているの？

マヒートは叫ぼうとしたができなかった。彼女を無意識の境界の下にとどめておくはずの薬物は麻痺性だった（少なくともなにかが効いているのだと思うと恐ろしかった。少なくともファイブ・ポーティコの顕微外科手術の真っ最中に暴れて自分の神経系を引き裂くことはなさそうだった）。

電気的な感覚の波が、手足の先からなすすべもなく押し寄せてきて――

彼らは二人いる。彼らはおたがいを見る。一人は死んでいて一人は崩壊しかけていて、若い顔は記憶があやふやなスケッチで、茶色ではない緑色のマヒートの目で穴埋めされている。なじみのない感覚中枢にいることの違和感、この体は嗅覚がより鋭く、彼女のストレス反応ホルモンも異なっている――痛みへの耐性がより大きいのだ。イスカンダー（どちらでも問題はない）は、女性ホルモンの影響を受けた体は男性ホルモンの影響を受けた体よりも痛みに対処する能力がすぐれていることをおぼえていて、〝少なくともそのほうが楽だろう〟と考えているが、彼女に起きていることはとても痛い。彼らであれ。彼女であれ。

一瞬のシャッフル。ゼロGで漂流するデブリのような記憶のかけらが、どこかの太陽の光を受けて目が痛くなるほど輝く――

（窓から射し込む太陽の光が彼の手の甲に落ちる。そこにはとても多くのしわがあり、血管が浮きあがっている。テイクスカラアンで歳をとるとは思ってもみなかったが、彼はこうして自分の居室でペーパーに符牒を記し、ダージ・タラッツに伝えている――これ以上自分のイマゴのコピーを送るのはどのような経路であれ安全ではないこと、そしてルスエルに戻ってイマゴマシンを保管したうえで記録を続けるために新しい空のマシンを組み込むつもりはないことを。それは真実ではない。安全でないのは、ルスエルのすべての人びとの安全を守るために彼が準備していることを、ルスエルから来た者に知られることだ。彼は年老いただけではなく古びたような気がしている。非常時にくだした数々の選択の朽ちかけた寄せ集め――非常時に情熱のあまり、というのは恐ろしい組み合わせだ――しかし非常時に献身により、というのはもっと悪く、しかも真実に近いかもしれず――）

（「――非常時には、後継者に関する皇帝の意思を尊重しなければならない」エイト・ループが言う。「ゆえにわたしは九十パーセントのクローンをわたしの法定相続人とすることを提案する」イスカンダーは彼女を見つめて考える。〝わたしがこの子になにをしようと、彼自身の民が彼のために計画していることほどひどくはない――彼らはこの子の人生のあらゆる面を支配し、彼らがこの子を作りあげ、彼らがこの子の代わりに選択する。この子を引き渡して皇帝をその中に住まわせるのは、それ以上に悪いことなのだろうか？〟

そして彼は思う。ああ、そのとおりだ、そしてわたしはどのみちそうするのだ）

（――皇帝シックス・ダイレクションは太陽の槍の王座で輝きを放ち、その顔のあらゆる面にさりげない強さをたたえている。イスカンダーの胃は目のくらむような期待感にひっくり返り、こみあげてきたしびれるような感覚が喉の奥につかえている。〝皇帝はわたしと話したがっている。あれだけ興味をそそる秘密を教えたのだから、きっとうまくいくはずだ――わたしが差し出せるものを、皇帝が拒否するはずはない――〟）

（――最後に食べた詰め物入りの花が喉の奥につかえている。息もできず、飲み込むこともできない。テン・パールが彼の手首を刺したところが強烈な熱をもっている。テン・パールはテーブルの向こうから批判がましく彼を見て、ため息をつく。かすかに哀愁を帯びた、あきらめたような音。「わたしはきみを皇帝の心から遠ざけるためにもっと良い方法はないかと考えた。ナインティーン・アッズも努力した――彼女を許してやってくれ、もしもきみの宗教が赦しのある来世を認めているのなら――」）

　記憶のかけらが合体する。崩壊する。マヒートはそれを追って、三人の中心へと降りていく。わずかに抵抗があって（〝だれにも教えるべきではない、だめだ、それは――あなたは死んでいる〟とマヒートは思う――〈おれは死んでいる〉と別のイスカンダーが、若いほうが思う）それから――

「不死にしてくれとあなたに頼んだとき、皇帝はあなたとベッドにいたのですか？」

　ナインティーン・アッズは、イスカンダーの裸の胸の上に寝そべり、両手に顎を乗せ、真剣なまなざしで彼を見あげている。彼女は全身にこまかい汗をかいている。イスカンダーは、いまの質問を考えれば、彼女のことをエロティックだと思うのはやめるべきだと思うが、それでなにが変わるわけでもなさそうだ。彼は自分自身に驚いていればと願う。手の指を彼女の髪の中にとおし、黒い絹のようなふさにからませる。皇帝の髪もこれと似ているが、あちらは銀灰色だ。質感は変わらない。

（もう一人のイスカンダーがちらついている。ほとんどがリビドーであり、淫猥な興味であり、マヒートはそれを股間の低いところの脈動として、欲望の肯定として感じる。それはすんでのところで爆発的な認識から彼女を守る——ナインティーン・アッズの質問に対する回答はイエスなのだ）

（〈彼女に気づかれたのか〉イスカンダーがイスカンダーに言う）

（〝あの夜のわたしはきみより十歳年上で、その二カ月ほどまえから彼女はわたしのことを真剣に受け止めてくれるようになっていた〟イスカンダーは言う。〝黙って思い出させてくれ、これは……〟）

（〈楽しかった？〉）

（〝いや〟彼らがその記憶の中にいるイスカンダーが言う。〝いや、これは重要なことだったんだ〟）

（マヒートの中には、オフィスビルのバスルームでのナインティーン・アッズの記憶、彼女の手がマヒートの手に重なったときの奇妙なやさしさ、彼女の突然の気遣いがあふれている。あの欲望がマヒート自身のものだったのか、それともイスカンダーのものだったのか、あるいは彼ら両方のものだったのかを思い出そうとする——この記憶を見ながら、二人の両方に向かって告げる、〝血と星の光にかけて、なぜこれがいい考えだと思ったの〟。マヒートはそのこだまに悪意を込める。そんな悪意では、イスカンダーがナインティーン・アッズか皇帝のどちらか、あるいは両方を誘惑した——逆に誘惑された——ことにマヒートがまったく驚いていないという事実を隠しきれない）

その記憶のベッドの中で、イスカンダーはナインティーン・アッズの穏やかな淡々とした視線から目をそらして言う。「あれは不死ではない。きみが言っているのがそのことだとしたら。肉体は死ぬ、ほんとうに重要なのはそこだ。人格のほとんどは内分泌系で決まる」

ナインティーン・アッズは考え込む。裸でいてもその顔にある冷静に品定めするような表情はなにも変わらないように見える。それは彼女がイスカンダーをベッドに連れ込むまえの表情と同じだ。「ではあなたがたは内分泌系の融和性で合わせるのですか？」

「人格で合わせるんだ。よく似た人びとを生み出す内分泌系はたくさんあるが、重要なのはその人格が統合できるかどうかだ。しかし、ある程度の身体面の類似性、あるいは幼少期の類似した経験があるほうが容易になる」

「光輝なる陛下はクローンを作りたがっている」

　イスカンダーはその考えに身震いし、ナインティーン・アッズにそれを見られないようにしようとする（イスカンダー＝マヒートが身震いする。何人のテイクスカラアン市民に誘惑されても、宮殿の文化にどれだけ長く浸かっていても、ある種のタブーは消えないようだ。自分のクローンにイマゴを入れることはできない。一致率が高すぎるのだ。人格は統合されない。その代わりにどちらかが勝利をおさめ、もうひとつの自我が提供するものが失われてしまう）。「わたしたちはイマゴのホストにクローンは使わないんだ、ナインティーン・アッズ。クローンの肉体によってイマゴとしてのシックス・ダイレクションの表現がどう変わるのかまったくわからない」

　ナインティーン・アッズは舌打ちをした。彼女はイスカンダーに身を寄せている。彼の嫌悪感がしっかり伝わっているのかもしれない。

「光輝なる陛下の再利用だと考えれば、わたくしの心が乱れることは少なくなります。それでもやはり心は乱れます」ナインティーン・アッズが言う。

　イスカンダーは言う。「そうでなければ驚きだよ。わたしだって心は乱れるし、初めにイマゴマシンを使うことを提案したのはわたしだからね」

「では、なぜそれを提案したのですか？」

イスカンダーはため息をつき、枕の中で身をずらす。彼が体を横向きにすると、腰と胸が作るくぼみの中にナインティーン・アッズがおさまる。忘れがたい、骨張った存在感。

「テイクスカラアンは巨大で飢えているが、皇帝シックス・ダイレクションは狂っているわけでも、権力に飢えているわけでも、残酷なわけでもないからだ。良い皇帝というのはあまり多くないんだよ、ナインティーン・アッズ。詩の中にさえ」

「そしてあなたは彼を愛している」

イスカンダーは思い出す。皇帝のベッドで眠りについてから一時間ほどして、疲れ切って心地よいうずきと共に目を覚ますと、すでに起きていた皇帝は裸の膝の上にインフォフィッシュを山積みにして仕事をしていた。身を丸くし、自分の体の温かい曲線を支えにして作業を続けていた。それはとてもささやかなことだったが、シックス・ダイレクションは片手をイスカンダーの頰に当てたままにしていた――イスカンダーが、彼は少しでも眠ったのだろうかと考えたら、心の中にクラウドフックがあるようなこだまが聞こえた。それはフォーティーン・スカルペルの『戦没した旗艦トウェルブ・エクスパンディング・ロータスへの賛歌』の一節で、その艦長のことを、彼女が部下と共にどのように死んだかを描いている。〝あらゆる星図は見張られている／彼女の眠らない目によって／あるいは導かれている／彼女の槍でたこができた手によって／こうして彼女は倒れる／真の船長として〟眠らない皇帝。誘惑は詩の題材だ。彼が真実であることを望む物語の。

「そしてわたしは彼を愛している」イスカンダーはナインティーン・アッズに言う。「愛するべきではないが愛している」

「わたくしもです」ナインティーン・アッズが言う。「まだ愛していられたらいいのですが、彼がもはや彼自身ではなくなったときにも」

〝わたしたちはわたしたち自身なのか？〟

彼らの一人が問いかけている。彼らの一人はこれを修辞的疑問と考えている。記憶の継続性というものがあり、それが自己を作る。自己とはその自己であることをおぼえている者のことだ。

彼らの一人が訂正する。〝内分泌反応で濾過された記憶の継続性〟

彼らの一人が訂正する。〝わたしたちはみんなその自己であることをおぼえていて、それでもわたしたちは同一ではない〟

彼らはおたがいを見ている。その奇妙な内部の三重視。マヒートは初めてイスカンダーを見たときのことをおぼえていない。イスカンダーも——彼女のイマゴ、彼女のもうひとつの自我、いまは薄れてぼろぼろになり、ひとつにまとまっておらず、現存する彼の部分はマヒートの神経にすでに書き込まれた部分でしかない——やはりそれはおぼえていない。忘れてしまったのか、それとも単にマヒートがおぼえていたことを、あるいはイスカンダー（もう一人の、死んでしまったイスカンダー、串刺しにされた男のように死ぬところまで追いつめられていた）がおぼえていたことをおぼえていただけなのか、それすらわからない（わからないというみじめな告白）。

（——最後に食べた詰め物入りの花が喉の奥につかえている。息もできず、飲み込むこともできない——）

やめて、とマヒートが言う。あなたは死にかけていたけれどいまはあなたもわたしたちの一部。

マヒートはイスカンダーのほかの記憶や、彼のテイクスカラアンとの相互誘惑の深さを知ったことでまだ動揺しているが、それでも自分をしっかり持っているので（彼らが一部となっているのは彼女の体なのだ）、テン・パールによって投与された息が詰まる毒をふたたび感じたいとは思わない。

あなたは死んでいたけれど、いまは死んでいない、そしてわたしはあなたを必要としている、とマヒートは言う。わたしにはあなたの助けが必要なの、イスカンダー。わたしはあなたの後継者で、そのわたしがいまあなたを必要としている。

マヒート＝イスカンダー、破れたぼろ布――〝すまない〟

その老人は、死にかけている、愛の中で。喉を詰まらせ、息をしようとして――彼がいま生きている肺を働かせようとして――

その鋼鉄のテーブルの上で、歯を食いしばり身をかたくして強直間代《きょうちょくかんだい》発作のアーチを描きながら、マヒート（あるいはイスカンダー）（あるいはイスカンダー）は、ファイブ・ポーティコが手術を始めてから二度目となる、恐ろしい覚醒を体験した。自分の神経系が空気中にさらけだされているというおぞましい感覚は消えていた――ささやかな慈悲。頭蓋骨の中にはもう器具はなかったし、たとえ痙攣を起こすとしても、異常な電気活動で脳を焼くだけであって、鈍器損傷によって脳を引き裂くことはない――

肺が痙攣した。イスカンダーの呼吸はマヒートのそれとはちがい、より大きな肺か、神経毒の麻痺で硬直している肺に慣れているようだった。視界のほとんどが青と白の火花で埋まり、視野の端では灰色に沸き立つものが浸食を始めている。パニックを起こさずに、なんとかしてこの内分泌系に呼吸をさせる方法を思い出して、落ち着きを取り戻して、止めなければ――

〝イスカンダー、わたしにはあなたが必要なの、わたしたちには仕事がある、あなたは消えてはいけない――〟

毒の花で焼かれた手が鋼鉄のテーブルに叩きつけられ――目がくらむような一瞬、その痛みが彼女自身のものなのか、それとも手に針を刺されて毒の熱を放ちながら死にかけているイスカンダーの記憶なのかわからなくなった。同じ電気的な刺激が尺骨神経を駆け抜けるのを感じたが、それは彼女が精神を共有していたイマゴ＝イスカンダーの機能不全を知らせるものだった。

もしもこの痛みがすべてむだだったら？　もしも妨害工作をほどこされたのがイマゴマシンではなく、マヒート自身で、あの機能不全が彼女の神経にあるとしたら？　もしもファイブ・ポーティコに意味なく彼女の体をひらかせたのだとしたら――

〈マヒート〉イスカンダーが言った。その内なる声には妙な二重性があった。つぎはぎだった。だがそこにあった。

マヒートの背は激しくのけぞっていて、自分では戻すことができなかった。〝わたしたちは死なない、あなたがわたしたちを死なせないかぎり〟彼女は内なる声に向かって呼びかけ、自分でもそれを信じようとした。

針が刺さる感覚があった。今度は尻の肉に。〝ファイブ・ポーティコだ〟マヒートは思った。〝ファイブ・ポーティコがわたしを治そうとしている〟

のっぺりした闇が雷鳴のようにマヒートをのみ込んだ。それは救いだった。

幕間

精神とは裏返しの星図のようなものだ。記憶、条件反応、過去の行動の集合が、電気と内分泌系の信号のネットワークでつなぎ合わされ、意識という単一の動点にまとめられている。ふたつの心がひとつになれば、それぞれが過去と現在の広大な地図と、より広大な未来の予測地図を持つことになる——ふたつの心がひとつになれば、どんなに近くても、どんなにからみ合っていても、おたがいにとって異質な独自の地図をそれぞれが持つことになる。ダージ・タラッツとデカケル・オンチュを見てみよう。かつての友人であり、長年の同僚であり、おたがいの動機に深い疑いをいだいている——その二人が、オンチュの個人用の睡眠ポッドという静かなプライベート空間で顔を合わせている。おたがいの曲げた膝がいまにもふれそうだ。防音システムは作動している。

二人の世界地図が一致していないところを注意して見てみよう。

オンチュがタラッツに持ってきた報告書は、ステーショナーの宇宙を移動してステーショナーの船とステーショナーの操縦士を食っている、三本のリングを持つ巨大宇宙船に関するものだ。それと同時に、彼女は理解しがたいものに対する反応としてイマゴラインに植え付けられている、重力でゆがんだぞくぞくするような恐怖もたずさえていた。そのことをタラッツのまえで認めたら彼女の誇りが少し傷つくことになるが、〈鉱夫〉と〈操縦士〉は古くから同盟関係にある。ステーションの金属製の殻の外側に広がる漆黒の世界に男女を送り出す、ルスエル政府のふたつの突端だ。

　オンチュにとってタラッツの返答は予想外だった。彼は二十年以上もまえから噂やヒントや隠蔽された報告によってこの侵入のことを知っていた。そのうえで、秘密の地図と、その地図のデータを提供するスパイや情報提供者のネットワークを持っていた。オンチュを訪ねてきた貨物船の船長は、その後にダージ・タラッツのオフィスに立ち寄っていた。

　オンチュはそのせいでタラッツに腹を立てている。だが、それは有益な怒りではなく、いつまでも引きずってもいられなかった。タラッツが長いあいだかかえてきた重荷を解き放つように告白を続けたからだ。タラッツが何年もまえにテイクスカラアンへ赴任したイスカンダー・アガーヴンのために用意したそうそうたる計画の中には、同盟構築のための準備も含まれていた。うまくすれば、いずれ時が来たときに、ステーショナーと同じ人間ではあるがより飢えているひとつの帝国を、より巨大でより異質な帝国の胃袋へみずから飛び込むよう誘導できるかもしれない。その帝国は、長いあいだ多くのものをむさぼり食ってきたように、そこで食い尽くされるかもしれない。

「あなたはわたしたちを餌にしている」デカケル・オンチュは言う。「テイクスカラアンとそのエイリアンとの衝突がわたしたちの目のまえで起こることになれば――」

「餌ではない」ダージ・タラッツはこたえる。「我々を吸収するぞと繰り返し脅してきた政体に、我々を現在の姿のまま維持するほうが得だと思わせようとしているのだ。衝突はここでは起こらない――テイクスカラアンの艦隊はここのアンハメマット・ゲートをとおり、これらの船が出現しているほかのすべてのジャンプゲートをとおる――そしてエイリアンの本拠地へ出向いて行くことになる」

オンチュはタラッツの頭の中を想像する。この男はテイクスカラアンを潮のように考えている。押し寄せてはまた戻るだけで、海はそのまま変わらないと。オンチュは海を見たことがある。高潮で海岸線がどうなるかを見たことがある。

タラッツは潮のことは考えていない。重しのことを考えている。銀河系レベルで親指を思い切り押し付けて、小さなへこみを作り、ちょっとした変化を起こそうとしている。ある男がテイクスカラアンへ行き、全身全霊でそれを愛し、彼自身がそれに魅惑されてきたようにテイクスカラアンを魅惑することで起こるかもしれないちょっとした変化――それはテイクスカラアンを死へ導くかもしれない。

「あなたはこれでなにを求めているの？」オンチュはポッドの静寂の中でたずねる。

「終焉だ」指を押し付けていたあいだにかなり歳をとってしまったダージ・タラッツが告げる。「帝国の終焉。不動の物体にありえないほどの力をぶつけて、それを破壊する」

オンチュは歯を食いしばってうめく。

第17章

三等貴族イレブン・コニファー、短い闘病の末に死去

ヤオトレック・ワン・ライトニングのもとで第二十六軍団に所属して帝国に勇敢に尽くした三等貴族イレブン・コニファーが、短い闘病の末に昨日亡くなったことを、故人のもっとも近い遺伝的親族で四十パーセントのクローンであるワン・コニファーが、彼の勤務先であるセントラル・トラベル・オーソリティの北東支部をたずねた記者に伝えた。「わたしの遺伝的祖先の死は予想外でした」ワン・コニファーは語った。「わたしも彼と同じように脳卒中の遺伝子マーカーを持っているかどうか調べるために、ありとあらゆる検査を受けるつもりです……」

――トリビューン紙、訃報フィード、252・3・11－6D

我々のセクターへ向かうティクスカラアンの船団を発見――アドバイス願います――

――数が多すぎて要撃できそうにありません――少なくとも軍団規模で行軍中――
――ルスエル・ステーション防衛の名目上の責任者をつとめるデカケル・オンチュが、カムチャット・ギテム操縦士から受け取った通信文。２５２・３・１１‐６Ｄ（テイクスカラアン暦）

マヒートが目覚めると、あたりは薄暗く、手のひらと頬の下にはざらざらした心地よい布地の感触があり、人生で最悪の頭痛に襲われていた。口の中が汚染された砂漠のようだ――乾きすぎていて唾ものめず、汚物のような味がする。喉は叫びすぎてがらがらで、左手にはにぶい痛みがあり、毒の花にやられた直後とほとんど同じくらいきつかった――それでも彼女は死んでいなかったし、完全な文章で考えることができていた。

ここまでは順調だ。

〝イスカンダー？〟マヒートは慎重に呼びかけた。

〈やあ、マヒート〉イスカンダーが慎重にこたえた。それはほぼもう一人のイスカンダーの声、アガーヴン大使の声だった。彼女が知っていて失ったイスカンダーよりも年上で、不作法な。

ほとんどがそうだが、完全ではない。マヒートのイスカンダーも隙間や割れ目に存在しているようだ――彼をおさめていたイマゴマシンはなくなったが、彼はそのあとで繰り広げられた記憶とイメージの幻想の中で彼女と同じように存在していた。二人が同じ神経構造と内分泌系に住んでいたのは三ヵ月あまり。統合するのに充分な時間ではなかった――統合されていれば、彼を置き換える必要はなかった――が、マヒートはいまでも彼を感じることができたし、十五歳若くて異なる変化をした、彼のバージョンのイスカンダーの記憶を思い出すことができた。

それはいまではマヒートの記憶だった。そのことを考えると、二重の想起でめまいがして気分が悪くなってきた――だからこそ、同じイマゴのふたつ目のバージョンを追加するのは、たとえそれがあとから記録したものであっても、とてもまずいこととして絶対におこなわれないのだろう。

〝こんにちは、イスカンダー〟マヒートは吐き気をこらえながら考えた。口の両端が引っ張られて彼の大きな笑顔がつくられ、マヒートは穏やかに彼をたしなめた（二人はたくさんのことをもう一度やり直さなければならないだろう、ああくそっ、彼女のイマゴがいないのが寂しくてたまらない）。〝わたしの神経系から出て行って〟

〈わたしも彼がいなくて寂しい〉イスカンダーが言った。〈失った二十六歳のころを惜しまない者はいないだろう？〉

〝それはちがうことでしょう〟マヒートは考えた。

〈ああ。ちがうんだろうな〉

マヒートがため息をつくと、それだけでも喉が痛んだ。よほどたくさん叫んだにちがいない。〝いまや〟彼女は考えた。〝わたしたちにはおたがいがいる。このラインにいるのはわたしたちだけ――テイクスカラアンへの最初と二番目の大使〟

〈きみのおかげでわたしたちはいっそう大きなトラブルに巻き込まれてしまった〉イスカンダーが言った。彼がマヒートの人生の過去一週間をインフォフィッシュのパラパラ漫画のようにざっとながめているのを感じることができた。〈おおいに感銘を受けたよ〉

〝最初にあなたがわたしたちを巻き込んだりしなければ、こんな面倒なことにはならなかった。いま、わたしにはあなたの助けが必要なの。ここではっきりさせなければいけないのは……わたしたちがだれになるのかということ。わたしの優先順位はあなたのとはちがうし――〟

皇帝と話していたときの感覚がフラッシュした――胸骨のすぐ下の感情の激変。〈ちがうのか？〉

〝ちがう〟マヒートは繰り返した。〝それとわたしの神経系に近寄るなと言ったよね。あなたは死んでいる。あなたはわたしのイマゴで、わたしの生きた記憶で、わたしたちはルスエル大使で――〟

〈おれはきみが好きだ〉イスカンダーが言った。〈ずっとそうだ〉

隙間にちらつく、マヒートが知っているほうのバージョン。それでも彼女は侵入されたように感じ、ほかのだれかのなじみのない精神的な重みを感じた。彼女よりも多くの人生を歩み、彼女よりも多くのものを見て、テイクスカラアンをより深く知っているだれか。すると突然、あの九十パーセントのクローンが十歳の頭の中にシックス・ダイレクションのすべてを詰め込まれたらどんなふうに感じるだろうという思いが勝手にわきあがり、同情に胸が痛んだ。

イスカンダーの感覚が――重厚なのと明るいぼろ布の両方が――引っ込んだ。それは謝罪のようなものかもしれなかった。

マヒートは勇気を奮い起こし、避けようのない物理的な結果にそなえて心の準備をしてから、目を開けた。予想していたとおり、光とともにすぐに頭痛が襲ってきたが、嘔吐することはなかったし、ふたたび痙攣を起こしたりすぐに視界がゆがむようなこともなかった。もっとひどいことになっていたかもしれないのだ。

マヒートはターコイズ色のカウチに横たわっていた。ファイブ・ポーティコが居間に置いていたもうひとつのターコイズ色のカウチとそっくりだった。頬の下にあったのはカウチに張られた生地だった。ファイブ・ポーティコはターコイズ色の家具をひとそろい持っているのかもしれない。ぜんぶセールで買ったのかもしれない。前回マヒートが脳手術から目を覚ましたときは、ルスエルの医療センターの、無菌で心安らぐ銀灰色の部屋の中にいた。ここは……だいぶちがう。

〈まったくだ〉イスカンダーが乾ききった声で言った。マヒートは苦笑した。ひどい痛みが走った。

慎重に体を動かすと、体のあらゆる部分が真空で乾燥したような気がしたが、そのまま慎重に上体を起こした。ファイブ・ポーティコもスリー・シーグラスもトウェルブ・アゼイリアも見える範囲にはいなかった。おかげで、立ちあがって唯一見えるドアに向かって歩くという吐き気をもよおすような作業にそなえて心の準備をする時間がたっぷりできた。大きく息を吸おうとすると、肋骨が締め付けられるような感じがした——ああ、これはスポーツ包帯だ。手術が始まるまえと同じ位置、下のほうの浮遊肋骨のあたりに巻きついている。

妙なことだが、なにかあると人を信じることができるようになるものだ。頼まれた以上のことはなにもしなかったファイブ・ポーティコには深く感謝せずにいられなかった。マヒートはまだダージ・タラッツからの手紙を持っていて、いまならそれを、イスカンダーの助けを借りて読むことができるのだ。

もしもみんながあのドアの外にいて、マヒートが目を覚ますのを待っているなら――おそらく彼女が目を覚ますかどうか心配しているだろう――いまがそれを解読する最高のタイミングかもしれない。一人きりでいられるうちに。

これからはほんとうの意味で一人きりになることはないわけだが。

〈慣れるさ〉イスカンダーが言った。〈以前は慣れてきていたんだ〉

〝それなのにあなたはわたしから消えてしまった〟マヒートは言った。〝まあいいけど。できたらこれの読み方を教えてくれない？〟

マヒートはシャツを持ちあげて包みを解いた。通信文は彼女がその上でころがったせいかしわだらけになり、肋骨の形に曲がっていたが、損傷はなく、いちばん下の暗号化された部分以外は彼女の本を使った符牒でちゃんと読むことができた。〝これにはあなたが鍵を持っていたと書いてある。少なくとも十五年まえには〟

〈いまでも持っている〉イスカンダーが言った。あふれ出す彼の安堵感はマヒートのそれと同じくらい強かった。〈輸送船に乗り込んでここへ来る直前に、ダージ・タラッツから秘密裏に受け取った。もしもそれが彼の符牒で書かれているなら、メッセージは彼自身の手で書かれたものだ〉

〝解読して〟マヒートは言った。

イスカンダーはそうした。

イマゴと〝スキル〟を共有するのは、思いもよらなかった自分の才能を発見するようなものだ。ステーションの軌道計算をしようとして腰をおろしたら、突然、自分が何十年も数学を勉強していて、あらゆる公式とそれを使うための経験が指先にそろっていることに気づいたような感じ。あるいは、ゼロGの中でダンスをするように言われて、自分の体がどのように感じられるか、宇宙空間でどのように動けばいいかが自動的にわかるようなものだ。符牒は数学的だ――これはダージ・タラッツの好みだったらしく、イスカンダーはワンタイム式の復号キーを生成するための基礎となる行列代数を学ばなければならなかったようだ。マヒートは、自分でそれを学ばなくても、心の中で花が咲くようにほぐれていくのを感じられるのがうれしかった。

〈ペーパーのほうが楽だな〉イスカンダーが言った。〈それと鉛筆〉

マヒートはおそるおそる笑ってみた――笑うと喉と頭が痛くなるのだ。手をのばして首のうしろにふれてみる。そこには包帯が巻かれていて、手術したところを覆っていた。さわってみると傷は親指ほどの長さがあり、マヒートは傷跡がどんなふうに見えるのか想像してみようとした。それから、手をついて慎重に立ちあがると、筆記用具が入っていそうなものに向かってよろよろと歩き出した。ファイブ・ポーティコくらい反体制的なら、ホログラフのインフォフィッシュ・マニピュレータではなく、ほんもののペンがデスクの上に置いてあるかもしれなかった。

　ペンはなかったが、機械のスケッチの束の上に製図用の鉛筆が置いてあった。マヒートはそれをめくらなかった——ファイブ・ポーティコもマヒートのシャツを脱がさなかったのだから、マヒートも彼女の書類をじっくり見るつもりはなかった——だが、いちばん上のスケッチをちらりと見ただけでも、それが義手の設計図だということはわかった。

〝なぜ人工装具のためにはるばるこんなところまで来るんだろう?〟

〈ここはテイクスカラアンだからな〉イスカンダーが言った。〈神経学的な修正だけが不公平な身体の調整になるわけではない〉

　マヒートはそれが皮肉なのか掛け値なしの本音なのか見きわめられればと思った——だがそれはいまに始まったことではなかった。ルスエルでマヒートが自分の頭に初めて彼を入れた瞬間から、そうした混乱はどのイスカンダーにも付きものだった。

〝ここに鉛筆がある〟マヒートはイスカンダーに向かって考えた。〝併合軍がわたしたちのステーションへ向かっている件で、タラッツがわたしになにを求めているのかを読む方法を教えて〟

彼ら——というより、マヒートとその精神になだれ込んで予期せぬ窓をいくつも開けたイスカンダーの過去の知識——は、二十年まえにイスカンダーがテイクスカラアンへ向かう道中に暗記した——そうやってあの長い数週間を過ごしたのだ——逐次行列変換によってメッセージを一文字ずつ解読していった。彼女は記憶のフラッシュを、くるくるまわる断片をとらえた——イスカンダーが彼女（彼）の大使用の居室で過ごした最初の夜、タラッツから渡されたペーパーを、内容を読んでから燃やした場面。

マヒートは解読作業に没頭していて、メッセージの内容にほとんど注意を払っていなかったので、気がついたときには全体が平文《ひらぶん》になっていた。長くはなかった。それはこの過酷な冒険が始まるまえからわかっていた——長くなるはずがない、文字数も少ないし、マヒートが望む詳細な指示はないだろうと。いま起きていることから抜け出す方法をだれも彼女に教えてくれない。あるのは助言だけだ。

そこにあった助言を見てマヒートはぞっとした。

併合軍のルート変更を要求。新たに発見された非人間が以下の各地点で侵略を企てていることを証明できる確実な情報があると主張。確認が取れるまで座標は伏せておくこと。

〈数字を暗記できるか、マヒート・ドズマーレ？〉

マヒートを支えてくれるのはイスカンダーだけのような気がした。頭が痛くてたまらなかった。〝大丈夫〟彼女は考えた。〝偽サーティーン・リバーのことはなにもかも知っているし、座標数列も暗記できる〟

〈暗記しろ。それから平文を破棄するんだ〉

〝どうやって？〟

〈食べるんだよ。ペーパーだから〉

マヒートはその座標数列を一分ほどじっと見つめた――頭の中でリズムと拍子をつけ、詩をおぼえるようにそれをおぼえた。それから平文を書き付けたペーパーをもとの通信文から剝がして口に入れ、そのあいだずっと考えていた。〝わたしたちは死者のもっとも良い部分を食べる。わたしはいま、だれの遺灰を食べているのだろう？〟

嚙まないとペーパーをのみ込めなかったし、嚙むと手術したところが痛んだ。それでもとにかくやった。なにかしていたかった、選択肢を考えているあいだに。

これをだれに要求すればいいの？　皇帝？

〈そうだ〉

〝偏ってるね、イスカンダー〟

〈偏っているが、正しい〉

そうかもしれない。マヒートがすべきことは、もしも死んでいなければイスカンダーがしたはずのことかもしれない。彼女はこれらの座標を真珠のように舌にのせてパレス・アースへ進軍する——平和と交換するために。

マヒートがようやくファイブ・ポーティコの部屋の居間に戻ると——手術室のドアには近づかなかった——スリー・シーグラスとトゥェルブ・アゼイリアが待合室にいる子供のように二人ならんで、もうひとつのターコイズ色のカウチにすわっていたが、ファイブ・ポーティコの姿は見えなかった。スリー・シーグラスはマヒートがドアから入るとすぐに立ちあがった。マヒートに駆け寄って腕を回し、ルスエルやテイクスカラアンにある個人空間のタブーをことごとく破ってぎゅっと抱き締めた。マヒートはあばらの壁をとおしてスリー・シーグラスの心臓の鼓動を感じた。

「生きていたんですね！」スリー・シーグラスはそう言ってから、「——ああっ、痛かったですか？」と続けて、抱き締めたときと同じくらいの力でマヒートを引き離した。「あなたは……あなたなんですか？」

「……うん、これまで以上に痛かったわけじゃないし、それはやっぱりテイクスカラアン語の〝あなた〟の定義によるね、スリー・シーグラス」マヒートは言った。笑うだけでも手術したところが痛んだが、噛んだときほどではなかった。

「しかもあなたは話ができる」スリー・シーグラスは続けた。マヒートは彼女の髪を耳のうしろへかきあげてあげたかった。司法省のエージェントたちから逃げて以来、彼女は髪をまとめたことがなかった、マヒートが手術室に入ったときも、いまも――いまが何時なのかマヒートにはわからなかった――そのままで、髪をおろしているとスリー・シーグラスはとてつもなく若く見えた。

「もっと高次の機能もほとんどそのままだと思う」マヒートはできるだけ淡々としたテイクスカラアン語で言った。

スリー・シーグラスは何度かまばたきをして、それから声をあげて笑った。

「良かった」トウェルブ・アゼイリアがカウチから言った。「で……うまくいったのか？」

〈すてきな友達ができたんだな〉

「ええ」マヒートは声と内心でいっぺんにこたえた。「少なくとも必要なものは戻った。メッセージを解読した」

「どんな感じなんだ？」トウェルブ・アゼイリアがたずねると同時に、スリー・シーグラスが口をひらいた。「良かった。それを踏まえて、これからどうしたいのですか？」

マヒートはできることならすわりたかった。なにもかも終わって、新しい皇帝が誕生して、宇宙が正常に戻るまでずっと寝ていてもよかった。それだけ寝ていたら彼女は死んでしまうだろうが。それでも、少なくとも一時的にすわるのは可能だった。スリー・シーグラスに肘を支えてもらいながら——このときは礼儀正しく一フィートの距離をたもったが、マヒートはそのことをなんとなく後悔した——カウチへ向かい、そこに腰をおろした。

「まずは」マヒートは言った。「パレス・アースに戻って光輝なるシックス・ダイレクションと話さないと」

〈ありがとう〉イスカンダーのささやきはマヒートの目の奥の炎のようだった。

「なにかメッセージがあったはずだ」トゥェルブ・アゼイリアが言った。

マヒートは両手で慎重に頭をかかえた。「併合軍はわたしの故郷へ向かっていて、帝国は内戦の危機に瀕していて、わたしは政府の上層部に早急な指示を要請したのに、あたりさわりのない肯定の返事が届くとでも？」

「ぼくはバカじゃない」トゥェルブ・アゼイリアは言った。「きみをここに連れてきただろう？」

「そうだった」マヒートは言った。「許して。わたしはほとんど意識を失っていて……どれくらいたったかわからないんだけど、いま何時なの？」

スリー・シーグラスがマヒートの背中を軽くぽんと叩いた。「十一時間です。いまは午前一時ごろです」

マヒートがこれほど具合が悪いのも当然か。ほんとうに長いあいだ麻酔をかけられていたのだ。「そのうち手術にかかった時間は？　それと、ファイブ・ポーティコはどこにいるの？　お礼を言いたいような気がする」

「彼女は……出て行った」トゥエルブ・アゼイリアが言った。「一時間ほどまえに。だがきみが手術室にいたのは三時間か四時間だけだ」

「あなたが目を覚ますという確信はなかったんです」スリー・シーグラスがひどく淡々と言った。マヒートはその声に苦悩の名残を聞き取り、あのシティの電撃事件で入院していたとき、スリー・シーグラスはどれほど深く傷ついていたのだろうとあらためて考えた。

「ファイブ・ポーティコは安心どころか不安をあたえるだけでしたし」

「わたしもあまり安心はしていなかったと思う」マヒートは言った。「できたら……水をもらえないかな？」喉はまだ乾ききっていて話すと痛かったが、スリー・シーグラスとトウェルブ・アゼイリアが起きていて話しかけてくれるかぎり、マヒートが話すのをやめることはなさそうだった。

「いいとも。どこかにキッチンがあるはずだ」トウェルブ・アゼイリアはとても長いあいだ同じ場所にすわっていたらしく、苦労してカウチから立ちあがり――マヒートはほんの少しだけ罪悪感をおぼえた――角のむこうへ姿を消した。

あとにマヒートとスリー・シーグラスだけが残された。二人のあいだの沈黙は妙な感じで、レストランのときみたいに帯電しているように思われた。やがてスリー・シーグラスが静かにたずねた。「あなたはまだあなたなのですか？　わたしは……わたしも彼と話すことができますか？　それは可能なのですか？」

「わたしはわたしだよ」マヒートは言った。「記憶の連続性と内分泌反応の連続性が維持されているから、わたしはこのうえなくわたし。これは――わたしの中にいる二人目の人物ではない。調整をほどこされたわたし」

〈きみがそうしたければ二人で彼女と話してもかまわないぞ〉イスカンダーがマヒートの頭蓋の中でささやいた。

〝いま二人で彼女と話しているんだよ、イスカンダー〟

「わかりました」スリー・シーグラスが言った。「わたしはすべてのプロセスを恐ろしいと思います、マヒート。それはあなたにも知っておいてほしいと思いますが、わたしはあなたをこれまでと同じように扱うつもりです。あなたがちがうふるまいを見せないかぎり」

スリー・シーグラスは「わたしはそれでもあなたを信頼しています」と言いたかったけれど、そこまでは口に出せなかったようだ。マヒートが痛みをこらえながらルスエル式の笑顔を浮かべると、目を見ひらくテイクスカラアン式の笑みが返ってきた。

マヒートがそれ以上なにかを言うより先に、トウェルブ・アゼイリアが去ったほうから騒がしい声が聞こえてきた——ファイブ・ポーティコが戻ってきたのだ。しかも連れがいる。

「その男の人はだれ？　ファイブ・ポーティコ、依頼人がいるなんて言わなかったのに」女性のきつい声が言った。

「その人は依頼人ではないのよ、ツー・レモン、ただの依頼人の連絡係。入って、ほかにも人がいるから」

「いまは依頼人の相手をしている場合じゃないよ」ツー・レモンが言った。「ヤオトレックがちょうど港に軍隊を上陸させたところで——」するとマヒートがすわっている部屋に人がなだれ込んできた。ぜんぶで五人で、性別も年齢もまちまちで、だれもクラウドフックを着けていなかった（みんなシティとそのアルゴリズムの心臓に監視されることを望んでいないということだ）。水の入ったグラスを手にしたトウェルブ・アゼイリアもその中に巻き込まれていた。

「野蛮人だ」新来者の一人が言った。

「外国人だろ」別の一人が言った。百回も繰り返した訂正にくたびれたような声だった。

「外国人でも、野蛮人でも、どっちでもいい」ツー・レモンが言った――背筋がぴんとした、スチールグレーの髪を完璧に編みあげたふくよかな女性だ。「そのとなりにいるのはスパイだよ。ファイブ・ポーティコ、なぜここに情報省の人間が？」

スリー・シーグラスはとても静かで、落ち着いていると同時に凍りついていた。マヒートは逃げなければならないのかと思った。走れるかどうかはわからなかった。

「その女性は野蛮人の連れで、その野蛮人が来たとき」ファイブ・ポーティコが口をひらいたが、彼女の言葉の使い方をあえて訂正する者はいなかった。「彼らは興味深い問題をかかえていて、それを解決するための支払をいとわなかったの。ツー・レモン、あなたもよく知っているとおり、わたしは自分が相手にしたいと思う人しか相手にしないのよ」

「ぼくたちがきみの家に来るまえに警告することはできたはずだ」ツー・レモンの仲間の一人で、外国人に興味津々の男が言った。「明日の行動にそなえて緊急計画会議をひらかなければいけないのに――」

ツー・レモンがその男をまっすぐに見つめた。「スパイのまえではやめて」

「わたしはスパイではありません」スリー・シーグラスが少しむっとして言った。「あなたたちがなにをたくらんでいようと、あなたたちがだれだろうと気にしていません。情報省におけるわたしの任務はあなたたちのだれとも無関係です」

「ああ、でもあなたはスパイなのよ、アセクレタ」ファイブ・ポーティコが言った。「もっとも、適切な治療を受ければ改善するかもしれないけれど」

「それは脅迫ですか？」

マヒートはスリー・シーグラスの腕に手を置いた。「アセクレタはわたしに付き添っているだけ。わたしがルスエル・ステーションの代表として要求したの。彼女はいまはわたしの預かりになっている」

〈それは驚くべき違法行為だぞ〉イスカンダーが感心したように言った。

〝ええ、でもこの人たちはそれを知らない〟

ツー・レモンは鼻筋に沿ってマヒートを見おろした。「あんたはルスエル大使だね？」

「ええ」

「司法省からのニュースフィードではずいぶん嫌われているみたいだね」ツー・レモンの言葉には、いやいやながらの称賛が込められていた。

「わたしにはわからない。一日中ほとんど意識を失っていたから。ファイブ・ポーティコにきいてみて」マヒートの手の下で、スリー・シーグラスがあふれるアドレナリンにかすかに身を震わせた。

ファイブ・ポーティコが鼻先で笑い、ツー・レモンの視線を受けて肩をすくめた。「大使はまちがっていないわ」

「大使は医学的管理下にないと死んじまうのかい？」ツー・レモンはたずねた。

マヒートは、それはとても良い質問なので、自分でも答を知りたいなと思い、場にそぐわないくすくす笑いが漏れそうになるのをこらえた。

「いずれはね」ファイブ・ポーティコは言った。「でもあたしがしたことのせいではないわよ」

〈きみの整備士はほんとうに心強いやつだな〉

「ファイブ・ポーティコ、大使とその情報省にはここから出て行ってもらいたい」ツー・レモンが続けた。一瞬、彼女の連れのあいだから喜びのざわめきがわきあがったが、一瞥されるとたちまち静まり返った。「わたしたちにはやるべき仕事があるんだよ」

〝わたしにも仕事がある〟マヒートは思った。〝でもわたしは……ここで進んでいる活動についてもっと知りたかったと思う。この人たちはレストランや劇場に爆弾を仕掛けているのと同じ人たちなのか、それともなにか別の手段を持っているのか――シティがシティでなくなるのはこの人たちのせいなの？〟

〈テイクスカラアンは宮殿と詩だけの存在ではない〉イスカンダーがつぶやいた。〈わたしでさえ最後にはそれに気づいた。もしもこれを乗り越えられたら……〉

〝もしもこれを乗り越えられたら、わたしはいずれツー・レモンのことを思い出す。彼女はわたしにそんなことをこれっぽっちも求めていないだろうけど〟

「わたしたちは出ていく」マヒートは宣言して、それ以上の憶測を断ち切った。「幸運を祈っている。あなたたちが計画している行動の」立ちあがったが、よろめきはしなかった。これなら倒れずに駅まで戻れるかもしれないが、それはだれかがちゃんと水をくれたらの話だ。トウェルブ・アゼイリアは、相変わらずグラスを手になすすべもなく突っ立って、巻き込まれたままでいる、あの……なんだかわからない集団に。レジスタンスの指導者たちか（なにに対する抵抗だろう？　帝国への？　特にシックス・ダイレクションへの？　彼らはオーダイル星系の離脱の試みを支持するポスターを地下鉄の駅に貼っていた人たちなのか、それとも、マヒートにはわからないしこれからもわかることのなさそうななんらかの政治的選択を懸念しているのか？　さもなければ、ワン・ライトニング、あるいはだれであれヤオトレックがシティの地に存在することへの抵抗？）。

「あたしなら急ぐわ」ファイブ・ポーティコが言った。「ワン・ライトニングはすでに街中に軍団を入れているのよ」

スリー・シーグラスが悪態をついた。辛辣な言葉で、マヒートは彼女がそんな単語を口にするのを聞いたことがなかった。「わかりました、ありがとう。さあ行きましょう」彼女はそう言うと、マヒートの肘を取って立ちあがった。

「依頼人と五分だけ話をさせて」ファイブ・ポーティコがきびきびと言った。「あたしは仕事には責任をもつようにしているんだけど、最後に見たとき、彼女は完全に意識を失っていたから」

マヒートはうなずいた。「二人きりで」彼女は言った。「二人きりで五分だけ」そしてスリー・シーグラスをそっと腕から引き離し、歩いて——よろめいたり、震えたり、頭痛のせいでどれだけ気分が悪くなっているかをおもてに出したりしないよう苦労しながら——目を覚ました部屋へ戻っていった。

ファイブ・ポーティコはマヒートのあとをついてきて、二人の背後でドアを閉めた。

「そんなにきつい？」彼女はたずねた。「友達に知られたくないの？」

「もっとひどいことになる可能性もあった」マヒートは言った。「わたしの神経機能のほとんどは無傷ですんだように思える。あなたがなにを見つけたのか知りたい。古いほうのマシンで。あれは壊れていたの？」

「ナノ回路のいくつかが吹き飛んでいたわ」ファイブ・ポーティコは言った。「ざっと見たところではね。もともと弱っていたように見えた。すごくもろくて——回路にふれただけでショートしたのかも。くわしいことを知るには分解しないと。それがいまからとても楽しみ」

「それは興味深い」マヒートはどうにか声を出した。なにか……あったのだ。妨害工作かもしれない。ただの機械的な故障かもしれない。

「とっても。さあ、あなたのほうを見せて」

マヒートはじっとして、ファイブ・ポーティコに手術したところをじっくり見てもらった。彼女の指示に従って、基本的な神経学的検査をおこなったが、それはルスエルでやっていたのと変わらなかった。五分もかからなかった。三分ほどだった。

「安静にしてと言いたいところだけど、意味ないわね」検査が終わるとファイブ・ポーティコが言った。「あたしの家から出て行って。とても魅惑的な体験をありがとう」

「野蛮人をしょっちゅう手術しているわけではないんだ？」

「野蛮人がいつも野蛮人のテクノロジーを残してくれるわけじゃないから」

〈きみはそういうゲームをしているのか、マヒート〉イスカンダーがマヒートの心の奥で言った。彼が怒っているのか感銘を受けているのかはわからなかった——マヒートのやったことに、かつて彼が皇帝の愛顧を買うために利用したものを手放してしまうことに。

しばらくたつと、三人はファイブ・ポーティコの建物の陰で身を寄せ合い、その限られた安全性からも追放されていた。マヒートはスリー・シーグラスにもたれかかり、出てくるまえにほんとうに水を飲んでおけばよかったと思った。乾ききった喉が痛かった。深夜から明け方にかけてのベルタウン・シックスは、静けさと騒がしさが同居していた。悲鳴のような笑い声や、ガラスが割れる音――すぐに消えてしまう叫び声――などが遠くでビルの谷間に響いていたが、三人が立つ通りにはだれもおらず、あたりを照らすビル番号のかすかなネオンの飾り格子は、マヒートでさえ古めかしいと感じる絵文字フォントで描かれていた。五十年まえの新しいもので、まだヴィンテージとは言えない。

「いつ話すつもりだったんですか、ペタル」スリー・シーグラスのささやき声は、かぼそく、こわばっていた。「あなたの無免許のイクスプラナトルが反帝国活動家と関係があるということを?」

トウェルブ・アゼイリアの顔にはなんの表情もなかった。断固とした、わざとらしい空白。傷ついているのだ。「ファイブ・ポーティコはベルタウン・シックスの無免許イクスプラナトルだ。きみがなぜ無関係だと思ったのか、そちらのほうがわからない。きみは情報省の人間だろう、リード、そのようにふるまうべきだ」

「そうしていますよ」スリー・シーグラスは吐き捨てた。「わたしは自分の親愛なる友人とのつながりや影響力について疑問をいだいていて、まさにそのとおりの――」

「やめて」マヒートは言った。しゃべると痛かった。しゃべるたびにもっと痛くなりそうだ。しばらく静かにしていないと。「おたがいを引き裂きたいのなら別の場所で、別のときにやって。これからどうやって宮殿に戻るの？」

その質問のあとに訪れた静寂の中では、マヒートのとなりにいる二人の呼吸音と、それがあいまいに混じり合う音しか聞こえなかった。

スリー・シーグラスが口をひらいた。「列車には乗れません。朝までだめです。通勤列車はこの時間には運行していないので」

「ワン・ライトニングがほんとうに空母から部隊を港へおろしているなら、朝にはすべての列車がなくなっているだろうな」トゥエルブ・アゼイリアが補足した。

マヒートはうなずいた。「ほら。二人ともちゃんと役に立っている」その声はイスカンダーにそっくりだった。それが問題なのかどうかについては、いまの彼女に考えられるようなことではなさそうだった。「来たときのルートを戻れないのなら、ほかにどういう手段があるの？　歩くのは？」

「言葉の厳密な意味で言えば、可能だ」トウェルブ・アゼイリアが言った。「セントラル州まで戻るにはまる一日かかるが」

「わたしたちは歩けます」スリー・シーグラスが彼の言葉を訂正した。「マヒートのほうは、おそらく一時間も歩かないうちに倒れてしまうでしょう」

マヒートはそのとおりだと認めざるを得なかった。「わたしの健康状態はともかく、まる一日は長すぎる。皇帝とは今夜のうちに会わないと。夜明けまでに、なんとか方法を見つけて」彼女は震えていた。いつからそうなったのかはわからなかった。実際に寒いわけではないのだ——しかもジャケットを着ていた——マヒートは腕を胸のあたりにしっかりと引き寄せた。

スリー・シーグラスが歯の隙間から音を立ててゆっくりと息を吐き出した。「わたしに考えがあります。でも、ペタルはそれを気に入らないでしょう」

「まず説明してくれ」トウェルブ・アゼイリアが言った。「ぼくが気に入るかどうか勝手に判断するまえに」

「情報省のわたしたちの上司に連絡をして、反帝国活動家の身元確認をしているあいだに足止めされてしまったと伝え、ピックアップと回収を要請するんです」スリー・シーグラスは言った。「あなたがお望みなら、この住所の近くではないところから連絡してもかまいません。ファイブ・ポーティコがわたしの大使を殺さなかったことへの礼儀として」

「きみの言うとおりだ」トウェルブ・アゼイリアは言った。「気に入らないな。わたしの連絡員をつぶそうというのか」

〈彼女はきみがここにいることを説明するためにどんな理由を提示するんだろうな〉イスカンダーが言い足した。マヒートの心の中のうっとうしいささやき。

〝わたしには味方が少ないから、イスカンダー〟

〈きみの案内役にはどれだけの味方がいるんだ？〉

〝充分ではない。でも、わたしもその一人〟

〈いまのところはな〉

「わたしたちは路上で突っ立っている」マヒートは言った。「トウェルブ・アゼイリアの司法省のストーカーたちに見つかるのを待ったり、軍事クーデターが進行中のインモスト州に戻ったりするくらいなら、情報省にひろってもらうほうがましだと思う」

スリー・シーグラスはたじろいだ。「まだクーデターではありません。朝までにはそうなるかもしれませんが――どうしてこんなに急に起きたのかわかりません」

「さあ、行こう」マヒートは二人に言った。「駅まで歩いて行って、そこから連絡して」

歩くのはつらかった。暗闇に包まれていても通りには人がいた——街角に集まって、低い声で話をしている。一度だけ、テイクスカラアンの戦旗を汚したグラフィティアートが描かれたシャツを着た若者たちのあいだで、湾曲した恐ろしげなナイフが振りかざされているのを見たような気がした。若者たちは笑っていた。マヒートはうつむいて、スリー・シーグラスのかかとが一歩一歩進むのを見ながら歩き続けた。駅に着くころには、マヒートの頭痛は、その質量中心に近づきすぎた小型宇宙船をのみ込むほどの大きさに感じられた。彼女は鍵のかかったドアの外にあるベンチにすわり、膝を胸に引き寄せて額を押し付けた。圧迫感が少しだけ役に立った——気がまぎれた。スリー・シーグラスはほとんど声を出さずにクラウドフックにささやきかけて連絡をとっていた。

トゥエルブ・アゼイリアはマヒートのとなりにすわっていたが、彼女にふれようとはしなかった。そのマヒートの望みは——そう、彼女はスリー・シーグラスに気をくばってもらうことで安らぎを得たかったが、それは彼女がこの数時間でいだいたもっともむだな欲求だった。この数日でいちばんかもしれない。

〈息をしろ〉イスカンダーが言った。マヒートはやってみた。落ち着いた呼吸——ゆっくり五つかぞえながら息を吸い、ゆっくり五つかぞえながら息を吐く。

スリー・シーグラスが連絡を終えて、告げた。「十五分後にだれかがここへ来ます」そしてマヒートのもういっぽうのとなりにすわった。やはりふれようとはしない。マヒートは呼吸を続けた。頭痛は少しおさまって、近づいてくる地上車のエンジン音を聞いて頭をあげても、世界がぐるぐるとまわることはなかった。

それはきわめて標準的な地上車だった——黒くて、派手なところがない。降りてきたのは情報省のスーツを着た若い男で、ちゃんとオレンジ色のカフスも付けていた。彼は指先を合わせてお辞儀した。「アセクレタ？　こちらがあなたのお連れですか？」

「そうです」スリー・シーグラスが言った。「これで全員」

「乗ってください。あっという間にシティの中心部へ送り届けますから」

なにもかもあまりにも簡単すぎるような気がした。マヒートはそのとおりなのだろうと思った。自分にはそれを許容することしかできないということもわかっていた。地上車の後部座席は至福の暗さで、洗浄剤とシートの布張りのにおいがした。三人は太ももをくっつけてそこに乗り込み、車が走り出すと、スリー・シーグラスがマヒートの膝を一度だけそっと叩いた。そのささやかなやさしい感触をたずさえて、マヒートは疲れ切ったなにもできない眠りについた。車輪の振動に誘われるまま。

第18章

民間の惑星外輸送はすべてキャンセル——インモスト州宇宙港は閉鎖——サウス・ポプラ宇宙港は緊急／貨物積載能力のみで運用中——代替輸送の手配を——このメッセージは繰り返される。

——公共ニュースフィード、２５１・３・１１-６D

……なにしろわたしは、あなたが言うとおり、わたしたちのステーションの価値を維持しながら、しかも巨大で冷酷な帝国にとって価値がありすぎないようにするための仕事に忙殺されていますので、このまま不在を許していただくしかありません。こちらがもっと落ち着いたら長期の休暇をとって故郷へ帰りたいと思いますが、最低でも四カ月間、テイクスカラアンの宮廷で絶え間なく進展する政治的な動きを放置しておくことは、いまの時点ではとても想像できません。留守にすることをお許しください。わたしに連絡する必要があるときは、あなた自身がプライベートな手段を用意したことを思い出してください……

——イスカンダー・アガーヴン大使からダージ・タラッツ〈鉱夫〉代表評議員への手紙より、203・1・10-6Dにルスエル・ステーションで受信

ベルタウン・シックスとパレス・イーストの情報省ビルとのあいだにある最初の検問所で、マヒートは意識をなくした状態から目覚めた。彼女の望みはまぶたの裏に広がる灰色の静寂に身を沈めることだけで、これまでは——申し分のない十五分か、二十分ほど——スリー・シーグラスも、運転手も、心の中のイスカンダーさえも、彼女を目覚めさせることはなかった。検問所の人声と明かりがそれを一変させた。

まばたきをして、上体を起こした。地上車は減速して停車し、運転手が窓の片方をおろしていた。外の空気は夜明けに向かって明るくなり、灰色がかったピンクのしみが広がっている——それとなにかの煙のにおい、鼻につんとくる——

低い声。運転手がクラウドフックでなにかして、識別番号の数列を投映した。対話の相手が言った。「その許可証でとおすことはできるが、行かないほうがいい。彼らはスカイポートから行軍しているし、市民もそれを出迎えようと行進している。ほんとうにやめた

ほうがいい」

〝やめないよ〟とマヒートは思ったが、それがイスカンダーの考えなのか自分の考えなのかはわからなかった。

「やめません」スリー・シーグラスが言った。「わたしは省に報告するきわめて重要な情報を持っているんです」

運転手が〝ぼくはただの手伝いです〟と言わんばかりに肩をすくめた。ひらいた窓をとおして、マヒートは低いドンッという音を聞いた。どこか、それほど遠くないところで、だれかが爆弾を破裂させたような音。

（――フィフティーン・エンジン、破片を全身に浴びて、口からは血があふれ、その血が涙のようにマヒートの顔を流れ落ち、そしてあの音、あのうつろな爆発音――）

マヒートはごくりと唾をのんだ。窓をあげた。彼らは先へ進んだ。地上車の中では自分たちがどんなところを走っているかを見るのはむずかしい。音はすべてこもり、窓はプライバシーを考慮した暗い色になっている。マヒートは、爆弾が破裂したときの空気が崩壊するような音がもっと聞こえているのではないかと考え続けていた。

「知ってる？」気がつくと、マヒートは大声で、明るく、はかなく、自分を抑えきれないまま口走っていた。「ルスエルで最悪のこと、絶対的に最悪のことは、火事なの――火は酸素を食べるし――火はのぼるし――消火器の訓練は一日おきで、まだ二歳か三歳のころ、消火器を持てるくらい大きくなったらすぐに始まる――火は悪いけど爆発物はもっと悪い」

「なぜ爆破事件があるのかさっぱりわからない」トゥェルブ・アゼイリアが言った。「つまりこれは――だれもシティを傷つけることを望まないという問題ではなく、だれがシティを手に入れるかの問題なんだ。そうだろう？」

地上車はふたたび減速したが、どの検問所でも止められることはなかった。渋滞にぶつかったように、ただじりじりと走っていた。「窓を透明にして」マヒートは言った。なにも起こらなかった。

スリー・シーグラスはとてもしっかりと歯を食いしばっていた。顎もこわばっているように見える。「ペタル、あれは艦隊です。暴動を起こした民間人を爆撃するのは艦隊のやり口です。あなたも知っているでしょう」それから運転手に向かって伝えた。「不透明度をさげてもらえませんか？」

今度は、運転手がやってくれた。

地上車の窓をとおして――スモークガラスの色合いが薄れた――マヒートが最初に見たものはほとんど意味をなさなかった。ルスエルでは、人は物を壊さない――財産は壊さないし、むぞうさに破棄することもない。ステーションの外殻はもろく、もしも機械の一部が壊れたら、人びとは死ぬ——真空で窒息して、氷のような寒さで、水耕栽培システムの停止で。ルスエルにおけるちょっとした破壊行為とは、落書きや、手の込んだハッキングや、外殻修復用の拡張フォーム缶で通路をふさぐくらいのことだ。しかし、ここシティの大通りでは、スーツの上着とズボンというまっとうな格好をしたテイクスカラアン人の女性が、金属製のポールのようなものを商店の窓に振りおろし、そこのガラスを砕いていた。それをやって、先へ歩いて、またそれをする。

それ以外の人びとは走っていた——彼らは通りに出ていて、だからこそ地上車の進行がとても遅くなったのだ。紫色の飛燕草《ラークスパー》のピンをつけている者もいれば、忠誠心をしめすためのしるしがまったくない者もいる。一部はサンリットで、金色でいかにも恐ろしげで、下降軌道を無重力状態でダイブする偵察船のように、機敏な三人組で動いている。空気中には煙がただよっていたが、それは多くの尖塔をそなえたどきっとするほど美しいビルから流れて来ていた。地上車の運転手はけわしくも穏やかな決意の表情をたたえ、猛烈な勢いで地上車を走らせていて、加速のたびにマヒートの内臓は腹壁に叩きつけられた。

「軍団は見えないな」トウェルブ・アゼイリアがどんよりした声で言った。

スリー・シーグラスは後部座席から前方の運転手のとなりへ這い出ていた。「スカイポートまでは距離がありますから。これは――あふれた――」

叫び声が聞こえた――前後で響く、ふた組の叫び声、心臓の鼓動のようにリズミカルで詩的だが、タイミングがずれていて、ひとつに重ならず、もっと遠くまで届くまえに心房細動を起こしている。それは音の波であり、予測できない瞬間に別のドンッという爆発音がアクセントをつけていた。運転手が、マヒートが見つけられなかった隙間を見つけてアクセルを床まで踏み込むと、地上車は猛スピードで角を曲がり――マヒートはトウェルブ・アゼイリアの膝になかば投げ出された――そのまま路地を駆け抜けると、そこには、テイクスカラアン市民のふたつのグループがいて、おたがいに怒鳴り合っていた。車が止まった。その渦巻く集団の中を突っ切って進むことはできなかった。

ふたつのグループが接触するところでは、長くじっとりした春のあとに菌類が繁殖するように暴力が噴出した。ラークスパーのピンを腕に喪章のようにつけた女性の顔には、殴られたときの血がついていて、彼女を殴った女性は――地上車のすぐそばだったので、マヒートにはすべてが聞こえた――皇帝ワン・ライトニングのために！　と叫んで、血のついた手を額にこすりつけた。まるで倒した敵のしるしをつける歴史的叙事詩の登場人物のように。

彼らはテイクスカラアン市民には見えないな、とマヒートは思った。周囲にただよう、不条理な、断絶した思い。彼らは人間のように見えた。まさに人間そのものだった。おたがいをばらばらに引き裂いて。

またもや崩壊する空気の恐ろしいドンッという音、今度はもっと近くで聞こえた。サンリットの一団がバンッと応戦するが、彼らは急に素早く広がる白い煙に包まれた——その近くで戦っていた人びとが咳き込み、街頭暴動のどちら側にいるのかもわからないまま、ガスから逃げ出した。だれもが目を真っ赤にして地上車のすぐそばを駆け抜けていく。密閉されたドアや窓からガスの一部が染み込んできた。

「まずい」スリー・シーグラスが言った。「シャツで口を覆って——群集排除ガスです——ここにいるわけには——」

マヒートはシャツで口を覆った。目がひりひりする。喉も焼けるようだ。

〈車から降りないと〉イスカンダーが言った。マヒートは急に冷静になった——頭がはっきりし、落ち着きが戻り、すべてが遅くなった。イスカンダーが彼女の副腎になにかしているのだ。〈車から降りて、ここを迂回しないとだめだ。いますぐに。さあ、マヒート。道は教えてやる〉

「ここにはいられない」マヒートは大声で言って、ドアを開けた。白いガスが吹き込んできた。「ついてきて」

息ができない——最初に吸った息は炎となり、肺の中で燃えていた。イスカンダーに〈とにかく走れ、息をするのはあとだ〉と言われて、マヒートは走った——自分がどうやって走っているかわからず、いまの体で走るのがどれだけ不可能なことかもわからず、だれかついてきているのかどうかもわからない。イスカンダーは秘密の抜け道を知っているようだ——血と白煙の恐ろしい渦の中に見覚えのある模様があらわれ、マヒートはそのとき初めて艦隊の制服を着た軍人を、灰色と金色の戦隊を見た——イスカンダーが彼女の体を腰からくるりとまわして、斜めの方向へ走らせた。背後に足音が聞こえていた。マヒートのペースに合わせた、せかせかした足音。彼女は振り返った。スリー・シーグラスと、トウェルブ・アゼイリア。運転手もだ。

広場の端をめぐり、マヒートが見たことのないような通りを駆け抜けていく。〝あなたは何度この道をとおったの〟彼女は激しい動悸の中で問いかけた。息をしないと耐えられないとイスカンダーが判断したときだけ息をしながら。

〈さんざんとおった。ここに住んでいたんだ。ここはわたしの家だ——かつては——〉

さらに二分たって、一行は足取りをゆるめた。イスカンダーが歩き続けさせてくれなければ、マヒートは確実に気絶していたはずだ。だれも口をきかなかった。暴動の音は遠いとどろきになっていた。彼らがたどり着いたのは宮殿とシティのほかの部分との境界だった——彼らが進む小道を警護する者はなく、サンリットもミストも軍団もいなかった。イスカンダーはいまは死んでしまった古い筋肉の記憶を頼りに彼らを導いていた。カーテンを分けるように最後の角を曲がると、マヒートはまったく無傷に見える情報省のまえにいた。以前の世界から抜け出してきたようにきれいだ。

〈着いたぞ〉イスカンダーが言った。〈中に入れ。倒れるまえにすわるんだ〉

なにもかもが見慣れたものだった——二分も歩けば大使の居室があるビルの入口に着くだろう（というのは、サンリットと彼らの捜査に妨害されることなくそこまでたどり着ければの話だ）。だが、広場のタイル細工の下ではシティの広大なＡＩ網目模様がすべて点灯していて、宮殿全体が身を丸くして攻撃の準備をしている野獣のようだった。

「どうしてあんなことができたんですか」スリー・シーグラスがマヒートに言った。「車に乗ったとき、あなたはほとんど歩けなかったのに」

「やったのはわたしじゃない」マヒートは言った。「わたしだけじゃない。正確には。中に入るの？」彼女の声はぼろぼろだった。もうイスカンダーに呼吸を制御されていなかったので、充分に空気を吸えないような感じだった。息をするたびに胸が大きくふくらんだ。

スリー・シーグラスは、すっかりショックを受けた顔の運転手に目を向けた。もはや意味をなさなくなった世界で、呆然としている男。「いっしょに行きますか？」彼女は問いかけた。

「……はい？」運転手はこたえ、ドアに向かって歩き出した。

マヒートもスリー・シーグラスも情報省のビルまでの道のりにある網目模様には足を置かないようにしていた。たとえそのせいでおかしな歩き方になっても。

ビルに入ると、そこにあるのは早朝のテイクスカラアンの省内の清潔ですてきな空間だけだった。苦境にある様子もない。なにも問題はない。マヒートは自分が涙を流しそうになっていることに気づいたが、理由はわからなかった。スリー・シーグラスの運転手はなんの変哲もないベージュ色の会議室に全員を案内した。インフォフィッシュ・プロジェクターを囲むようにU字型のテーブルが置かれ、蛍光灯がともり、適度にすわり心地の悪い椅子がたくさん置かれていた。マヒートがこの地に来て以来、もっともテイクスカラアンらしくない部屋だったが、日常的にえんえんと会議がおこなわれる場所は銀河系のどこでも似たようなものになるのだろう。ルスエルにいたころ、学校や政府の行事でこういう部屋にすわったことがあった。そしていまこの部屋ですわっている。かすかに——情報省の分厚い壁をとおしているので、ほんとうにかすかに——別の爆発音が聞こえた。そして静寂。暴動は鎮圧されたのかもしれない。軍団は別の場所に集結していた。スカイポートの近くに。

会議室にコーヒーのカラフェとロールパンのバスケットが運ばれてくるのはふつうにあることではなかったが、スリー・シーグラスがなにか手をまわしてくれたのかもしれなかった。コーヒーはびっくりするほど強烈においしかった——熱くてもやけどするほどではなく、紙コップはマヒートの手のひらを温めてくれた。ルスエルのインスタントコーヒーとはまったくちがう豊かな大地の味で、マヒートとしてはできればゆっくりと飲んで、その風味のさまざまなおもむきについて考えをめぐらし——

〈いろいろ種類があるぞ〉イスカンダーが言った。〈どれも味がちがう。最高だよ。だが重要なのはカフェインだ〉

　そのとおりだった。コーヒーを飲み始めてからのほんの数分で、より存在感が増して、感覚が鋭くなり、肌の下のかすかな響きも意識できるようになってきた。

〈少し休め。さっきのことで、きみの副腎を消耗させてしまったかもしれない〉それは謝罪に近かった。

　トゥエルブ・アゼイリアは二杯目にとりかかっていた。「さてどうする？」彼はスリー・シーグラスに問いかけた。「上司への報告を待つのか？　ぼくたちは急いで大使を皇帝に会わせる必要があるんだよな。外のシティで起こっていることを考えると、そんなことが可能かどうかもわからないが」

ぼくたち。マヒートがトゥェルブ・アゼイリアにイスカンダーの死体からイマゴマシンを盗むのを手伝ってくれと頼んでからまだそれほど時間が経っていないのに、彼はうわべだけでも野蛮人との思想的共闘に身を投じていた。その反面、彼はファイブ・ポーティコとその反帝国活動家の友人たちの居場所を知っていた――思想的共闘は柔軟なものだ。ストレスにさらされれば、移ろいやすい。マヒートはスリー・シーグラスへ目を向けた。彼女はいままで見たこともないほど強いストレスにさらされていた。こめかみは灰色になり、唇の端にはかじってできたらしい生々しい跡がついていた。

「そのとおりです」スリー・シーグラスは言った。「しかし省にも少しは礼儀を払わなければなりません。わたしたちを迎えに来てくれたのですから」

〝彼らはわたしたちを迎えに来た。暴動の中を車で送り届けてくれた。コーヒーと朝食を用意してくれた。世界はあるべき姿で機能しているし、わたしが今後もそれが続くかのように行動していれば、なにも問題は起こらない〟マヒートはその思考の流れを知っていた。いやというほどよく知っていて、それに共感もしていた（共感しすぎるということが、彼女の本質的な問題なのではないか？）が、スリー・シーグラスはやはりまちがっていた。

マヒートは言った。「時間がないと思う――シティ全体が漏電した酸素室のように燃えあがろうとしている」

スリー・シーグラスが蒸気弁の鳴る音に驚くほどよく似た音を立てて、両手で頭をかかえた。「一分だけ考えさせてください、いいですね？」

マヒートは一分は許容範囲内だろうかと考えた。たぶん。おそらく。すべてがきらきら光っていて、シュールな感じだった。自分の睡眠負債がどれくらいまで達しているのかを考えてみる。トウェルブ・アゼイリアの部屋で眠るまでの三十六時間――それに脳手術のあとで意識を失っていた時間を計算に入れるなら――

〈待てないな〉イスカンダーが言った。それはぜんぶ彼女のイスカンダーだった。かろやかで、敏捷で、辛辣な慰み。〈あんな暴動をくぐり抜けてきたんだぞ〉

「わかりました」スリー・シーグラスが言った。マヒートは彼女に目を向けたが、テイクスカラアン式の淡々とした表情を保って、自分が案内役の支援をどれほど必要としているか見せないようにした。

スリー・シーグラスはどうしようもないというように小さく両手を広げた。「わたしは情報大臣に直接報告させてもらえるよう頼みに行きます――彼女がいまとんでもなく忙しいのは確実ですから、アポをとることになるでしょう――それで予定がはっきりしたら戻ってきます」彼女は立ち上がった。「どこにも行かないでください。中央案内所はこの階の、廊下を行った先にあります。五分で戻ります」

驚くほど透明な戦略だった。だが、透明性は以前にも役に立っていた。透明性は、テイクスカラアン人の物語への過剰な傾倒といっしょに置かれると、それ自体が重力を持つようになるらしい。それは光を曲げるのだ。マヒートはスリー・シーグラスにうなずきかけ、「がんばって」と言ってから続けた。「わたしたちがどこかへ行くことは心配しないで。行くところなんかないから」

トゥエルブ・アゼイリアとイスカンダーが同時に不気味な声をたてて笑い、スリー・シーグラスは姿を消した。巡洋艦の舷側から放出されたシードスキフのように、するりとドアから出ていった。

彼らは待った。スリー・シーグラスがいないと、マヒートは一人きりで裸にされたような気がした。彼女がなかなか戻ってこなくて、時間が二分から五分、さらに十分とのびるにつれて、その感覚はいっそう強まった。自分の心臓の不安げなのろのろした鼓動以外、ほとんどなにも感じられなかった。その鼓動が胸をとおして伝わり、肋骨の左右の弧のちょうどあいだの部分に重くのしかかる。末梢神経障害はほぼ消えていたが、ときどき指先が震えるだけで、それがずっと続くのではないかと不安になった。それでどういう感じになるかはわからなかった。いまのところ、たとえふれている感触がなくても、スタイラスを持つことはできた。もしもまた悪化したら――

あとで考えよう。

会議室のドアがひらいて、そのむこうにスリー・シーグラスの姿が見えたとたん、まるで蹴飛ばされたように緊張が解けた——同時に、マヒートはそこにいるのが一人ではないことに気づいた。スリー・シーグラスといっしょにいた男は、情報省の白とオレンジの服を着ておらず、ディープブルーのジャケットの襟に紫色の花の小枝をとめていた。それは生花で、昨日のうちに切り取られたものだった。サーティ・ラークスパーの支持者たちが朗詠コンテストでそろってこれを身につけていたとき、それはファッションであり、楽しみであり、シンボルをもちいたテイクスカラアン流の政治的シグナルだった。彼らが街頭でこれを身につけていたとき、それは戦争でどちらにつくかを宣言するものだった。今回のそれは、役職をしめす、あるいは愛党心をあらわすバッジのように見えた。

「すわりたまえ」スリー・シーグラスが連れてきた人物がそう言って、彼女を押した。マヒートは怒ってすぐさま椅子から身を乗り出し、息をついて口をひらこうとした——が、スリー・シーグラスは言われるまま腰をおろした。顔は怒りで真っ赤になっていたが、彼女が手を振ってなだめたので、マヒートは従った。

「大使」来訪者は言った。「アセクレタ、義務として伝えておくが、現時点できみたちは省の建物を離れることを禁じられている」

「逮捕されたということか？」トウェルブ・アゼイリアがたずねた。

「もちろんちがう。きみたち自身の安全のために勾留されているのだ」

「この件について」トウェルブ・アゼイリアが声高に言葉を継ぎ、マヒートは彼をむかつくほど誇らしく思った。「ツー・ローズウッド大臣と話をしたい。いますぐに。ところできみはだれだ？」

「ツー・ローズウッドはもはや情報大臣ではない」その人物は名前と所属をたずねるトウェルブ・アゼイリアの要求を無視した。「現在の危機の中、彼女はエズアズアカット・サーティ・ラークスパーによってその任を解かれた。ご希望なら、彼と話をしたいというきみの要望を伝えてもかまわない。時間ができたら、彼はきっとあなたに連絡するだろう」

「えっ？」マヒートは言った。

「聴力に難があるのかね、大使？」

「信じやすさに難があるの」マヒートは言った。

「必要以上に心配することはなにも――」

「わたしたちはここを出られないと言ったそばから、大臣が退陣させられたとか――」

「彼女の忠誠心には疑わしい点があった」サーティ・ラークスパーの部下はそう言って肩をすくめた。「サーティ・ラークスパーは帝国を安全かつ安定した手によって維持するつもりでいる。街中には軍団がいるのだ、大使、いま移動するのは非常に危険だ。じっとしていてくれ。サーティ・ラークスパーがきちんと処理するから、一週間以内にはすべて片がつくだろう」

　マヒートには疑問があった。どうすればいいのかわからないほどたくさんの疑問だ。増殖する不確実性、自分はなにかを見落としているのだという高まる確信。サーティ・ラークスパーは……つまり、クーデターを起こしたのか？　ワン・ライトニングのクーデターに先駆けて？　テイクスカラアンに迫る外部の脅威について取引材料となる知識を持っていようがいまいが、マヒートが併合軍をルスエルへ近づけないためになにかしようとしても手遅れなのかもしれない。朗詠コンテストで〝取引は破棄だ〟とマヒートに告げたのは、青と薄紫にまばゆく輝くサーティ・ラークスパー本人だった。もしもあの男が行政府を掌握しているとしたら――自分の計画の役に立たないとなれば即座にルスエルを切って捨てるつもりでいるだろうから――

「それはむりだ」トゥェルブ・アゼイリアが言った。マヒートは彼の言葉で自分の心の中から抜け出せたことにおおいに感謝した。「会議室で一週間も過ごすなんて。それといまだにきみがだれなのかわからないんだが」

「わたしはシックス・ヘリコプターだ」男は言った――マヒートは彼をまじまじと見て、

単に真顔というだけでなく、あんな気取った顔で自分の名前を言えるようになったのはいつごろなのだろうと思った。「もちろん、きみたちが会議室で一週間も過ごすことはない、アセクレタ。大使。安全で設備の整った環境へ移動してもらうことになるだろう。こちらできみたちを収容する場所を確保したらすぐに」

「それはいつになるんだ？」トウェルブ・アゼイリアは続けた。非の打ち所のない、かん高く耳障りな声だった。不便な思いをした人が騒ぎ立てるときの声だ。マヒートはぼんやりと感心した。作戦なのだ。じゃまをしないでおこう。「安全をだれが決めるんだ？　きみはこうして話しているあいだにも皇位簒奪の試みが進んでいるとほのめかしていたじゃないか！」

「ヤオトレックのささやかな冒険は、きみがこの不快なできごとを皇位簒奪と呼べるようになるずっとまえに終わるだろう」シックス・ヘリコプターは言った。「わたしは仕事が山積みなので、だれかにコーヒーのおかわりを運ばせよう。帰ろうとはしないでくれ。ドアのまえで止められる――いまはここがほんとうに安全な場所だから。ご心配なく」

そう言い残して、男は去った。彼の背後で会議室のドアがカチリと閉じた。スリー・シーグラスがすぐに騒がしい笑い声をあげた。

「いまのは現実に起きたことなんですか？　これっぽっちも儀礼の訓練を受けていないど

こかのにわか官僚が、情報省はエズアズアカットの支配下にあると言ったのですか？　どうやら現実だったようなので、わたしは途方に暮れています。許してください、マヒート、これはわたしが外国大使の文化案内役をつとめているときに遭遇する可能性のあるもっともらしい筋書きの一覧には含まれていません」

「気休めかもしれないけど」マヒートは言った。「これはわたしが外国大使をつとめているときに遭遇する可能性のあるもっともらしい筋書きの一覧にも含まれていない」

　スリー・シーグラスは手のひらを顔に当てて、ゆっくりと息を吐き出した。指のあいだからまだ押し殺した忍び笑いが漏れている。「……たしかに。それは想像できませんね」

「ここを出られないとしたら」トゥエルブ・アゼイリアが言った。「どうやって大使を皇帝のところへ連れて行く？　たとえ宮殿の敷地を横切るだけだとしても、たとえあの暴動が波及しなかったとしても。これは最善のシナリオだが」

〝たとえたどり着けたとしても、わたしが会うべき皇帝はそこにいるのだろうか？〟ほとんどが自分のものではない深い悲しみが押し寄せてきたので、マヒートは頬の内側をかまなければならなかった。差し迫った喪失に胸が張り裂けるほどの悲しみをおぼえているのはイスカンダーであって、マヒートではない。完全には――彼女ではない（それでも、マヒートはシックス・ダイレクションの手が彼女の手首をつかんだときのことを思い出し――

―無用な、胸骨の生化学的な痛み――光輝なる陛下がこの暴動をなんとか生き延びてくれることを期待した。たとえその先長く生きられないとしても）。

だが、ほかにだれと取引ができる？

「わたしたちで陛下と会おうとするのではなく」マヒートは言った。「陛下に近づけるだれかの注意を引くというのは？」

「この会議室の中からか」トゥェルブ・アゼイリアは疑わしげに言って、コーヒーの入ったカラフェをしめした。「クラウドフックが監視されていることは知っているだろう。しかもきみはそれを持っていない――」

「ええ」マヒートはぴしゃりと言った。「自分がテイクスカラアンの市民ではないということはわかっている。一度たりとも忘れたことはないから、わざわざあなたに思い出させてもらう必要はない」

「そういう意味じゃなくて――」

マヒートは手術の跡に響くほど強く息を吐き出した。「そうね。でもそれはあなたが言ったこと」

スリー・シーグラスが顔から手を離すと、そこにはマヒートが以前にも見たことのある表情があらわれていた。それはスリー・シーグラスが内向きに集中し、ほかのすべての選択肢が実現不可能なために、自分の意志で宇宙を変えようとしている表情だった。司法省に侵入するまえ、公園でアイスクリームを食べていたときの表情だ。ナインティーン・アッズのフロントオフィスで身体的な侮辱とトラウマから訣別しようと決意したときの表情だ。

「たとえ監視されていても、クラウドフックがあればいろいろなことができます」スリー・シーグラスは言った。「マヒート――あなたはだれの注意を引きたいのですか？」

その質問に対する返事は実のところひとつしかなかった。「エズアズアカット・ナインティーン・アッズ閣下」マヒートは言った。「彼女の地位はサーティ・ラークスパーと同じだから、彼と同じようにここに入ってこられるはず――彼女はいまでもわたしのことが好きだと思うし」

〈彼女はわたしのことが好きだった〉イスカンダーがつぶやいた。〈わたしのことがとても好きだったのに、彼女はわたしを死なせた〉

〝彼女はあなたのことがとても好きだったし、わたしの命を救ってくれた〟マヒートは考えた。〝その理由をいっしょに調べてみない？〟

「わかりました。ナインティーン・アッズ、いま起きているたくさんの恐ろしいできごとを見たあとでも、わたしを恐怖に陥れる女性ですね」スリー・シーグラスは、アイディアを思いついてから——そのアイディアがどんなものであれ——それを口にするまでのあいだに、とても快活になっていた。それはマヒートにも理解できた。どんなにバカげていようがどんなに不可能に思えようが、計画を立てることは力になる。ついさっきまで、三人とも感情面で不安定になりやすかったはずでは？「閣下のために——マヒート、なにかとても鋭い詩を書いてみるのはどうでしょう？　それを公共ニュースフィードに投稿するんです」

「ぼくのことを政治的ロマンスの読みすぎだとか言ってたくせに」トゥェルブ・アゼイリアがつぶやいた。

「わたしはパレス・イーストでビラをまいて第三司法次官への無限の愛を宣言するつもりはありません」スリー・シーグラスは目をきらきらさせて言った。「それは政治的ロマンスです。こちらは知名度のある詩人が時事問題に呼応して最新作を投稿するのです。暗号化された声明入りの」

「あなたは公共ニュースフィードによく詩を投稿するの？」マヒートは興味を引かれてたずねた。

「少しばかり未熟ですが、いまはたいへんな時期ですし、先週はあの絶妙に退屈なフォーティーン・スパイアが皇室の朗詠コンテストで優勝しました。たとえ未熟でも、だれもが公の場でもてはやされる可能性があるのです」

「詩で訴えかけたら、ナインティーン・アッズがわたしたちを迎えに来てくれると思っているわけ？」それはあまりにも巧妙すぎて実用的ではなかった。いかにもテイクスカラアン人らしいロジックであり、マヒートにはとてもうまくいくとは思えなかった。

「彼女がどうするかはわかりません」スリー・シーグラスは言った。「しかし、彼女はそれを読むはずですし、そうなればわたしたちがどこにいて、なにを必要としているかがわかるでしょう。彼女のスタッフがどれだけニュースフィードを監視しているかはあなたも見たはずです――ナインティーン・アッズは注意を払っています。それが彼女の省の任務指示ファイルの最初の項目なのです」

　マヒートはスリー・シーグラスの目を見て、彼女にふれたいという完全に不適切な衝動を押しのけた。「スリー・シーグラス」マヒートは口をひらいた。この方向性でことを始めるつもりなら、スリー・シーグラスが彼女のためにどこまでやるつもりでいるのかを知っておかなければならない。「テイクスカラアン語の〝わたしたち〟の定義はどれくらい広いの？　あなたはわたしが光輝なる陛下になにを伝えなければいけないのかさえ知らない。この件でわたしたちは〝わたしたち〟なの？」

「わたしはあなたの案内役です、マヒート」スリー・シーグラスは言った。傷ついたような声だった。「そのことは充分にはっきりさせたはずですよね？」

「これはあなたがわたしのためにドアを開ける以上のこと」マヒートはスリー・シーグラスに告げた。「これはわたしの目的をあなたの言葉で、公共ニュースフィードに、テイクスカラアンの公共の記憶に残すということ。永遠に」

「ときどき思うんですが、あなたなら絶対にテイクスカラアン人になれますよ」スリー・シーグラスがとても穏やかに言った。そして歯をすべてあらわにし、ぎこちないがまずまずのステーショナー式の笑みを浮かべた。「さて、これを書くのを手伝ってくれませんか？　あなたは少なくとも初歩的な韻律の知識がありますし、サーティ・ラークスパーの現場要員がわたしたちにクラウドフックがあることを思い出すまえにこれを終わらせないといけないんです」それからスリー・シーグラスは手をのばしてマヒートにふれ、幻影のような指先で彼女の頬骨をなでた。マヒートはなすすべもなく身震いし、体をかたくした。叩かれるのを待つかのように。

「リード」トゥェルブ・アゼイリアが芝居じみたスキャンダラスな態度で言った。「いちゃつくのは自分の時間にしてくれ」

マヒートは頬が赤くなったのがわかるほど自分の顔色が悪くないことを願った。隠しようのない緋色の赤みと、そこで燃える熱。「わたしたちはいちゃついてなんかいない。戦略を話し合って――」

〈きみは出会った日の朝から彼女といちゃついていた〉イスカンダーがコメントし、マヒートはこいつを黙らせることができればと心の底から願った。少なくとも彼が欠陥品だったときにはコメントでこんなに……暴露的になることはなかったのに。

「わたしたちは詩を書いているんです」スリー・シーグラスは言い、完璧に落ち着き払った表情をたもつことで、その活動にいかにも親密そうな響きをあたえてしまった。

〈そして彼女もいちゃつき返してきた〉イスカンダーは続けた。〈クーデターの試みの真っ最中でないときに、その件についてはどうにかしたほうがいいかもしれない〉

マヒートはテイクスカラアン語で詩を書いたことがあった。十七歳のとき、ルスエルのカプセル部屋で一人でノートに走り書きし、偽サーティーン・リバーやワン・スカイフックなどの偉大な詩人に倣うことができるふりをし、自分の未熟な考えを自分のものではない言語で組み立てることを一度ならず繰り返した。あまりにも野蛮人で、あまりにも若かった。いま、マヒートはスリー・シーグラスのとなりにすわって頭をかしげ、韻律を調整し、どの古典的な引喩を前面に出すか慎重に選びながら、考えていた。〝詩は絶望している人のためのものであり、なにか語ることがあるくらい歳をとった人のためのものでもある〟

充分に歳をとった、あるいは不可解な経験を充分に乗り越えてきた。マヒートはすでに詩を書くのに充分な年齢になっているのかもしれない。彼女の中には三つの生と、ひとつの死がある。気をつけないと、その死を思い出しすぎて呼吸がどんどん苦しくなり、イスカンダーに彼はもう死にかけてもいないし彼女の自律神経をまかされているわけでもないのだ、と思い出させることになる。

スリー・シーグラスのほうは、仕立てたスーツの上着を身につけるように詩を作った――彼女の絵文字や引喩の精神ライブラリは膨大で、マヒートはそれをひどくうらやましく思った。もしもこの地で育ち、人生のすべてをこの地に浸してきたなら、マヒートだって一分で平凡なフレーズを朗々としたフレーズに変えることができただろう。

二人が考えた詩は長くなかった。当然だ――公開ニュースフィードで素早く広がるように、引用しやすく明確に表現されている必要があった。一般の人びとにとっては明確に、しかしナインティーン・アッズとそのスタッフにとっては別の意味をもつ、重層的な表現で。マヒートはそれをファイブ・アゲートなら気づくはずのイメージから始めた。ファイブ・アゲートはあそこにいたのだ。そしてファイブ・アゲートは、賢く、忠実で、解釈の訓練を受けているので、マヒートがほんとうはどれほど絶望しているかに気づき――彼女のエズアズアカットにすべてを伝えるだろう。

子供のやわらかな手の中では
星の地図でさえ耐えられる
引っ張ったり裂いたりする力に。重力は持続する。
連続性は保たれる、たこのない指は軌道上の道を歩くが、わたしは溺れかけている
花々の海の中で、紫の泡の中で、戦争の霧の中で――

夜明けの書庫で母親といっしょに星系図で遊ぶツー・カートグラフ。最初の合図――〝わたしがだれかわかるでしょう、ファイブ・アゲート。わたしはマヒート・ドズマーレ、わたしはあなたの息子への愛を、女主人への愛を理解していた〟第二の合図――〝わたしは脅威にさらされている、そしてその脅威はサーティ・ラークスパーからのものだ。花々、紫の泡〟

〝戦争の霧〟はほとんど引喩ではなかった。むしろ避けようのない現在起きている真実であり、しかもスリー・シーグラスの韻律構成にぴったりだった。

残りの部分は簡潔だった。情報省ビルについてのエクフラシスで、その建築構造のすべ

てが詳細に描写され、そこに葬式のようにかけられた飛燕草《ラークスパー》の花輪を加えることで――そこは『ザ・ビルディング』の一節の引喩だ――ナインティーン・アッズにマヒートたちの居場所を伝える。そのあとにひとつの約束が、一篇の二行連句で綴られる。

　解放されたら、わたしの舌はビジョンを語る。
　解放されたら、わたしは太陽の手の中の槍となる。

〝わたしたちを救出して、ナインティーン・アッズ。わたしたちを救出して、わたしたちが太陽の槍の王座をまっとうな正しい軌道にたもつのを手助けして〟

マヒートは最後にあらためて詩に目をとおした。悪くはなかった。彼女の目には――自分が未熟なことはわかっていたが――なかなか良いものに見えたし、効果的で洗練されて見えた。「それを送って」彼女はスリー・シーグラスに言った。「この限られた時間の中で、これ以上のことができるとは思えない」

「ぼくならいますぐ送るぞ」トウェルブ・アゼイリアが口をはさんだ。「きみたちが作業をしているあいだ、ニュースフィードを見ていたんだ。事態は急速に悪化している――ワン・ライトニングの軍団が税関職員に発砲している。民衆は暴動を鎮めるために彼らをシティに必要としていると主張して。だれが彼らを止めるのかわからない――いったいどうやって軍団を止める？　軍団なんて止めようがない」

「送りました」スリー・シーグラスが告げた。「わたしの署名入りで、見つけられるかぎりの公開フィードと、いくつかの非公開フィード――詩のサークルとか、情報省の内部メモフィードのひとつとか――」

「そんなことをして大丈夫？」マヒートはたずねた。「サーティ・ラークスパーの部下たちはまちがいなくそれを読んでいるはず」

「サーティ・ラークスパーの部下たちはわたしたちのクラウドフックから送られるすべてのメッセージを監視しているはずです、ほんの少しでもまともに仕事ができるなら」スリー・シーグラスは言った。「わたしなら最初に没収していますね」

「あなたが彼らの仲間ではなくわたしたちの仲間なのはほんとに助かる」マヒートはこんな状況にもかかわらず自分が笑みを浮かべていることに気づいた。

「時間はどれくらいあると思う？」トウェルブ・アゼイリアが言った。

「軍団が宮殿を襲撃するまで？　それとも放送用のプラットフォームがなくなるまで？」スリー・シーグラスは快活にこたえた。「ニュースを見るのはやめて、まだアクセスできるうちにこの詩がどんなふうに広がるかを見てください」

スリー・シーグラスはクラウドフックを右目の上のいつもの位置からはずし、みなのまえの会議用テーブルに置くと、設定を変えて超小型のインフォスクリーン・プロジェクターとして作動させた。マヒートは自分たちが書いた詩がテイクスカラアンの情報ネットワークを通じて広がっていく様子を見守った――まるでインクが水に広がるように、クラウドフックからクラウドフックへ共有され、再投稿され、再文脈化されていく様子を。

「あとどれくらい？」マヒートは静かにたずねた。

「三分くらいだと思います――これはかなり急速に――」スリー・シーグラスがそう言ったとたん、会議室のドアが音を立ててひらいた。シックス・ヘリコプターがそこに立っていて、彼の背後にもさらに二人いた――ただこちらのほうは情報省のクリームとオレンジの服を身につけていた。スリー・シーグラスは指先を合わせて彼らにお辞儀をした。

「会えてとてもうれしいです、スリー・ランプライト、エイト・ペンナイフ」スリー・シーグラスは言った。「省外の政治家に買収された午後をいかにお過ごしですか？」

マヒートは思わず笑い出してしまった。そのあいだにスリー・ランプライトとエイト・ペンナイフは無言でトゥェルブ・アゼイリアとスリー・シーグラスのクラウドフックを取りあげて、シックス・ヘリコプターに手渡した。

「わかっているのか」シックス・ヘリコプターが言った。「きみたちがやったことは――

無許可の政治的な詩を公共フィードに送ったことは——反逆行為とみなされるかもしれないんだぞ。きみたちがピックアップされた場所や、今朝のベルタウン・シックスが反帝国主義のデモ参加者であふれかえっていることを考慮すればなおさらだ。シティのそれ以外の混乱については言うまでもない」

「司法省に相談してくれ」トウェルブ・アゼイリアが言った。マヒートは彼のことを誇らしく思った。彼らはみな、死ぬか、あるいは……なにかに直面することになるだろうが、それでも——彼らはわたしたちだった。言葉の定義がどうあれ。

「わたしはいま自分が体験している瞬間にふさわしい政治詩を書きました」スリー・シーグラスは言った。「それが反逆行為だと言うなら、わたしたちの二千年にわたる正典《カノン》を見てください。そこにはもっとたくさんの反逆行為があるはずです」

シックス・ヘリコプターは落ち着いて話そうとしたが、失敗した。両手がクラウドフックでいっぱいだったので、うまく身ぶりを交えられなかったが、マヒートはその両肩と顎のこわばり具合から、彼が両手を振りまわすか、スリー・シーグラスをつかんで揺さぶってやりたいと痛切に願っているのを見てとることができた。スリー・シーグラスのほうは、静かに腰をおろしたまま、肘をテーブルにつき、両手で顎を支えていた。

「きみを逮捕する」シックス・ヘリコプターは最後に宣言した。「わたしは……ここにいる情報省の職員たちにきみを勾留することを命ずる。サーティ・ラークスパー大臣代理の職務代行者として」

「なにをバカなことを」トゥェルブ・アゼイリアはシックス・ヘリコプターを無視し、目に見えて尻込みしているスリー・ランプライトに向けて言った。「きみたち二人はほんとうにそんなことをするつもりなのか？」

「ここから出ようとしたら、あなたは止められます」スリー・ランプライトが言った。「それだけは保証します」

エイト・ペンナイフが付け加えた。「アセクレタとしてのあなたがたの特権は取り消されました。次の大臣になる人が再検討するまでは――」

「あなたにはおおいに失望させられました、エイト・ペンナイフ」スリー・シーグラスが小さく絶妙なため息をついて言った。「あなたはいつでもツー・ローズウッドの政策の熱烈な支持者だったのに――」

「もういい」シックス・ヘリコプターが怒鳴った。「我々にはやるべき仕事がある。きみたちにはない。アセクレタ。大使」彼は素早くきびすを返して部屋を出ていき、情報省の忠臣たちがそのあとを追った。マヒートたちはふたたび会議室に取り残されて、することもなく、見るものもなかった――クラウドフックもニュースフィードもなく、窓のない蛍光灯の明かりの中に閉じ込められていた。コーヒーのカラフェさえからっぽだった。
マヒートは両脇にいるスリー・シーグラスとトウェルブ・アゼイリアに目を向けた。
「さてと」自分で感じている以上の確信をこめて言う。「あとは待つだけ」

待つのは楽しいものではなかった。放射能や腐敗から守られた密封カプセルに閉じ込められて、自由空間をくるくるところがっているような感覚——カプセルがひらいても帰るべき外の世界が残っている保証はない。情報省の会議室にはなにも見るものがなかった。外からの騒音も、兵士の叫び声も、ブーツを履いた軍団が行進する足音も聞こえない。シティの街中がきらきら輝くサンリットのヘルメットや紫色の花の絨毯で埋め尽くされているのが見えるわけでもない……

スリー・シーグラスはテーブルにのせた前腕の上に頭を落としていた。マヒートには、彼女がうたた寝をしているのか、それともなにも考えないようにしているのかわからなかった。どちらにしても、うらやましいことだ。考えないというのは他人の領分だった。考えないというのは不可能で、マヒートはむしろ自分の皮膚をかきむしりたかった。ナインティーン・アッズが、エズアズアカットであろうとなかろうと、一人のルスエル大使のためにサーティ・ラークスパーに反旗をひるがえしたりしない無数の理由を想像し続けた。

さまざまな可能性の中で最悪なのは、ナインティーン・アッズがすでにサーティ・ラークスパーと手を組んでいて、情報省に関する彼の決定に黙々と従ってしまうという可能性だ。二番目に悪いのは、ナインティーン・アッズが力関係を考慮して、サーティ・ラークスパーに挑戦しても成功する見込みがないと判断し、誰が勝つことになろうと息をひそめてクーデターを乗り切ることを選んだ場合……

おそらくサーティ・ラークスパーは二番目のようなことはしないだろう。彼女らしくない。その確信がマヒートの中で暖かな潮のようにわきあがってきた。マヒートだけの確信ではなく、合体したイスカンダーの記憶と彼女自身の記憶が、そう評価したのだ。

「両手を切り落とされたような気がするな」トウェルブ・アゼイリアがどんよりした沈黙の中で言った。「何度もニュースフィードに手をのばすんだが、そこにはない。ふれることができるのは自分だけだ、帝国全体ではなく」

〈寂しいことだな、テイクスカラアン市民なのにテイクスカラアンのすべてがないというのは〉イスカンダーがマヒートにささやいた。〈ひとかけらの後悔もなく、それはうらやましくないと思える〉

〝わたしたちは二度とひとりにはならない〟マヒートは考えた。〝あなたとわたし。この人生ではもう二度と〟

〈あるいは次の人生でも〉

〃わたしのあとにテイクスカラアンに来る大使がいるとすれば〃

〈きみのあとにテイクスカラアンに来る大使がいて、しかもわたしたちのイマゴラインが彼らのために保存する価値があるとすればだ〉

マヒートはそうなることを願った。腹の底にある熱を帯びた小さな鉛玉のような願い。この一週間の体験が、彼女の体験が、彼女とイスカンダーの体験が、むだになってほしくなかった。いま彼女が知っていること――彼女が心の中に自分の毒の花のようにたずさえているテイクスカラアンに対する外的脅威、エイリアンの船が集結する座標――いかなる併合戦争も中止にせざるをえないほどの外的脅威――それが彼女とイスカンダーと共に死んでほしくなかった。彼女とイスカンダーと共に闇に葬られてほしくなかった。

だが、マヒートは待つのが嫌いだった。外で起きていることは容易に想像できた――叙事詩や、できの悪い映画や、既知の宇宙のはずれにある惑星でテイクスカラアンが実施した併合戦争の密輸記録映像などから集めた百種類ものバージョンがある。たとえ帝国の中心地であろうと、いったん発砲が始まればちがいはないだろう。なんのちがいもないだろう。それが問題なのだ。帝国はやはり帝国だ――誘いをかける部分もあれば、万力のような顎で締め付けて、首が折れて死ぬまで惑星を揺さぶる部分もあるのだ。

会議室のずっと変わらない白い光の中で形もなくただよっていた、その長く恐ろしい休止時間が終わったことをマヒートに最初に教えたのは、廊下で起きた騒ぎだった——叫び声にドアがばたんと閉まる音。しばらくして、デスクの上にあるものがすべて床に落とされたようなバラバラッという大きな音がした。

「——どう思います？」スリー・シーグラスが立ちあがりながら言った。

「たとえわたしたちとは無関係だとしても、なにかが起きている」マヒートは言った。「待っているよりはなにかあるほうがいい。見に行こう」

「ぼくたちは逮捕されている」トウェルブ・アゼイリアがなにげなく念を押した。「とはいえ——くそくらえだ。自分たちで釈放しよう」

マヒートは声をあげて笑った。頭蓋の中の、手術した部位の果てしない痛みと、傷ついた手の血管のうずきと、傷ついた神経の揺らぎと、消えない腰の不快な痛みの裏側で、彼女はほとんど気持ちよく感じていた。

〈アドレナリンはすばらしい薬だよ、マヒート〉イスカンダーが言った。〈いまのうちに利用しておこう〉

会議室の外へ出ると——鍵もかかっていなかったので、マヒートは侮辱されたような気がしただけでなく、みずから進んで投獄されていたような小さな罪悪感をおぼえた——出口へ続く廊下の途中に中央案内所があり、身長と髪型からするとスリー・ランプライトらしき人物がそこに詰めていた。中身が床にぶちまけられたのはここのデスクらしく、インフォフィッシュ・スティックやオフィス用品が散乱していたが、この小さな調和——どれも輝くような白で、ああ、マヒートはテイクスカラアン市民があらゆる面で見せる象徴的な結合が、それがどんなに作為的であろうと、愛さずにはいられないのだ、ここが白いのはそれがナインティーン・アッズの特徴だからだ——を壊していたのが、ナインティーン・アッズの第一の側近であり秘蔵っ子でもあるファイブ・アゲートだった。地味な顔は穏やかで冷たく、手にはショックスティックが握られていた。細長い金属棒が電気エネルギーでパチパチと音を立てている。彼女の背後には、マヒートが見たことのない純白の服を着たもう一人のテイクスカラアン市民がいて、彼も同じ武器を持っていた。

それは騎兵隊のようなものだった。そろいの服を着た騎兵隊、どこを見ても紫色の花の小枝は見当たらない。ここへ彼らを探しに来たのがファイブ・アゲートだとすれば、ナインティーン・アッズはマヒートとスリー・シーグラスが詩で伝えようとしたことを理解してくれたのかもしれない——

「いま発見した」ファイブ・アゲートが言った。その声は鋭く響き渡った。「あそこの三人だ。こちらへ来てください、大使――エズアズアカット・ナインティーン・アッズはあなたがいまでも彼女に庇護を求めた状態にあると認識しています」

「彼らは正式に庇護を求めたことはない」スリー・ランプライトが言った。「それは司法の場ではけっして有効とはみなされない」

「サーティ・ラークスパーが宮殿でたくらんでいる陰謀も同じだろう」ファイブ・アゲートは怒鳴った。「だからおたがいさまだ。わたしは事件を起こしたくない。その人たちをこちらへ来させるんだ」

マヒートは廊下を歩き始め、スリー・シーグラスとトゥウェルブ・アゼイリアがその両脇についた。一瞬、マヒートはやり遂げられると思った。このまま彼らがなんの問題もなくファイブ・アゲートのもとへたどり着いて、ナインティーン・アッズがそのソフトパワーをふるえば――

――そのとき、マヒートたちの背後のだいぶ離れたところにあるオフィスから、シックス・ヘリコプターが飛び出してきた。マヒートはぴたりと足を止めて振り返り、そこに見たものに冷たい恐怖をおぼえた。男の手には、ファイブ・アゲートのようなショックスティックではなく、投射式兵器――ルスエルでは外殻に穴を開けかねないので違法とされている――が握られていた。マヒートは、シックス・ヘリコプターとファイブ・アゲートに前後をはさまれたまま、脱出の途中で凍りついた。

「よくもきさまら——きさまらのような思いあがった扇動屋の好き勝手にさせるわけにはいかないんだ！　街には軍団がいるんだぞ、こんなことをやっている場合か——法と秩序に耳をかたむけるんだ！」

恐怖の中にあっても、マヒートにはその台詞が妙に滑稽に聞こえた。この小柄な男は、自分がようやく得たささやかな権力を失うことにひどく腹を立てていた。

ファイブ・アゲートが落ち着いてショックスティックを持ちあげた。その先端で青緑色のエネルギーがパチパチと音を立て、彼女はシックス・ヘリコプターに向かって歩き始めた。

投射式兵器の発砲音はマヒートの記憶にあるどんな音よりも大きかった。左側で短く鋭い悲鳴があがった——それからまた、大きなバンッという音が立て続けに響いた。マヒートは走ろうと考えるよりも先にファイブ・アゲートに向かって廊下を走り出していた。すべての麻痺が解けていた。スリー・ランプライトはデスクのうしろに隠れて見えなくなり、ファイブ・アゲートの支援要員がショックスティックを輝かせながらそのまえを通過していく。

また発砲音がして、ファイブ・アゲートの上腕に赤い花が咲き、筋を引いて広がった。

白いチュニックが真っ赤に染まり、顔が氷のように白くなる。ショックスティックが床に落ちて、パチパチと電気音を立てる。マヒートは走り続けた。ファイブ・アゲートのところまでたどり着き——ショック状態にあるのか、完璧に冷静なまま突っ立っている——彼女の出血していないほうの腕をつかむと、そのまま背後に引っ張って走り続けた。

あれには何発の投射物が入っているの？

〈たっぷりある〉イスカンダーはしっかりとマヒートの心の中にいた。〈きみを殺せるだけある。走り続けろ。振り返るな——〉

マヒートは振り返った。

スリー・シーグラスはいつものようにマヒートのすぐ背後についていたが、トゥェルブ・アゼイリアはちがった——廊下にくずおれたまま、ぴくりとも動かず、周囲に鮮やかな血だまりを広げていた。

ファイブ・アゲートの白装束の支援要員が、手にしたショックスティックをシックス・ヘリコプターのひらいた口の中へまっすぐ突っ込んだ。青い炎がその頭蓋をつらぬいた。投射式兵器からまた発砲音がした——支援要員の腹に凝視する特異点の目のような穴がぽっかりとひらき——

「走って！」スリー・シーグラスが叫び、マヒートは走り続けた。片手でファイブ・アゲートの腕を握り締めたまま、情報省を駆け抜けておもての通りに出るまで。

第19章

静穏と忍耐が安全を生み
世界の宝石はみずからを維持する。
手折られた花は未熟な手の中で枯れて
よこしまな庭師が栄え
干上がった淵の真価を唱える。
——ファイブ・ダイアデムの詩、のちに帝国全体の公衆安全メッセージとして使われる

もしもこれらの軍艦がわたしたちを滅ぼすならば、わたしは第十五世代の評議会に代わるどのような政府においてもあなたを失脚させるだろう。あなたとアムナードバットの両方を。融和主義者と孤立主義者を。あなたを失脚させ、あなたのイマゴライ

ンを破壊するだろう。

――ダージ・タラッツのオフィスに手渡しで届けられた〝Ｄ・Ｏ〟の署名入りの
メモ、２５１・３・１１-６Ｄ

ファイブ・アゲートはマヒートの手を振り払うと、全身を鋭く震わせて心身をととのえた。肩から出た血はまだ広がっていて、白い袖に赤い糸を引いていた。「時間がない」彼女は言ったが、それはマヒートにとってはあまり意味のない言葉だった。なにもかもがあまり意味をなさなかった。

「――わたしは彼を助けに行かないと」スリー・シーグラスが話していた。「彼はあそこで死にかけている――」

「時間がないの」ファイブ・アゲートは繰り返し、マヒートはようやく理解した。広がる血だまりの中のトウェルブ・アゼイリア。マヒートの友人のトウェルブ・アゼイリア。スリー・シーグラスの友人。

マヒートの胸は狭くて熱く、まるで自分が投射式兵器に撃たれたかのようだった。自分自身が投射物で、いまにも粉々になりそうだった。

「時間なんかどうでもいい」スリー・シーグラスが言った。

「省内にほかにどれだけの違法な投射式兵器があるのかわからない」ファイブ・アゲートは吐き捨てた――マヒートはこの女性とナインティーン・アッズのオフィスにいた効率的でもの静かな副官とをうまく結び付けられなかった。「だれかを撃ちたくてしかたがないサーティ・ラークスパーのパルチザンどもがどれだけ待ちかまえているかもわからない――くそっ肩が痛い、あなたの友人のことは気の毒だった――トゥエンティツー・グラファイトのことはもっと気の毒だった、くそな星の光も気の毒だ――だけどあなたは助けを求めた――人びとが街中であの呪われた詩を歌っている――だからあなたの望みどおりさっさとここから脱出しよう」

「人びとが歌っている？」マヒートは力なくたずねた。

「〝ワン・ライトニング万歳〟と声をかぎりに叫んでいる連中以外は」ファイブ・アゲートはそう言い捨てて広場を歩き出した。

マヒートはスリー・シーグラスの手を取った。手のひらが汗でぬるぬるしていた。二人はあとを追った。ファイブ・アゲートは両肩をいからせ、かなりの出血を隠そうともせずに、ものすごい速さで足を運んでいた。すぐに追っ手が来ることはないようだ――おそらくシックス・ヘリコプターもトゥエルブ・アゼイリアのとなりで死んでいるのだろう、ああ、考えると胸が痛む、トゥエルブ・アゼイリアはあんな目にあうべき人じゃなかった―

—気をまぎらすために、マヒートはいまどこへ向かっているのかたしかめようとした。ナインティーン・アッズのオフィスへの道は知っているつもりでいたが、日中の光の中ではすべてがちがって見えたし、このまえ来たときはサンリットに護衛された地上車に乗っていたのだ。

　空は今日もあのありえないほどの青色だった。地平線をわずかにせばめる建物の列にだけ制約を受ける、無限の広がり。いまにも惑星の表面を離れて落ちていってしまいそうだ。マヒートはスリー・シーグラスの手を握り締めた。なんの反応もなかった。

　角を曲がって、パレス・イーストの中央広場から、おそらくナインティーン・アッズのオフィスが入っていると思われるひとつらなりの建物を目指していたとき——あのバラ色の大理石のきらめきが、彼らが行かなければならない場所なのだろう——あやうくサンリットの小隊に突っ込みかけた。彼らは日食のように出現した。突然、光をさえぎって、金色のヘルメットをかぶった二十人の顔のない人びとがそこにいた。

「待ちなさい」サンリットの一人が言った。どれかはわからなかった。みんな同じ声なのだ。ファイブ・アゲートが足を止めた。胸が上下していた。

「あなたは怪我をしています」別のサンリットが言った。声の大きさからみて、近いほうの一人だろう。「外にいるのは危険です。皇帝は市民の外出禁止令を出しました。あなたは病院へ行こうとしているのですか？」

「わたしは――」ファイブ・アゲートは口をひらいた。「家に帰ろうとしているところです――エズアズアカット・ナインティーン・アッズのところで働いていて――」

「路上に出ることは禁じられています」第三のサンリットが言った。

「外出禁止令は、我々が適切と考える手段であればどのような形でも執行可能です」四人目が付け加えた――すると二十人のサンリットがいっせいにマヒートたちに近づき始めた。まるで自動人形《オートマタ》のように。

〝個人的な暴力と制度的な暴力のどちらがより脅威となるだろう？〟

それから――〝アルゴリズムをだませるのか？〟

マヒートは一歩まえに出た。震える声で割り込んだ。「わたしたち撃たれたんです」ヒステリックな声を出そうとした――イスカンダーの固有の知識を頼りに、自分の声をアクセントのないテイクスカラアン人のそれに合わせて。この瞬間だけは、あからさまに野蛮人にならないようにしなければ。「わたしたちは情報省にいました――あそこは占拠されているんです、いかれた人たちに――わたしたち――ほんとに怖くて、わたしの友人はたぶん死んでいて――」

それを合図に、スリー・シーグラスが涙をあふれさせた。マヒートにはほんものの涙に見えた。おそらくほんものなのだろう——それが役に立つこの瞬間まで、保留にされていただけなのだ。

いちばん近くにいるサンリットが、少し口調をやわらげてふたたび話し始めた。「どのような種類のいかれた人たちですか？」彼らはたずねた。「お願いです、市民のみなさん、情報をください」

「わたしの友人を撃った男は」スリー・シーグラスが涙を流しながら言った。「サーティ・ラークスパーのために働いていました——その男は大臣が妥協したから省を占拠したんだと言っていました」鼻と目をぬぐう。「すみません、ふだんはこんなふうではないんです。ほんとうです」

「どのように妥協したのですか？」二人のサンリットが同時に問いかけ、そのあと三人目がＡＩの中で波打つこだまのようにそれを繰り返した。アルゴリズムがみずからを調整しているのだ。「どのように妥協したのですか？」

「わかりません」マヒートはしらじらしく嘘をついた。「ただ——妥協したと——ひょっとして大臣はヤオトレックの政策が好きだったのかも？　すごく混乱していて——そうしたら彼らがわたしたちを撃って——」

小隊全体がいっせいにマヒートたちのほうへまっすぐ向き直ったように見えた——通過

する磁石に鉄粉が引き寄せられて列をなすように。全員がショックスティックに手を置いたままだ。マヒートは電撃を待った。電気という形の組織的暴力の避けようのない重みを。シティの網の目の可動部分が、数日前に静止部分がスリー・シーグラスを攻撃したように、マヒートを攻撃してくるのを。だが、もしもこれがうまくいけば、もしもこの小隊を彼らから離れたところへ送り、情報省からやってくるかもしれない追っ手を迎撃することができるなら——リスクをおかす価値はあるだろう。

「中に入っていいですか？」ファイブ・アゲートが言った。「帝国の外出禁止令に逆らいたくないんです。息子が中にいるので——家に帰りたいだけなんです——すぐそこです」彼女は怪我をしていないほうの腕で、マヒートがナインティーン・アッズのオフィスがあると推測した建物を、あるいはその近くを指し示した。

それでようやく納得してもらえたようだった。小隊の端にいたサンリットの一人が仲間から離れて、数歩進み出た。「行きなさい」彼らは言った。「情報省の状況については調査します。わたしたちの一人が付き添います」集団から離れたサンリットは、まるで一人の人間のように見えた。マヒートはテイクスカラアン市民がどのようにして彼らの一員になるのかを知りたくてたまらなかった。

〈もしもそれがわかったら〉イスカンダーがマヒートに言った。〈きみはわたしよりもひ

とつうまくやれたことになる〉

小隊のほかのサンリットたちは三人が広場から出てきた道に沿ってするすると移動していった。マヒートの脳裏に、サンリットがファイブ・アゲートがこぼした血のにおいを逆にたどっていくという鮮明な想像が浮かんだ。

残ったサンリットが片手を振り、三人は――マヒートはまだスリー・シーグラスの手を握っていたし、スリー・シーグラスはまだとめどなく涙を流していた――その身ぶりに従って先へ進んだ。マヒートが警察に護衛されてナインティーン・アッズのオフィスのドアまで来るのはこれが二度目だった。

〝円環構造〟とマヒートは考えた。〝ぐるりとひとまわり〟そしてふたたびそのありえない情報に戻ってきた――人びとが街中で彼女の詩を歌っている？

〈手付かずですむものはない〉イスカンダーがつぶやいた――マヒートの、若いほうのイスカンダー、あのおなじみのちらつく電荷のような明るい声。〈おまえが作ったものにテイクスカラアンの刻印がつかないことはない。おれでさえそれを学んだ〉

ナインティーン・アッズはフロントオフィスを作戦室に変えていた。本人は以前と同じように、半円状に幾重にもならんだ広大なホログラフの海の中心に立っていた。だが、整然とした情報収集事業だったところに、いまは疲れ切った様子の若い男女の集団が詰めていて、身振りで画面をあちこちへ動かしたり、メモを――手で、ペーパーに――書いたり、クラウドフックを通じてどこかよそにいる人びとに低い声でせかせかと話しかけたりしていた。

その混乱の中にあって、ナインティーン・アッズは相変わらず無垢な白い柱のままだったが、頬の浅黒い肌は目の下のあたりが灰色になり、目そのものは赤くなっていた。マヒートがまず思ったのは、彼女はずっと泣いていて、一睡もしなかったのではないかということだった。同情の気持ちがわきあがったが、どれだけが自分のもので、どれだけイスカンダーのものかはわからなかった。そんなことは問題ではないと思ったとき、ナインティーン・アッズがマヒートたちの姿を見つけ、頭のまわりに群がっていた投影像を素早い身ぶりで追い払い、すぐにファイブ・アゲートのそばへやってきた。

「怪我をしているのですね」ナインティーン・アッズはファイブ・アゲートの両手を取って言った。

「――少しです」ファイブ・アゲートが言った。マヒートはその顔を見て悟った――この女性は自分が仕えるエズアズアカットに迎えられるこの瞬間のためだけでも、シックス・ヘリコプターの射線にまっすぐ踏み込むのだろう。「そんなことはいいんです。わたしはトウェンティツー・グラファイトを失って――」

「あなたがたは二人とも志願したのです。彼はあなたと同じようになにが起こり得るかを承知していました。奥へ入って」ナインティーン・アッズは、花の事件のあとにバスルームでマヒートに向けたのと同じ、どきりとする、奇妙なやさしさを込めて言った。「あなたはとてもよくやりました。わたくしが頼んだことをやってくれました。すわって、水を飲みなさい。イクスプラナトルを呼んで腕を診てもらいましょう」

〝あなたはとてもよくやりました〟仲間の一人を失っても、ナインティーン・アッズは残った一人に慰めをあたえることができた。マヒートの喉の痛みは彼女だけのものではないはずだ。イスカンダーはそれを聞きたかったのではないだろうか？　特に彼女から――

（十年まえのナインティーン・アッズの裸体が鮮明に浮かんできたが、マヒートは情欲よりも、ふれたい、いっしょにいたいという切望を感じた）

〈ちがう〉イスカンダーがマヒートに言った。〈わたしは彼女にわたしの意見に賛同してほしかった。きみは彼女に自分が正義の人であるかのように見てほしいのだ〉

「……あなたはたいへんな価値のある人なのですね、マヒート・ドズマーレ」ナインティーン・アッズが言った。「あなたのためならわたくしは喜んで多くのものを支払うことでしょう。あの詩はあなた一人で書いたのですか？」

「スリー・シーグラスがほとんどを書きました」マヒートは言った。彼女はまだスリー・シーグラスの手を握っていたが、このときは、案内役のほうがマヒートの指をぎゅっと握り締めた。

「いとしいアセクレタ。あなたはいつでも雄弁ですね」

スリー・シーグラスは喉が詰まったようなみっともない音を立てた。「閣下、わたしが鼻水まみれのときに雄弁などと呼ばないでください」

ナインティーン・アッズは笑おうとしたのに笑い方を忘れてしまったような顔をしていた。その代わりに肩をすくめ、奇妙な半笑いを浮かべて言った。「〝解放されたら、わたしは太陽の手の中の槍となる〟とても耳に残りますね。すわりませんか？　あなたがたをどうするか決めなければいけません」

「光輝なる陛下と話をする必要があります」マヒートは言った。「それがあなたがわたしと共にするべきことです。そのあとは好きなようにしてかまいません」

マヒートはカウチへ向かって歩いた――ナインティーン・アッズに初めて尋問されたときにすわったのと同じカウチだ。また〝円環構造〟という思いが浮かぶ。両脚はまるで水になったようだ。なんとかクッションの上にへたり込んだ。スリー・シーグラスは軌道上の衛星のようにいっしょにくっついてきた。マヒートは彼女にハンカチを差し出して、顔をきれいにして、少しでも涙をぬぐってあげたかった。いまはかなり供給が不足している尊厳というやつを、わずかでもいいから取り戻させてあげたかった。

　ナインティーン・アッズは二人が離れていって腰をおろすのを見守っていた。彼女は長いあいだ道を見失っていたようだった――目標や意欲がすっかり失われてしまったのだ。やがて彼女は体をまっすぐにのばし、背中を大きくそらせると、オフィスを横切って二人のまえに立った。

「あなたがたをただ陛下のところへ連れて行くわけにはいきません」ナインティーン・アッズは言った。「彼には警備がついています。しかも具合が良くありません。マヒート、あなたもご存じでしょう？」

「彼は長いあいだ具合が良くなかった」マヒートは言った。「それはあなたが知っていることです。陛下も知っていますし、イスカンダーも知っています」

「知っている？」ナインティーン・アッズはわずかに首を横にかしげてたずねた。

「知っていた、です。これは……複雑なのです。いまはなおさら。わたしは――ナインティーン・アッズ閣下、前回わたしがこちらへうかがったとき、わたしは嘘偽りなく伝えました。イスカンダーやわたしの政府の意図はどうあれ、彼はいなくなってしまったので、話ができないと。いまは嘘偽りなく別のことが言えます。わたしは――わたしたちは――

これは長い話ですし、外科手術もしましたし、わたしは人生最悪の頭痛をかかえていて、やあ――会えなくて寂しかったよ――」

マヒートは一歩さがった。彼女の一部を占めているイスカンダーに、ほんの一瞬だけ顔の筋肉の動きをまかせて、イスカンダーらしい大きな笑顔を形作らせた。彼の目の隅にできる笑いじわは、彼女のより若い肌ではまだできないはずのものだった。

鍛えられた金属が光ってはまた消えるように、ナインティーン・アッズの顔に移ろいやすい赤みがさした。

「どうしてあなたを信じられるのですか？」ナインティーン・アッズは言ったが、マヒートはすでに彼女が信じていることを知っていた。

「きみはわたしを殺した」マヒートは言った、イスカンダーが言った。二人が言った。「あるいは、テン・パールに手をくださせて止めなかったんだろうが、それだって同じようなことだ。だが、とにかく会えなくて寂しかった」

ナインティーン・アッズは肺が苦しくなるほど大きく息を吸い、あえぎ声が漏れそうになるのをかろうじて抑えていた。彼女はむかいのカウチに腰をおろした。このままでは倒れてしまうと思っているかのような、慎重な体の曲げかただった。「あなたはそのことを話したいのですね――あなたはいつでも決断について話したがっていました――」

「そうだな」イスカンダーがマヒートの口で言った。彼がこんなにやさしい声を出せるとは知らなかった。「この件が終わったあとにでも。いまは時間がないんだろう？」

「そのとおりです」ナインティーン・アッズはもう一度大きく息を吸った。「マヒートに戻ってください。こんなに落ち着かないものだとは想像もつきませんでした。その顔つき。まるで幽霊のようです」

「その比喩はまちがっています」マヒートは言った。「幽霊は――」

〈しーっ〉イスカンダーがマヒートに言った。〈いま彼女にそれは必要ない〉

〝あなたはわたしがいちゃついていると非難したくせに――〟

〈帝国を存続させるためだ、マヒート〉

〝へえ、それがわたしたちのやっていることなの？　ステーションが併合されるのを阻止しようとしているんだと思っていたのに〟

こんなどうどうめぐりの会話がだれのためにもならないことはわかっていた。吐き気がするし、こめかみの頭痛はきついし、ナインティーン・アッズもスリー・シーグラスもマヒートのことを、狂気の大きな淵のへりで足をすべらし、そこにすっと落ち込んでしまった人のように見ていた。

「わたしは情報を持っています」マヒートはなんとか自分を取り戻し、一時的にイスカンダーだったマヒートになろうとした。その両方の悲惨なハイブリッドではなく。「これはわたし自身とおそらくはルスエル・ステーションにいるわたしの民が大きな犠牲を払って手に入れたものであり、いますぐ光輝なる陛下のお耳に入れる必要があります。わたしは陛下のもとへ戻ろうとしていたんです。そして勾留され、友人は撃たれておそらく死んでいて、わたしはサンリットと交渉しなければならず——陛下に近づくためにはあなたが唯一の可能性に思えたので——」

ナインティーン・アッズはそっと毒づいた。「お友達についてはわたくしの深い哀悼の意を受け止めてください。彼があなたが恐れるよりも良い状態にあることを願っています」

マヒートはトウェルブ・アゼイリアのまわりに広がる血のプールを、そのとんでもない量と、動脈血にちがいない鮮やかさを思い出した。〝願うだけでは足りない〟

「同感です」マヒートは言った。「彼は……野蛮人が他者に期待する以上に、わたしに寛大に接してくれました」

スリー・シーグラスが奇妙な音を立てた、冷笑とすすり泣きのあいだのなにか。「彼はあなたのために殺されたのです、マヒート。わたしの友人でなければそもそもこんな騒ぎに巻き込まれることはなかったのです」

ナインティーン・アッズが手を振って側近の一人を呼び寄せると、その若い男はまるでホログラフのようにカウチのそばにあらわれた(毒の花を処分した、そして毒の花を持ってきたのかもしれないセブン・スケールではなかった。マヒートは彼のことを、あの夜起きたあらゆることを、なぜナインティーン・アッズが彼女の命を救うためにあれほど必死になったのかをきかなければならなかった)。

「アセクレタに水とハンカチを」ナインティーン・アッズが側近に告げた。「それとわたくしたちにブランデーを少し。みなさんそれが必要だと思いますので」

男はあらわれたときと同じように素早く消えた。ナインティーン・アッズはなにかを確認するようにうなずいてから言った。「もしも——これは仮定の話ですよ、マヒート・ドズマーレ——この絶対的な混乱と不確実性のときに、わたくしがみずからの地位とおそらくは命をかけてあなたを光輝なる陛下のもとへ連れて行くとしたら、あなたは陛下に言おうとしていることをわたくしにも話すべきでしょう。同じだけくわしく。それだけの価値があるはずですよ、大使。あなたのもっとも古い友人たちを幽霊や二重人格にする不死マシンよりも価値があるはずです」

そのとき、側近がトレイを手に戻ってきた。そこには濃い銅色の酒が入ったグラスが三個と水のグラスがひとつ置かれていて、マヒートは人生でアルコールを見てこれほど喜んだことはなかった。彼女は一番近いグラスを手に取った。グラスをまわすと、酒はその側面にまとわりつき、粘っこい油膜のようなきらめきを見せた。

「お願い、スリー・シーグラス、これはスミレの味はしないと言って」

スリー・シーグラスは何時間も脱水症状を起こしていたあとのように水をがぶ飲みして――泣きながら走っていたせいでほんとうに脱水状態なのだとマヒートは気づいた――グラスを戻し、ブランデーを値踏みして、骨まで乾ききった声で言った。「これがわたしの思っているものだとすれば、炎と血と春の嵐のあとで掘り起こした土のにおいのような味がするでしょう――わたしたちを酔わせようとしているのですか、閣下？　いまのところわたしはそのような助けは必要としていません」

「わたしが」ナインティーン・アッズが言った。「ひとときだけでも文明的になりたかったのです」グラスを手に取り、小さく掲げて無言の乾杯をする。「飲んでください」

マヒートは飲んだ。〝これからの十二時間を生き抜くために〟喉を滑り落ちた液体は、鮮烈で熱く豊潤だった。プラズマの炎と焼ける土。独特な香りだ。〝ルスエル・ステーションがルスエル・ステーションのままでありますように〟

〈わたしたちに〉イスカンダーが、マヒートがかろうじて感じることのできるどこかでささやいた。声というよりも感情の高まり。〈それと文明に。もしもそんなものが残るな

ら〉

マヒートはグラスを置いた。体全体が温かくなったような感じだった。それは勇気の代わりになるだろう。

「わかりました、閣下。話しましょう。ただそのまえに、なぜ前任者を殺しておきながらわたしを生かしておいたのかを説明していただけるとたいへんありがたいのですが。わたしはやむをえずあなたを信頼するのか——わたしはあなたを信頼していますが、それはほかに選択肢がないせいです——それとも自分で望んであなたを信頼するのか、それをたしかめておく必要があるのです」

「どちらのあなたが質問しているのですか？」ナインティーン・アッズがたずねた。彼女はブランデーをショットのように一気飲みしていた。

「それは良い質問ではありません、ナインティーン・アッズ。わたしが質問しているのです」マヒートはそれ以上明確にはしなかった。

ナインティーン・アッズがため息をついた。膝の上で組んだ両手が、骨のような白さのスーツに暗く映えていた。「理由はふたつあります。第一に、あなたは——あのときは——イスカンダー・アガーヴンではありませんでした。そしてあなたの望みは彼の望みとは異なっていました。イスカンダーがシックス・ダイレクションにあたえようとしていたのは、わたくしがたくさんの質問と調査と思索の果てに不死マシンであると判断したものでした――それは、わたくしの友人を、わたくしの主を、わたくしの皇帝を子供の肉体に入れて、彼をなにか――人間ですらないものに変えて、彼に取り返しのつかない損害をあたえかねないマシンでした。その子供が太陽の槍の王座にすわれば、わたくしたち全員に取り返しのつかない損害をあたえかねないのです」

マヒートはうなずいた。「わたしがここへ来たのはイマゴマシンと自分のステーションの自由を交換するためではありません」立場が変わっていた。彼女は突然、自分がこの尋問を主導していることに気づいた。これは尋問なのだと。あるいは交渉なのだと。

〈それらは同じ種類のものだ〉

「ふたつ目の理由はなんですか？」マヒートは続けた。

「二度はできなかったのです」ナインティーン・アッズは言った。「むりでした――あれを二度も見るのは。わたくしは潔癖な人間ではありません、大使、みなと同じように惑星の征服を指揮してきました。しかしあなたは充分にわたくしの友人でした。たとえイスカンダーが望んだことを望むほど彼になりきれていなかったとしても。それにあなたはまだ死に値するようなことをしていませんでした。あのまま死なせたらとてもつらかったはずです」

マヒートは自分のほうがさらし者になっているように感じた。ファイブ・ポーティコの手術台の上にいたときのように、体を切りひらかれ、すべての神経が空気に過敏になっているように感じた。話しているのはマヒートではないのに。

「だれがわたしに花を送ったのですか？」マヒートはたずねた。スリー・シーグラスが背中に手を当ててくれているのをぼんやりと感じた。やさしい重み。

「あれは贈り物でした」ナインティーン・アッズはこたえた。「同じエズアズアカットであるサーティ・ラークスパーの家からわたくしの家に届けられたものです。それでなにをするかは、もちろんわたくし次第でした」

それはつまり――それはつまりナインティーン・アッズは最初はマヒートが死ぬべきだと判断したが、彼女がその花の毒を吸いそうになるのを見て、そのときに気を変えたということだ。それはつまり、サーティ・ラークスパーがナインティーン・アッズに新しいルスエル大使を排除するよう仕向けたということだ。かつて彼女が古いルスエル大使が排除されるのを黙認したように。

サーティ・ラークスパーはイスカンダーの死を望んでいなかった。望んでいたのはテン・パールで、おそらくナインティーン・アッズもそうだった。サーティ・ラークスパーはイスカンダーのことを気にしていなかった。サーティ・ラークスパーはマヒートの死を望み、過去にルスエル大使の排除に協力したナインティーン・アッズなら、もう一度やるかもしれないと考えた。

サーティ・ラークスパーは、マヒートをそばに置いておくのは危険すぎると考えた――シックス・ダイレクションにイマゴマシンをあたえられる人間はだれであれそばに置いておくには危険すぎると考えていたのだろう。イマゴマシンは、特にテイクスカラアン市民が想像する不死マシンは、シックス・ダイレクションが永遠に王座に君臨することを意味する。サーティ・ラークスパーがこの政情不安を利用して皇位継承者の三者連合を解体し、自分ひとりで皇位を主張することはできなくなるのだ――それこそが彼のやっていることであり、彼が情報省を乗っ取ったことはそれ以外では解釈のしようがなかった――もしもシックス・ダイレクションが皇帝であり続けるとしたら。どこかの思いあがったヤオトレックが自分こそ星に祝福された正当な支配者であると宣言しようが問題ではない。もしもシックス・ダイレクションがイマゴマシンを手に入れていたら、サーティ・ラークスパーが必要とした瞬間は失われていただろう。

マヒートは突然、自分たちが情報省を脱出できたことに驚きをおぼえた。あの綱渡りの成功は、シックス・ヘリコプターが権力に酔った政治家で、上司に次になにをすべきか確認するような人物ではなかったおかげでしかない。

「最後にもうひとつだけ」マヒートは言った。「それでわたしたちは引きあげます。光輝なる陛下の政府に、あなたがイスカンダーの殺害を許可したことを知っていた人はどれだけいるのですか？」

ナインティーン・アッズの笑顔はルスエル風で、小さく、口もとにマヒートがイスカンダーの笑顔のパターンと重ね合わせたくなるような妙な癖があった（二人はおたがいをとても気に入っていた。殺人の告白のあとですら内分泌系の反応は活発だった）。「重鎮たちは全員です」ナインティーン・アッズは言った。「陛下自身もです。陛下はいまでもわたくしにひどく腹を立てていると思いますが、理由は理解しています。陛下はいつでもわたくしがすることの理由を理解しています」

マヒートは、熱に浮かされた夢で見たベッドの中のイスカンダーとナインティーン・アッズを思い出した。イスカンダーが〝彼を愛している、愛するべきではないが愛している〟と言い、ナインティーン・アッズが〝わたくしもです〟とこたえる。

〝わたくしもです〟それから〝まだ愛していられたらいいのですが、彼がもはや彼自身でなくなったときにも〟その危険性はもうない。陛下は彼自身であり続けるだろう。テイクスカラアンに存在するイマゴマシンはマヒートの頭蓋の中にあるものだけ――それとマヒートが反帝国活動家の医師に渡したものだけだ。

それについてはあとで考えるとしよう。もはやマヒートの手を離れている。

スリー・シーグラスが、第二の頭かもうひと組の腕が生えたかのようにエズアズアカットを見つめていた。「わたしはあなたを恐れます、閣下」彼女は〝恐れる〟という言葉を使ったが、これは詩の中では〝畏れる〟という意味にもなる。残虐行為や神の奇跡に対して使われる形容詞だ。あるいは皇帝たちに対して。これについては、マヒートは多くの面でその両方の意味合いを持つのではないかと思っていた。

「知己を得ることの危険性」ナインティーン・アッズは悲しげに言った。そしてブランデーグラスを、そこにあるからっぽの空気を飲みたがっているかのように見つめた。いっとき目を閉じる。まぶたは灰色で網目状の静脈がかすかに浮きあがっていた。「さて。もういいでしょう。わたくしの皇帝に伝えたいことを教えてください」

マヒートは口をひらくまえに頭の中でなにを言うか組み立ててみた。簡潔かつ率直に、偽りやほのめかしは抜きで。事実を（政治は事実のあとについてくる、事実の本質から派生する――政治がたいていはそうであるように）。「ルスエルの〈鉱夫〉代表評議員が――何重にも暗号化されたメッセージで――増大し、脅威となりつつある、エイリアンの有害な活動が発生している地点を伝えてきました。わたしたちの四分宇宙とほかのふたつの四分宇宙のすべてにおいて、この先の征服を予感させる活動です。わたしたちが知らない種類のエイリアンで、意思疎通はできていません。彼らは敵対的です。ルスエル・ステーションにいるわたしたちも、ティクスカラアンの広大な星野にいるあなたたちも、かなりの危険にさらされているのです」

ナインティーン・アッズは歯をカチリと合わせて、小さく、興味津々な音を立てた。

「ルスエルの〈鉱夫〉代表評議員はなぜあなたにこの情報を伝えたかったのですか？」

「おそらく」マヒートは慎重にこたえた。「ダージ・タラッツは、わたしたちの知っている巨獣、これまで何世代にもわたって交渉を続けてきた帝国のほうが、ルスエル宇宙にあらわれたわたしたちには制御できない力よりはましだと考えているのでしょう」

「それは彼があなたを通じてわたしたちに伝えたかった理由です。わたくしは彼があなたに伝えたかった理由をたずねているのです」

ナインティーン・アッズがたずねているのは、むしろ〝ダージ・タラッツはあなたがこの情報をどのように使えばわたしたちに影響をあたえられると考えたのか？〟ということに近かった。マヒートはスリー・シーグラスの手にもたれかかった。まぶたが重かった。舌はまだブランデーで少し麻痺していた。「見当もつかなかったでしょうね」彼女は打ち解けた口調で言った。「数日まえにエイト・ループに関する新聞記事が出ていなかったら」

「続けて」ナインティーン・アッズが言った。

「エイト・ループが併合戦争の合法性に疑問を唱えた件ですね」スリー・シーグラスが急に明るい声で言った。どうやら理解したらしい。当然だろう。

マヒートはうなずいた。「併合戦争の合法性に疑問があるのは、テイクスカラアンの境界が安全ではないからだと。彼女が言いたかったのは、あなたたちがオーダイルでおこなっている……ビジネスのことだったのかもしれません。発言したときには、そういう意味だったのだと思います。しかしわたしは知っています――現実のエイリアンの脅威は、国内の暴動よりも危険なのです。帝国の境界が安全でなければ、併合戦争は法的に正当化されませんし、権力の頂点にある強大な皇帝でも、評議会や大臣やエズアズアカットにくつがえされるかもしれません。そしていま、この情報により、わたしはテイクスカラアンの境界に活動的な脅威があることを証明できます。わたしたち全員がエイリアンから危険にさらされているのです。〈鉱夫〉代表評議員は、このテイクスカラアン法の抜け穴を利用して、帝国がわたしの故郷に手を出せないようにしてほしいと考えています。境界が安全でなければ、併合戦争も起こらず、ルスエルは独立を維持できます。簡単な話です、エズアズアカット。わたしはできるかぎり明確にお伝えしています。せいいっぱい」

アクネル・アムナードバットがマヒートに妨害工作を仕掛けたのかどうかということ、

それとその理由は完全に省いてあった。ティクスカラアンのためではない、とマヒートは思った。ルスエルのためだ。もしもこの一週間を生きのびられたら、マヒートとイスカンダーでいっしょに考えるためだ。このへたくそな告白の中で、彼女はそれだけは自分の胸にとどめることができた。いまそれを口にしたら、自分の信用をそこなうことになる。それに――アムナードバットは妨害工作を仕掛けたときにはイスカンダーが死んだことを知らなかったはずだ。ルスエルを併合から救うための最後の手段として、こうしてナインティーン・アッズにメッセージを伝えるのは、初めからイスカンダーだったはずなのだ。

〈なにを考えてわたしたちにこんなことをしたのか、彼女にきいてみたいものだ〉イスカンダーがつぶやくと、もう一人のイスカンダーの残滓である明るい閃光が静電気のようにマヒートの腕を駆けおりた。

〝わたしたち二人にね〟マヒートは考えた。〝わたしに話しかけてきたとき、彼女はわたしたちは完璧にマッチしていると言った。どちらもティクスカラアンを理解していると。わたしはそれを褒め言葉だと思って――〟

〈アムナードバットからの？ ちがうな。アムナードバットは帝国を嫌っている〉イスカンダーは魅了され、興味をそそられ、それから……割り込まれた。

「それはきわめて巧妙ですが、いささか不穏でもありますね」ナインティーン・アッズが言った。「真実であるかどうかは別として」

「シックス・ダイレクションと話をさせてください」マヒートは言った。イスカンダーに妨害工作のことを話すのはあとでもかまわない。「どうかわたしを陛下のところへ。お願いです。わたしたちのこれまでに免じて、陛下とイスカンダーの関係に免じて、そしておたがいの民のために」

「おわかりでしょうが、前回のように日が暮れてからあなたをただ連れていくというわけにはいきません。陛下はパレス・アースにすらいないのです――いまは陛下にとってあまりにも危険な場所ですから」

「よくわかっています。自分がとても大きなお願いをしていることもわかっています」マヒートは話し始めたが、ブランデーを運んできた側近が戻ってきてさえぎられた。彼は今度は手ぶらで、その顔はテイクスカラアン市民にしても無表情で重苦しいものだった。

「閣下」男は言った。「お邪魔をして申し訳ありません」

「わたくしはここから先はなにがあっても邪魔をするなと指示を出しませんでしたか、フォーティファイブ・サンセット？」

ほんのかすかな笑み。男の目が見ひらかれ、まばたきでもとに戻った。「おっしゃいました。閣下、残念ながらヤオトレックの軍が市内の中心部にいて宮殿を目指しています。

複数の民間人の死亡が報告されています。必要であればフィードもあります」

ナインティーン・アッズはうなずいた。短く鋭い動き。「衝突した相手はパルチザンですか?」

「はい、花の運び手たちにそそのかされているのでしょう」

「わたくしたちはサーティ・ラークスパーのプロパガンダ用語を使わなければいけないのですか、フォーティファイブ・サンセット?」

「謝罪します、閣下。ヤオトレックの兵士たちを主に挑発しているのは、紫色の飛燕草《ラークスパー》のピンをつけた、サーティ・ラークスパーの扇動者たちです」

「ありがとう。それがサーティ・ラークスパーであって、あなたの詩を歌おうとする大勢の人びとではないとすれば、ほんの少しだけましだと思います、スリー・シーグラス。わたくしたちはまだ彼らの忠実な支持を受けているかもしれません。確信はありませんが」

「〝わたくしたち〟とはだれですか?」スリー・シーグラスが問いかけ、マヒートは骨にこだまが響くのを感じた。〝テイクスカラアン語のわたしたちの定義は?〟

「わたくしたちとは、シックス・ダイレクションが生きている限り、彼が太陽の槍の王座につく姿を見たいと思っている人たちです」ナインティーン・アッズが言った。

「わたしはそれを誓います」スリー・シーグラスが言った。「お望みなら、いまここで。

血をもって」

それはテイクスカラアンの古い習慣で、帝国が多惑星はおろか多大陸になる以前から続いているものだった。幸運を祈り、誓いを証明するために。忠誠を誓ったり、人を職務に縛るために。血を鉢に入れて、混ぜて、その鉢を太陽への捧げ物としてぶちまける。

「なんて伝統的なのでしょう」ナインティーン・アッズが言った。「マヒート――あなたは誓いますか？」

〝あなたは誓ったことがあるの〟マヒートは心の中で静かにイスカンダーにたずねた。

〈一度〉イスカンダーがこたえた。マヒートは彼の手の、テン・パールが毒針を刺した場所の下にあった、長く湾曲した傷跡を思い出した。〈シックス・ダイレクションに誓いたいかときかれたから、わたしは彼に束縛されるつもりはないとこたえた。どういう仕え方をするにせよ、仕えるなら自由に仕えたかった――だが彼に嘘をつくつもりはなかったから、そう誓った〉

〝わたしは束縛される？〟

〈いずれわかるだろうな〉

「鉢を持ってきて」マヒートが言うと、ナインティーン・アッズが手を振ってそれを運ばせた。小さな真鍮製の鉢と、ナインティーン・アッズならやすやすと使いこなしそうな短い鋼鉄製のナイフ。鉤爪のようなもの。スリー・シーグラスが柄をつかんでそれを取りあげ、人差し指を刃にぐっと押し付けると、すぐに血がわきあがって鉢にしたたり落ちた。マヒートのほうがむずかしかった。ナイフの柄をつかむ手が震えたが、刃は極薄で、ほとんど力を入れなくても指は切りひらかれ、痛みもあまりなかった。ナインティーン・アッズが最後だった。三人の血は混じり合い、すべて同じ色合いの赤になった。

この習慣の最古のバージョンでは、全員が鉢の中身を飲むことになっていたのを、マヒートは知っていた。ティクスカラアン人は敬虔な死者を食べるのはいやがっていた。それなのにまだ生きている人間は食べるのだ。

「その息が絶えるときまで、光輝なるシックス・ダイレクションが君臨しますように」ナインティーン・アッズが告げ、マヒートとスリー・シーグラスがそれを繰り返した。

なにも起こらなかった。なぜかマヒートはなにかが起こると期待していた。血の生贄が魔法になるとか、聖別されるとか、あるいは——

〈あるいは詩の中にあるように〉イスカンダーが締めくくり、マヒートも同意せざるを得なかった。

少しだけ沈黙がおりた。やがてナインティーン・アッズが立ち上がり、血を流す指をスーツの生地から安全に離したまま、言った。「包帯を用意します。そのあとで、大使、アセクレタ、わたくしたちは皇帝に会いに行くことになるでしょう」

第20章

わたしは心の中に亡命をかかえている。それがわたしの詩や政治活動の原動力になっている。長いあいだテイクスカラアンを離れて暮らしてきたわたしが、亡命から自由になることはないだろう。わたしは常に、世界の中心に留まっていた人と自分とのあいだの距離をはかるだろう。留まっていたらそうなっていたであろう自分と、辺境の圧力を受けた現実の自分とのあいだの距離を。第十七軍団がまばゆい星強奪船の群れでジャンプゲートを通過し、エブレクト族の空をわたしの故郷の形で埋め尽くしたとき、わたしはまず恐怖をおぼえた。深い断絶。みずからの顔の形で知る恐怖。

——イレブン・レイズ『神秘の辺境からの報告』より

残す価値のあるものはなんだろう？　きみの仕事の喜び？　わたしの発見の喜び？

——イスカンダー・アガーヴン大使からエズアズアカット・ナインティーン・ア

ッズへの私信、日付はない

皇帝はパレス・ノースの地下にある遮蔽壕に閉じ込められていた。マヒートとスリー・シーグラスとナインティーン・アッズ、それと側近のフォーティファイブ・サンセットという若者は、徒歩で四十五分かけてそこにたどり着いた。トンネルを抜け、外出禁止令やうろつくサンリットの部隊を回避しながら。宮殿の地中深くにはトンネルが縦横に張りめぐらされていた。マヒートの左側で、スリー・シーグラスがつぶやいた。「噂では、宮殿は空に咲かせる花と同じくらい、地中にたくさんの根を張っているそうです。わたしたち帝国の昼間の使用人が見るのは、正義、科学、情報、戦争などの花だけですが、わたしたちを養っている根は目に見えなくても強いのです」マヒートは彼女の話を聞くのが好きだった。スリー・シーグラスがマヒートのためにテイクスカラアンの解説をするというのが、この二人の、野蛮人と案内役の始まりだったのだ。マヒートはそれを楽しんでいたが、スリー・シーグラスが自分を落ち着かせるためにそうしていることもわかっていた。

ナインティーン・アッズは一行を導いて検問所を通過していった。警護していたのは、まず最初がシティのきらめくＡＩの壁――これはナインティーン・アッズのクラウドフックでひらいた――その次がだんだん数が増えるテイクスカラアン市民で、灰色のチュニックにズボンという質素な服装で、左腕には帝国の紋章が入った腕章をつけていた。マヒートはトウェルブ・アゼイリアを追っていた司法省の部隊のことを思い出し、それからシックス・ダイレクションの保育所仲間であるエイト・ループのことを考え、彼女は陛下のために司法省で訓練した秘密の専属護衛を用意していたのかもしれないと思った。全員がショックスティックを持っていた。中には投射式兵器を持っている者——深くなるほど人数が増えた——もいたし、一人の女性は小型の軍艦の舳先に搭載されているものとしか思えないレーザーを携行していた。サンリットのようにフルフェイスのクラウドフックをつけている者は一人もいなかった。

最深部にいる護衛はクラウドフック自体を身につけておらず、ナインティーン・アッズのクラウドフックはここで彼らに没収された。彼女はあっさりとそれを渡した。

シティのAIアルゴリズムへのワン・ライトニングの侵入は——ワン・ライトニングは軍事省を通じて仕掛けていた——よほど深いところまで広がっていたらしく、その影響を受けないことが保証されている人びとだけが皇帝を守っていた。マヒートがイマゴとの接続を失ったときに裸で見捨てられたように、彼らもテイクスカラアンの文学、歴史、文化、そのときどきのニュースという膨大な流れから裸で見捨てられていた。

ナインティーン・アッズは、一部の者とは言葉をかわしていたが、ほかの者は彼女にうなずきかけるだけだった。彼女がこの道をやってきたのは何度目くらいなのだろう——これほどのレベルの災害や脅威は初体験なのだろうか、それとも彼女がシックス・ダイレクションに仕えてきた長い歴史の中で、皇帝がこの帝国の奇妙な中心部に隠れざるを得なかったことがほかにもあったのだろうか。

〈わたしはまったく知らなかった〉イスカンダーが言った。

〝皇帝はあなたと寝たかもしれないけれど、あなたは彼のものではなかった〟マヒートは言った。

〈わたしはだれのものにもなりたくなかった。だが彼を愛していた。それは別のことだ〉

〝ふつうの人を愛するように皇帝を愛することができるの、イスカンダー？〟そして言葉に出さずに——〝わたしならむり。そうでしょ？〟

マヒートが愛したことはなかった。それはすべてイスカンダーだ。マヒートは皇帝に二度、公の場と私的な場で一度ずつ会った——感銘を受け、神経や大脳辺縁系にイスカンダーの親しみのこだまを感じたが、それは彼女ではなかった。

ただ、ひょっとしたら彼らだったかもしれない。マヒートと両方のイスカンダーが、まとめて統合されて——それはそれで問題かもしれない。マヒートはできるだけ客観的でありたかった。

最後のドアと最後の護衛を過ぎた先には、帝国の基準からすると小さな部屋があり、太陽灯の光があふれていた——天井全体がフルスペクトルのランプで作られているのだ。展望窓のカウチで太陽の光を浴びているような暖かさで、だれも二度と眠ることができないだろうと思うほど明るかった。部屋のそれぞれの隅には灰色の制服を着た護衛が立ち、そのうちの一人が進み出てスリー・シーグラスの肘を取ると、マヒートとナインティーン・アッズからそっと引き離した。彼女は快く去っていった。

シックス・ダイレクション自身は、部屋の中央にある長椅子に腰かけて、赤紫色と金色の華やかな服を身にまとっていた。パレス・アースの謁見室では太陽灯の光輪に包まれていたが、ここシティの地下深くでは、情報ホログラフのきらめく要塞に——報告書だけで構成された、片頭痛のときに見る幻覚にも似たオーラに囲まれている。ずいぶんひどいありさまだ。肌は灰褐色のちぢみ織りのようで、目の下は半透明の紫色に染まっていた。彼がナインティーン・アッズに向けた笑顔、そのあとマヒートに向けた笑顔は、こちらの心臓がひっくり返るほどの輝きと鋭さを持っていたが、それでもマヒートは彼を恐れていた。本能的に。

〈わたしが死んだときは、彼はここまで悪くなかった〉イスカンダーが言った。

〝この三カ月間は、皇帝を含めて、だれにとってもなにも良いことがなかったみたい。死にかけている人は、休むことを許されなければよけいに早く死ぬ〟

〈皇帝は眠らない〉

「陛下」ナインティーン・アッズが言った。「またトラブルを持ってきましたよ」

「そうか」皇帝が言った。「もう一度わたしのとなりにすわってくれないか、マヒート、そして我々が前回の会話より少しでも先に進むことができるか見てみよう」

マヒートは目に見えない糸に引かれて足を運んだ。彼女の願望と彼女のではない願望。帝国の権威への服従。この会見を実現するために彼女が費やした努力と犠牲のすべて。マヒートは腰をおろし、情報が形作る要塞のようなオーラの一部となった。シックス・ダイレクションを取り巻くデータがひとつ増えただけだ。近くで見ると、皇帝の手首の静脈の上にはっきりとあざがついていた。弾力性のない皮膚と壁の薄い血管系が数え切れないほどの注射によって痛めつけられているのだ。マヒートはなにが彼を生かし続けているのだろうと考えた。

「わたしも陛下にトラブルを持って来ました」マヒートは言った。

「それくらいは覚悟しているさ。ルスエル・ステーションからではな」シックス・ダイレクションがほほ笑んだ。それは口と歯を使うルスエル式の笑顔で、マヒートは一気に押し寄せてきた自分の気持ちをどうすればいいのかわからなかった。なにも感じなければとても便利だろう。もしもマヒートが純粋に政治的な道具に、テイクスカラアンがルスエルを併合するのを防ぐための道具になれるなら、それはとても簡単だし、平穏で、明快で——

〈話せ、マヒート、さもなければわたしが話す〉

一瞬、マヒートはこのまま離脱して、イスカンダーに彼女をまかせ、イスカンダーにもう一度皇帝と話をさせようかと考えた——そして胸が悪くなるほどの恐怖を感じた。〝わたしの神経系と大脳辺縁系から出て行って、イスカンダー。わたしはあなたの生まれ変わりではない。それはわたしたちのあるべき姿ではない〟

通信中の空電のようなヒス音。それから——〈話せ〉

「陛下」マヒートは口をひらいた。「わたしはルスエルの政府から意志決定に活用できる情報を受け取りました。それはテイクスカラアンへの重大な脅威をしめすものです。残念ながら、それはこの部屋の外で起きている不愉快な混乱よりもはるかに深刻な脅威です」

「続けたまえ」シックス・ダイレクションは言った。「わたしの現在の状況よりもほんの少し扱いやすい、気晴らしになる問題ならありがたい。どれだけ深刻であろうと」

マヒートは続けた。ナインティーン・アッズに説明したときのように、露骨な政治的策略も含めてメッセージ全体について説明した。そして皇帝の言葉を待った。

皇帝は何度か息をするあいだ沈黙していた。マヒートは彼の肺の中のかすかな泡立ちを聞くことができた。それから皇帝はナインティーン・アッズに目を向けた。「今度のルスエル大使は前任の大使と同じくらい信頼できると思うかね」

ナインティーン・アッズは、もう少しドアに近いところでスリー・シーグラスのとなりに立ったまま、うなずいた。「信頼していなければここには連れて来ていません。彼女は政府から言われたことをそのまま報告し、自分の先入観も正直に報告していると思います。これがもっと別のときであれば、わたくしは彼女が助けを求めに来たのだと思ったでしょう。これは公正な外交取引であり、きわめて重要な情報と引き替えに、彼女のステーションは今後も正式なテイクスカラアンになることはなくなります」

「いまは別のときではない」シックス・ダイレクションはそう言って、マヒートに顔を戻した。「この危機を知らせてくれたことには感謝するが、マヒート・ドズマーレ、ここであらためて質問させてくれ――きみは前任者が同意したことに同意してくれるか？　わたしの美しい友人ナインティーン・アッズや科学省と司法省の連合軍がいなければイスカンダーがわたしにあたえていたはずのものをわたしにあたえるのだ。わたしを生まれ変わらせてくれたら、きみはルスエルでの利益を守るためにこの危機を必要とすらしなくなるだろう」

「この話はもう終わりにしませんか、シックス・ダイレクション」ナインティーン・アッズの声には、疲れ果てたような苦悩があった。「わたくしはあなたにいつまでも生きて王座を守っていてほしい。あなたがいなくなったら、この命が終わるまでずっと寂しい思いをするでしょう。しかし、太陽の槍の王座は野蛮な医学実験ではないし、そうすべきでもない。彼女にはイスカンダーがいますが、彼女はイスカンダーではないのです」

　皇帝はマヒートに目を据えた。マヒートは自分が溺れかけているような気がした。血の儀式が呼び起こしてくれると想像していた超自然的な力はすべてここにあったが、それは大脳辺縁系の反応のあらわれであり、神経のトリックに過ぎなかった。それでも、胸骨の裏側にはシャボン玉のように薄いフックが、うずくような痛みがあった。シックス・ダイレクションが片手をあげて――その手は震えておらず、マヒートには彼の強さに感嘆する余裕があった――その手で彼女の頰を包み込んだ。

　マヒートはイスカンダーが――一連の反応、記憶の連続性とそれを反映した感情、パターン、それがかつてのイスカンダーだった――その手のひらにもたれかかるにまかせた。深くゆるやかな震えの中で、イスカンダーに彼女の目を閉じさせた。

　それからすべてを取り戻し、目を大きくひらいてまっすぐにすわりなおした。「陛下、イスカンダーはあなたを愛していました。わたしはあなたと幾度も会ったことがあります」

　そのあとに続いたショッキングな短い沈黙の中で、マヒートは続けた。「それに、わたしはあなたに渡せるイマゴマシンを持っていません。ですから――たとえもっと良い状況であったとしても――あなたの記憶を保存するイマゴマシンをあなたの人生が終わるまでに用意することはできません。申し訳ありません、シックス・ダイレクション。しかし、わたしの返事はノーです」

　皇帝は親指でマヒートの頬骨のカーブをなぞった。「きみの中にも一人はいるのだな」

「お望みなら」そう言いながら、マヒートは鮮烈な恐怖にごくりと唾をのんだ。この男は皇帝なのだ、もしも彼女を切りひらきたいのなら、手を振るだけで灰色の服を着た護衛のだれかがここの床の上でやってくれるだろうし、ファイブ・ポーティコによる手術の跡は良い導きになるだろう。「あなたはわたしとイスカンダーを――それも、うんざりするほどややこしい話ですが、ふたつのバージョンのイスカンダーを――あなたの心の中に入れることもできます。あるいは、あなたが入れたいと思うだれの心の中にでも。しかし陛下、あなただけを別の人物の心の中に入れるためのイマゴマシンはありません。二カ月の旅が必要なところにしかないのです」

　シックス・ダイレクションはため息をつき、マヒートを解放した。マヒートは彼の手の残像を灼熱の過敏なたいまつのように感じた。「あまり変わりはないのではないかな。きみの前任者の死後、わたしは復活の希望を当てにしていなかった。きみが希望をもたらしてくれるとは思っていなかった。ただ……それを願っていただけだ」皇帝が指を振ると、ナインティーン・アッズが近づいてきて、彼のそばで床にひざまずいた。皇帝が彼女の首のうしろに手を添えると、彼女はその手に身をゆだねた。

マヒートはナインティーン・アッズを巨大な虎のように思った。鉤爪を持つ危険な存在でありながら――ひざまずいている。あの手に身をゆだねている。

〈帝国がふれたものは、なにも元のままではいられない〉イスカンダーがマヒートにささやいた。

あるいは、それはマヒート自身の声で、彼女がもっとも信じやすそうな口調でみずからに投げかけたのかもしれなかった。

「この非常に愚かな反乱はどんな具合だ、ナインティーン・アッズ？」皇帝がたずねた。

「愚かな」ナインティーン・アッズはこたえた。「しかしだれにとっても悪い反乱です。ワン・ライトニングが民間人を殺しています。サーティ・ラークスパーは完全な内部クーデターで陛下を失脚させようとしていますが、わたくしの見たところ、彼はあなたが死んだらエイト・ループとエイト・アンチドートによって政府から排除されると思い込んでいるようです――それで、あなたがまだ生きているうちに、ワン・ライトニングを口実にして先に権力を握るために、バカげた小さなバッジで花の名誉をあたえた扇動者たちを街中へ送り込んでいるのです——情報省のツー・ローズウッドは、亡くなったか、亡くなったも同然で、軍事省のナイン・プロパルジョンにはあまり期待がもてません。たとえ彼女がまだワン・ライトニングに寝返っていないとしても、すぐにでもそうするかもしれません。それで自分が政府内でエズアズアカットの地位を得られると思っているならば……」

「すでになんでも知っているのだから、きみが情報大臣にならないか、ナインティーン・アッズ？」

「……わたくしはいまの称号が好きなのです。何度も申しあげているように」ナインティーン・アッズはそう言って、小さくため息をついた。「けれども、あなたがわたくしを必要とするならば、そうします」

「わたしがきみに求めているのはそんなことではない」シックス・ダイレクションは言った。マヒートは彼の言い回しになんの慰めも見いだせなかった。顔つきからすると、ナインティーン・アッズも同じらしい。

「エイト・アンチドートはどちらに？」ナインティーン・アッズがたずねた。「可能なら教えていただきたいです。わたくしは——心配しているのです、陛下、彼がすこやかでいるのかどうか」

九十パーセントのクローンがどこにいるかは非常に重要だった。たとえ十歳でも――〝イスカンダー、彼が子をもうけたのはあなたとシックス・ダイレクションが最終的に取引に合意したときだったの？　それとも彼はすでに保険証券になっていたの？〟――シックス・ダイレクションが死んだときには、その遺伝的遺産により、あの子が三人の共同皇帝の中で第一の地位になる可能性が高い。もしも子供が成年に達するまえにシックス・ダイレクションが死んだ場合は。

「エイト・アンチドートは我々と共に地下にいる」シックス・ダイレクションは言った。「きみはあの子を守るのだ、ナインティーン・アッズ。そうだろう？」

「もちろんです。わたくしがあなたに最善の利益がもたらされるように行動しなかったことがありますか、光輝なる陛下？」

〈わたしが彼女に殺されたときだな〉イスカンダーがささやき、マヒートは皇帝も同じことを考えているのだろうかと思った。

「まあ、一度か二度はな」シックス・ダイレクションが言うと、ナインティーン・アッズはたじろぐこともなく笑った。ふいにマヒートの脳裏にこの二人が初めて会ったときの様子が浮かんだ。ナインティーン・アッズは若き軍の司令官、シックス・ダイレクションはその権力が花ひらく時期に差し掛かっていた。二人のあいだに芽生えた友情。協力関係の成功。

それから皇帝がマヒートのほうを向いた。マヒートはとても小さく、どうしようもなく若く、イスカンダーのようにこの二人のティクスカラアン市民と心をかよわせることはできそうになかった。マヒートがその奇妙な三角関係の一部にはなることはないだろう。

〈それは絶対か？　わたしは十年かかった。きみはまだ一週間だ〉

いや、絶対ではなかった。マヒートはただ準備ができていないだけだ。

「さて、マヒート・ドズマーレ——もしもきみがわたしのために善政のもっとも基本的な問題を解決できないとしたら、もしもきみがわたしに永遠の安定した支配をあたえられないとしたら——きみが運んできたダージ・タラッツからの知らせはわたしになにをあたえてくれるのかね？　この宮殿の中心で死と退位から身を隠しているわたしは、帝国の境界に侵入してくるエイリアンにどのように対処すればいいのかね？」

まえぶれもなく、マヒートは試されていた。この地へやってきた最初の日にも感じたように、彼女は突然、心の中や友人とのあいだだけではなく、常にティクスカラアン語を話さなければならないと悟った。いまここでティクスカラアン語を話すのだ。言い回しや微妙な表現なら知っている。イスカンダーとシックス・ダイレクションとの長い付き合いが——食卓で、立法会議で、そしてベッドで交わされたすべての会話が——彼女を導いてくれる。あらゆる痛みが——手の痛み、腰の痛み、いつまでもいつまでも続く頭痛——すっかり消え去り、マヒートは思った。わかった。いまだ。

「陛下はワン・ライトニングの評判を落とすことができます」マヒートは語った。「そしてエイト・ループの立場をサーティ・ラークスパーよりも高めることができます」

「続けたまえ」

マヒートは突っ走った。「ワン・ライトニングは簒奪を狙っています——喝采によって皇帝になろうとしています——では彼は勝利をおさめたのか？　いいえ。彼はそのための努力をしたのか？　いいえ、彼はテイクスカラアンの境界をエイリアンの脅威にさらしたまま放置しています。野蛮人がこのメッセージをあなたに届けなければならなかったのは、この危機性を最初に知るべきだったのに、帝国の安全よりも自分自身とその虚栄心を優先させてしまったヤオトレックの恥ずべき失敗です」マヒートは呼吸をととのえた。背中にスリー・シーグラスの視線を感じ、案内役がそばにいて手を握ってくれればと願った。

「そして……エイト・ループはシティ全体に向かって、今回の併合戦争は——サーティ・ラークスパーが陛下の朗詠コンテストで支持を表明した併合戦争は——これらの脅威の可能性がある以上、合法性に疑問があると警告しました。彼女は司法大臣としての役割を果たしています。サーティ・ラークスパーはあなたに影響力をもつ立場を利用してあなたを政治的に危険にさらしていることが明らかになっています」

マヒートは少し顔をしかめた。「正直に言えば、陛下がエズアズアカットによって道を踏み外しかけていた可能性を認めなければならないということです」

「些細なことだ」シックス・ダイレクションは言った。「わたしは老人だからな、なじみのない利害関係者には簡単に説得されてしまうものではないか？」

〈簡単ということはないですよ、陛下〉イスカンダーが言った。マヒートはその言葉がこぼれないようにぐっと歯を食いしばり、ただ両手を大きく広げて肩をすくめた。よけいなことは言わないほうがいい。ルスエル・ステーションのために主張をするほうがいい、テイクスカラアンの言葉で。

シックス・ダイレクションがナインティーン・アッズを見おろした。二人のあいだにはなんらかの無言のやりとりが続いていた。ナインティーン・アッズがうなずいた。皇帝の手が首のうしろから離れると、彼女は、少なくとも一日半は眠っていないはずの中年女性にしてはなめらかで優雅な身のこなしで立ちあがった。

「これを放送しなければなりません」ナインティーン・アッズは言った。「あらゆるフィードに。帝国の職権により、緊急メッセージとして。それはあなたが語らなければなりません、光輝なる陛下――いまはだれも代理人の言葉は信じないでしょう。あなたが語り、事前に録音した大使の言葉を適切なところで挿入するのです」

「これまでどおり、ナインティーン・アッズ、わたしはきみの判断を信頼しているよ」

ナインティーン・アッズの笑顔は、むしろ身をすくめているかのようだった。マヒートは、彼女がイスカンダーを死なせて、それと同時にシックス・ダイレクションに悪い運命をもたらしたことを考えているのではないかと思った。それはナインティーン・アッズの心に刺さった棘のようなものであり、突き棒でもあった。シックス・ダイレクションはそれが気に入っていて、ときどきそれをひねるのが——

「ドズマーレ大使」ナインティーン・アッズが言った。「マヒート——あなたの政府からの声明を記録してもらえますか?」

これが唯一の計画なら、従うしかない。「はい」マヒートは言った。「やります。どこに行けばいいですか?」

「ああ、必要なものはすべてここにある」シックス・ダイレクションが言った。「かつては皇帝たちが何カ月もここに住んでいた。ホログラフレコーダーくらいなんでもない」彼が灰色の制服を着た従者たちに手を振ると、全員がいっせいに動き出した。何人かは部屋を出て行き、ほかの者は多少用心しながらカウチのマヒートと皇帝に近づいてきた。

「この人は暴動の中を引きずられてきたように見えます」従者の一人が言った。「この血痕は——そのままにしておきましょう。彼女が陛下に届けたものの重大さに合っています」

「野蛮人でも犠牲を払うことができるのだ」シックス・ダイレクションが言った。「我々みながそれに気づくことができた」

マヒートは従者たちの手を貸りてカウチから立ちあがり、以前ニュースフィードで見た帝国の会議室とそっくりな部屋に案内された。あれはナインティーン・アッズの朝食のテーブルで併合戦争が発表されたのを見たときのことで、マヒートは汚らわしいと感じないよう必死に努力した。堕落した。便利に使われた。気持ちはおさまらなかった。

たとえ気持ちがおさまらなくても、マヒートはひるむことなくふたたび秘密を語り始めた。今度は記録カメラに向かって、できるだけはっきりと、説得力をもって。

皇帝とナインティーン・アッズはどこから声明を放送するかについて、つかのま激しく議論した——ナインティーン・アッズは全員が地下での潜伏を続けるべきだと主張したが、シックス・ダイレクションはじっと話を聞き、彼の健康状態や弱さについてさんざん語らせておいてから、自分は全テイクスカラアンの皇帝であり、恐れることなく、「パレス・ノースの頂上にある太陽神殿からこの発表をおこなうと宣言した。そのときはナインティーン・アッズも共に来て、発表のあいだとなりに立つのだと。皇帝とまともに議論することはできない。マヒートは、皇帝の権威が弱まり、危機に瀕していても、その重みを感じていた――八十年にわたる平和の長い影は、この瞬間にもその長さを延ばしていた。

　議論が終わると、予告なしで民衆のまえに出るという面倒な行事を取り仕切るためのよくある事務的な大騒ぎが始まった――あっという間に過ぎた二十分ほどのあいだ、皇帝の従者たちは活発に話し合ったりメッセージを送ったりしていた。皇帝とナインティーン・アッズは、重武装の護衛付きで姿を消した。マヒートは、その護衛の混乱の中にあの少年が、エイト・アンチドートが連れ込まれるのを見て、いったい何度くらいこんなふうに移動させられてきたのだろうと考えた。ひとつの政治的瞬間から別の瞬間へと気まぐれに移されて。少年は歩きながらマヒートを見ていた――小柄な、痩せた少年、観察力が鋭く、背筋はまっすぐ伸びていた。パレス・アースの庭園にいた鳥たちのことを思い出す。〝さわらなくてもできるんだよ〟あのときエイト・アンチドートはそう言った。あれは鳥のことだったが――マヒートはそう思った――真実でもあった。従者たちは少年にふれなかった。彼にまったく手を置くことなく移動させていた。

　マヒートは別の部屋に連れて行かれた。よりプライベートな部屋で、インフォフィッシュや冊子本《コーデックス》が散らばっていて、半分ほど消されたホロスクリーンがまだ投映されたままになっていた。作業部屋だ。部屋の真ん中にカウチがあり、マヒートはそこにすわった。だれかが彼女の顔についた血と埃をぬぐうためにホットタオルを持ってきてくれた。別のだれかが大きな茶碗を手にとまどっているスリー・シーグラスを連れてきてくれたので、二人は結局、ソファにならんですわって周囲で渦巻く活動をながめた。マヒートは世界から完全に切り離されたような気がしていた。彼女をつないでいたものがすべてなくなっていた。心の中のイスカンダーさえ静かに引きこもったままだった。

二人のまえの壁の半分は巨大なホロスクリーンで占められていたが、それはまだ作動している唯一のホロスクリーンだった。そこには帝国の印章と旗が映し出されていて、カウントダウンタイマーも表示されていた――皇帝が民衆に向かって語りかけるまであと四十八分だった。あと三十七分になると、ドアのまえの護衛をのぞいて従者が全員姿を消した。皇室の作業部隊という巨大なマシンは離昇してどこかよそへ降り立った。マヒートは自分の役割を果たした。彼女は自分の秘密を明かした。いまできるのは待つことだけだ。

スリー・シーグラスが空になった茶碗を床に置いた。あと三十五分。静寂はビロードのようにやわらかかった。マヒートはそれに耐えられなかった。

「みんなはなにをしていると思う？」マヒートは、自分の息づかいでもスリー・シーグラスの息づかいでもない、もっと明るくてにぎやかな音を聞くだけのためにたずねた。

スリー・シーグラスは唾をのみ、涙をこらえるように眉間に指を二本当てた。「ああ、たぶんエイト・ループを探しているんです」その声は少しも落ち着いていなかった——マヒートは横へ顔を向け、気遣うようにスリー・シーグラスを見た。「帝国の権威が目ではっきり見えるように、全員がいっしょに立って——」

「スリー・シーグラス、大丈夫？」

「ああ、くそっ」スリー・シーグラスは言った。「いえ、大丈夫ではありませんが、あなたには気づかれたくないと思っていたので」

二人きりだった。ドアの護衛はドアを守っているだけで、よそを向いたまま、静かにじっとしていた。二人は時間からはずれ、止めようもなく進んでいくできごとの流れからはずれていた。マヒートは手を伸ばし——この仕草は自分のものでもなく、イスカンダーのものでもなく、皇帝のものだと強く意識しながら——スリー・シーグラスの頬を手で包み込んだ。

「気づいてるよ」マヒートは言った。

スリー・シーグラスが涙を流したのは予想外のことではなかったが、なんともひどいありさまだった。マヒートはそんな惨事を引き起こしてしまったことに罪の意識をおぼえた。卵の殻を強く打ち付けすぎて割れてしまい、中の薄膜だけでひとつにまとまっているような状態だ。「ちょっと」マヒートは言った。「ねえ、ちょっと――」大丈夫ではなさそうだったので、その言葉は口にしなかった。代わりに、直感とこみあげる気遣いに、刺激された迷走神経が打ち震えるような感覚に突き動かされて、マヒートはスリー・シーグラスを引き寄せようと両腕を伸ばした。スリー・シーグラスはすなおに従った。彼女の重みがかすかにマヒートの肩にかかり、その顔がマヒートの鎖骨に押し付けられた。熱い涙がマヒートのシャツを濡らした。

マヒートは、いつもどおり結ったままのスリー・シーグラスの髪をそっとなでた。世界はどんどん進み続けていたが――カウントダウンは三十二分になっていた――スリー・シーグラスにとってこれがどんなに胸かきむしられる気持ちなのか、マヒートにはとても理解できなかった。トゥエルブ・アゼイリアの部屋にいたとき、スリー・シーグラスは内戦の話を聞いただけで泣きそうな顔をしていたのだ。

「自分では大丈夫だと思ったんですが」スリー・シーグラスはくぐもった声で言った。「どうしてもあの血のことを考えてしまって。くそっ。ペタルに会えないのが寂しくたまりません。まだ三時間しかたっていないのに、会いたくてたまらなくて、あんなバカな死に方をするなんて――」

〝そうか〟内戦ではなかったのだ。もっとずっと深い、もっと差し迫った思いだ。マヒートが体にまわした腕に力を込めると、スリー・シーグラスはみじめな、しゃっくりのような音を立てた。「こんな——世界が変わろうとしているのに、友達のことで泣いているなんて」スリー・シーグラスは言った。「どこかの詩人みたいですね」

「これが終わったら、あなたはトゥェルブ・アゼイリアに、街頭で歌われるような追悼の詩を書くの。彼はテイクスカラアンがいま苦しんでいるあらゆることの代名詞になる。だれも彼を忘れることはない。それをあなたがやるの。そして——ああ、ほんとにごめんなさい、なにもかもわたしの責任——」マヒートも泣きそうになっていたが、地下のカウチで二人で泣いたところで、いったいだれのためになるというのだろう？

スリー・シーグラスがマヒートの肩から頭を起こし、涙の筋が残る、真っ赤になった顔でマヒートを見あげた。短い、緊張した間があった。マヒートは自分の毛細血管を流れる血の奔流が聞こえるような気がした。二人の呼吸はぴったりと合っていた。

スリー・シーグラスにキスされたとき、マヒートは夜明けのシティの庭園に浮かぶ蓮のように、彼女のために花ひらいた——ゆっくりと、止めようもなく、長い夜のあいだずっと待っていたかのように。スリー・シーグラスの口は熱く、唇は豊かでやわらかだった。彼女の片方の手がマヒートの短い髪の中におさまり、痛くなりそうなほどしっかりとそこをつかんだ。マヒートは自分の両手がスリー・シーグラスの肩甲骨の上にあることに気づき――手のひらの下の骨は鋭かった――キスをしたままスリー・シーグラスをぐっと引き寄せて、なかば膝に乗せる格好になった。

とてもまずいことだった。とてもすてきなことだった。この数時間に――この数日に――マヒートの身に起きたことの中で、もっともすばらしいできごとだった。スリー・シーグラスはその行為について徹底的に調べてあったかのようにキスをし、マヒートはそれをうれしく思った。自分がそれをやったことがうれしかったし、ほかのあらゆることから気をそらせるのもうれしかった。

二人は離れた。スリー・シーグラスの目はマヒートの目と鼻の先にあり、とても大きくて、とても暗くて、泣いたところの隅が赤くなっていた。

「ペタルはいつでもわたしのことをわかっていました」スリー・シーグラスは言った。マヒートは彼女のほつれた髪を耳のうしろへかきあげて、そのまま話をさせた。「わたしはエイリアンが好きなんです。野蛮人も。新しいものや、変わったものならなんでも。でも――たとえ宮廷であなたと出会っていても、たとえあなたがわたしたちの一員だったとしても、わたしはやっぱりこうしたいと思っていたはずです」

スリー・シーグラスが言っているのはすばらしいことで、癒やしであり、慰めであり、同時に恐ろしくもあった。〝たとえあなたがわたしたちの一員だったとしても、わたしは同じようにあなたを求めていたでしょう〟マヒートはもう一度キスをしたいと思いながら、同時にスリー・シーグラスを膝から押しのけたいとも思った。マヒートはテイクスカラアン人ではなく、実際は……もはやなにも確たることはなく、わかっているのは自分がテイクスカラアン人ではないということ、どんなに大勢の美しいアセクレタが涙を流して腕の中に飛び込んできたとしても、けっしてテイクスカラアン人にはなれないということだけ。スリー・シーグラスがマヒートのためにほとんどあらゆるものを犠牲にしたあとで抱かれたいと思ってくれたとしても。

「あなたがそう思ってくれてうれしかった」マヒートは言った。そのとおりだったから、それがとてもすてきだったから。「来て、どうか――このまま」マヒートは両手をスリー・シーグラスの髪に、背中の細い筋にあてた。そして彼女を抱き締めた。

二人はふたたびキスをすることなく、ただ同じ調子で息をしていた。やがてホロスクリーンでチャイムが鳴り――あと十五分――画面が切り替わって、パレス・ノースの頂上にある太陽神殿のはるかな高みから見るシティの一連の空撮画像が流れ始めた。皇帝の双眸《そうぼう》が、いまひらかれたのだ。

第21章

シティは蜂起し行進する
千の星は力強い
解放されたら、我々はビジョンを語ろう
覆い隠されることなく
わたしは太陽の手の中にある槍だ
――シティのプロテストソング、匿名（一等貴族スリー・シーグラスの作品が元になっていると思われる）

テイクスカラアン帝国の権力の全容は、縮小されていても、多方面からの脅威にさらされていても、象徴としての圧迫感があった。マヒートはそれを三つの形で実感していた。まず第一に、彼女自身のあこがれの気持ち――これは幼少期に、物語としてのテイクスカラアンに、詩人たちの帝国としてのテイクスカラアンに、彼女の想像の庭にいるすべてを征服しすべてを奪いすべてを歌う獣になかば恋をしていたことから生まれた。第二に、二重イスカンダーのこだま――このふたつのバージョンは、ここに住むためにやってきて、ここに住むことができるようになり、ここの言語で活動して話すのも見るのもテイクスカラアン語だけになり、それでもルスエルを遠い愛すべき故郷としておぼえている。そして最後に、マヒートが腕に抱いていたテイクスカラアン人の女性が、暴動を鎮めるための舞台をいっしょに見ていたときに、息をひゅっと吸い込んで全身を震わせたこと。

始まりは皇帝の目から見たシティの景色――その移り変わるパノラマがゆっくりと形を変え――そこに花と、槍と、太陽の花びらの黄金の輝きを放つ帝国の印章と、帝国旗（戦旗ではなく、太陽の槍の王座のうしろに掲げられている平和の旗）がかぶさっていく。音楽も流れていた。軍歌ではない――古い民謡で、弦楽器と女性の声のような低音の笛で奏でられている。

「あれはなに？」マヒートがたずねると、スリー・シーグラスは少し腰をあげた。彼女の腕はマヒートの腰に巻きついていた。

「あれは――わたしたちが太陽系を壊す直前の、ナイン・フラッド皇帝の時代の歌をアレンジしたもので――とても古いです。だれでも知っています。あれは――くそっ、彼らはほんとうにプロパガンダに長けていますね。なつかしさと怖さと勇気を感じさせる歌で、彼らの意図がよくわかります」

ホロスクリーン上の画像が薄れて太陽神殿の内部があらわれた——マヒートが以前にホログラフやインフォフィッシュの映像で見たよりもはるかに広くて豪華だ。中央の大きな部屋はフラスコのような形をしていて、ひらいた最頂部に組み込まれたレンズが、中央の台座とそこにある青銅製の鉢の祭壇のまわりに明るい光の筋を散らしていた。部屋全体が宝石のように透きとおっていて、多面のカットがほどこされ、半透明の金色やガーネットの赤色にきらめいている。音楽が消えると、そこには祭壇のまえに立つシックス・ダイレクションの姿があった。見事なメイクのおかげで、ほとんど健康そうに見える。ただし、頬骨が異様に突出していることを別にすればだ。エイト・ループの姿は見当たらなかったが、皇帝の左どなりにはナインティーン・アッズが立っていて、骨のような白色に輝いていた——だがそれはマヒートたちと別れたときに着ていたのと同じスーツで、袖にはファイブ・アゲートの血がついていた。職務中に血にまみれたエズアズアカット。皇帝の右どなりには九十パーセントのクローンであるエイト・アンチドートがいた。小さな両肩はとてもまっすぐで、顔には皇帝と同じ高い頬骨があったが、それは子供らしい健康的な肉で覆われていた。

皇帝、後継者、そして顧問。権力の中心が勢揃い。イメージとしては安心感がある。テイクスカラアン全体へのメッセージの始まりとしてはものものしかった。彼らがこのように一同に会することで、この特別なメッセージを伝える必要性とその重大性が強調された。太陽神殿はパレス・ノースの最上部にあるのだ。

〈いまこの瞬間、軌道上には艦隊がいる〉イスカンダーがマヒートにつぶやいた。ということは、もしもワン・ライトニングが望めば、ワン・ライトニングは一度の命令で神殿も皇帝もまとめて吹き飛ばすことができる。

テイクスカラアン市民ならだれでも気づいているはずだ。

シックス・ダイレクションが指先を合わせてお辞儀をした——すべての視聴者へのあいさつだ。笑顔ではなかった。笑顔になるには深刻すぎる状況だった。カメラが皇帝の口元を愛撫するようにとらえ、言葉を待つ。彼が言葉を発すると、ふっと緊張がほぐれるが、それは言葉が意味を持ち始めるまでだった。〝文明を慎重に育て、必要なところでは剪定をおこない、もっとも美しいところでは社会の開花をうながすという多大なる努力を通じて、我らは共にこの帝国を維持し、わたしの両手がきみたち全員を導いてきた——しかしいま、新たなつぼみが星の光の中に花ひらこうと身震いしているこのはかないひととき、我らはみな危険にさらされている。この危険性を心で感じている者もいれば、体で感じている者もいるだろう。兵士たちの足音や、みずからの手足が我らの文明の中心であるシティにあたえた損害によって――〟

マヒートは心臓が喉までせりあがって舌の奥にぶつかっているような気がした。全身が動悸と化していた。これはマヒートが予期していた演説ではなかった。彼女が予期していたのはつかのまの安心感であり、そのあとで彼女の映像を使って、たしかに危険が存在している、それは外から来て、テイクスカラアン宇宙の端に集結しているエイリアンの勢力であると証明するはずだった――こんなふうにこまごまと美辞麗句をならべて、軍部と官僚の両方から脅威にさらされている皇帝にとって危険なテーマである〝刷新〟を語るはずではなかった。

「陛下はなにをしているの？」マヒートはささやいた。

「見続けてください」スリー・シーグラスが言った。「見続けて、もう少しだけ辛抱してください。わたしにはわかった気がしますが、それが正しいとは考えたくないのです」

「あなたが考えたくないって――」

「しーっ、マヒート」

マヒートは口をつぐんだ。皇帝は語り続けた――落ち着きと熟考を求めた。〝夜明けまえには遠くの脅威とぬくもりの約束の両方が近づくのを見ることができる静かな瞬間がある〟となりにいるナインティーン・アッズの表情は、穏やかな中立から、マヒートがわきあがる恐怖とみなした、あきらめのようなものに変わり、それからまた静けさを取り戻した。なにかがまちがっていて、ナインティーン・アッズはそれに気づいていた。なにかが起こっているのに、マヒートはそれを理解していなかった。

いま、シックス・ダイレクションはルスエルのことを、〝テイクスカラアン宇宙の端にある採掘ステーション、危険を察知して我らに伝えてくれる遠方の目〟と、手短に、生き生きと語っていた。そのとき、マヒート自身の姿が、ナインティーン・アッズとシックス・ダイレクションとエイト・アンチドートの映像に重ね合わされた。マヒート・ドズマーレは、見た目はとても野蛮で、背が高く、額が広く、顔が狭く、かぎ鼻は長く、迫り来る侵略について帝国の会見室から説明していた。彼女は疲れ切っているように見えた。そして誠実そうに見えた。

〈よくやったな〉イスカンダーがささやいた。〈どちらの側でも、法廷できみを有罪にする者はほとんどいないだろう。きみはちょうど中心線を歩いていたんだ〉

マヒートの顔のうしろには皇帝の顔があった。ホログラフ上でマヒートのほうの口が動いても、皇帝の口は常に静止したままで、まるで意志の力だけで彼女の演技を指揮しているかのようだった。

画面全体——太陽神殿全体——が、見慣れた地図に置き換わった。テイクスカラアン宇宙の壮大な星図だ。このまえマヒートがこれを見たときは、ルスエルとその周辺を取り込もうとする併合戦争の進路をしめすために展開されていた。いまやそれらの進路は薄れ、マヒートが見ているあいだにも、地図上にはダージ・タラッツが彼女に伝えてきたそれぞれの座標点が点灯していた。脅威がもっとも大きい場所、武装したエイリアンの乗る船が目撃されている場所だ。地図上では反転した星で表示され、一瞬明るくなったあと、深く暗い不吉な赤が血だまりのように広がっていく。

マヒートはトウェルブ・アゼイリアのことを考え、地図が消えたときもまだ彼のことを考えていた。彼女は太陽神殿で見ていたものをずっと誤解したまま、思い出と言外の意味に没入していた。

皇帝が手にしていたのはむきだしの刃だった。黒々と輝く素材で作られたナイフで、もっとも鋭利な部分はなかば透きとおった灰色だった。皇帝はローブを脱ぎ捨て、それは足首のまわりにたまった。薄手のズボンとシャツを着ていても、骨はすべて見えていた。病によってやせ細った肉体が、隅々までカメラの目にさらされていた。エイト・アンチドートは手の側面を口に当てて、子供らしい苦しみのしぐさを見せていた——ナインティーン・アッズがなにか言っていたが、マヒートにかすかに聞こえたのはその最後の部分だけだった。〝陛下、それは――やはり――〟

シックス・ダイレクションが語っていた。〝テイクスカラアンには安定した落ち着いた手が必要だ――星に恵まれし手、準備のできた舌、太陽の光をつかむこぶし。我らがこれよりこうむることになる苦しみをまえに――奉仕とはなんであるかを知ってからずっときみたちに仕えてきたわたしは――この神殿と来たるべき戦争を聖別する〟

「陛下はほんとうに死ぬつもりです」マヒートのとなりでソファにすわっているスリー・シーグラスの声は、あまりにも生々しく、あまりにも大きく、あまりにも切迫していた。

「どんな皇帝も――もう何世紀ものあいだ――」

〝わたしは自身の後継者として、そしてこの存続戦争の遂行者として、エズアズアカット・ナインティーン・アッズを指名する〟シックス・ダイレクションは言った。〝わたしの遺伝子を分けた子供であるエイト・アンチドートが成人するまでのあいだ、その任に就いてもらうことになる〟

マヒートは〝とんでもないことを引き起こしてしまった〟と思った。自身の、スリー・シーグラスの、イスカンダーの、押し寄せる悲しみを感じた。

皇帝が二歩うしろにさがり、一段高くなった祭壇の中央に立った。〝わたしの血で我らのために犠牲になろう〟彼は言った――この言葉は、テイクスカラアン宇宙にあるすべての惑星の、すべての州にいるすべてのテイクスカラアン市民に向けて放送され、もはや止めることはできなかった。〝解放されたら、わたしは太陽の手の中の槍となる〟

彼女の言葉。マヒートとスリー・シーグラスの言葉、彼らが自由になるための誘い文句として使った詩――街中で歌われていた詩――

シックス・ダイレクションはナイフを振りあげて、それを太陽の光にきらめかせ――ふたたび振りおろした。太ももの内側の高い位置に、素早く二回切りつける。大腿動脈が真っ赤な噴水と化した。すさまじい量の血だ。そして、その血だまりの真ん中で、さらに二度切りつけた。手首から肘にかけて、さらに反対側で同じように。

ナイフが太陽神殿の金属製の床にカランとぶつかった。

皇帝が死ぬのに時間はかからなかった。

その後に続いた静寂の中で、マヒートは自分がスリー・シーグラスの手を強く握りすぎて爪が手のひらに食い込んでいることに気づいた。宇宙にある音は二人の息づかいだけのようだった。頭の中では、イスカンダーが勝利の喜びと悲嘆が詰まった広大なからっぽの空間になっていた。マヒートは皇帝から目をそむけた。彼女はなにも見ていなかった。

スクリーン上では、赤く染まり、見る影もなくスーツを汚してしまったナインティーン・アッズが、ナイフを回収していた。

〝テイクスカラアンの皇帝からみなさんにごあいさつを〟ナインティーン・アッズが言った。その顔は濡れていた。血で。涙で。濡れて、陰惨で、断固とした決意があった。〝落ち着いて。秩序とは夜明けに咲く花であり、その夜明けは間近に迫っています〟

しばらく静かな時間が流れたあと、予想どおりの大混乱になった。灰色の制服を着た護衛たち全員が、なにをすべきか考えていた。どこへ行けばいいのか。どうやって新皇帝のもとへたどり着き、彼女を安全な場所へ移動させるのか。なにしろ低軌道上にはいまも軍団を率いる宇宙船がいて、そのすべての兵器をシティへ向けているのだ。マヒートとスリー・シーグラスはそのまっただ中ですわっていた——だれも二人のことはあまり気にしていないようだった。二人はなにもしていなかった。二人はだれにとっても差し迫った脅威には見えなかった。

「皇帝がナインティーン・アッズのためにお膳立てをしたんですね」スリー・シーグラスが考えながら言った。「彼女は陛下のとなりに立つまで知らなかった。光輝なる陛下《ハー・ブリリアンス》。ナイフの刃の輝き。ぴったりだと思います。やはり」

二人はいつのまにか感情面の立場が逆転していた。マヒートは長いあいだ涙が止まらなかった。完全に自分だけの内分泌反応ではないとしても、彼女の肉体は悲しみの重さに屈することに決めたのだ。イスカンダーは消えてはいなかった――まさかあのからっぽになった空間の違和感をまた感じることになるとは思わなかった――が、彼のどちらのバージョンも荒涼とした冷たい風景になっていて、まるで空気のない部屋のようだった。そしてマヒートは話そうとするときですら泣き続けていた。

　マヒートは手のひらの付け根で鼻をぬぐった。「もちろん、ぴったりだよ。行政府は彼女を中心にして曲がり、彼女もそれを中心にして曲がり、そしてすべてが……物語になる。光輝なる陛下、ナイフの刃の輝き。まるで初めからこうなるしかなかったみたい」

　それを聞いてスリー・シーグラスは慰められたようだった。マヒート自身は、慰められることもなく、怒っていて、吹き飛ばされてからっぽになったような気がした。彼女は何度も思い出していた。どれほど多くの血が流れたかを、シックス・ダイレクションが〝わたしは太陽の手の中の槍となる〟という言葉を、まるでマヒートが彼のために書いたかのように語ったことを。

　彼のために、マヒートやルスエルのためではなく。

　〝帝国がふれたものは、なにもきれいなままではいられない〟マヒートは思い、イスカンダーが言ったわけではないのにイスカンダーがそう言ったと想像しようとした。

暴動がおさまるまで三十六時間かかった。

マヒートはそのほとんどをスリー・シーグラスの情報省のニュースフィードで見た。大使の居室のイスカンダーのベッドだったところに横たわり、スリー・シーグラスのクラウドフックを永遠に固定された王冠のように目に当てて。立ち上がるのはむずかしく、また必要なことでもなかった。

ワン・ライトニングの兵士たちは、おそらく彼が期待していたよりもずっと、歌いながら行進する大量のテイクスカラアン市民を殺戮することをいやがった。ワン・ライトニング自身はといえば、自分の敵はシックス・ダイレクションだと考えていた——年老いて衰え、軍事的な勝利をおさめたのはもはや遠い昔で、いまは後継者問題に悩まされている皇帝だと。最古の叙事詩に出てくるような、血の犠牲によって聖別された新しい皇帝ではなかった。ナインティーン・アッズが皇帝になってから一日も経たないうちに、ヤオトレックは〝シティの保護が不要になった〟という口実で全軍を呼び戻していた。出演したニュース番組ではナインティーン・アッズのとなりに立ち、ひざまずいて両手を差しのべ、忠誠を誓っていた。

征服戦争の話は出ていなかった。

「じゃあ、これでステーションは救われたのか」マヒートは天井に向かって言った。イスカンダーが吊したテイクスカラアンから見たルスエル宇宙の派手で美しいモザイクだけが彼女の声を聞いていたが、その沈黙は嘲笑としか思えなかった。

イスカンダー自身はただのささやきだった。〈きみはわたしよりうまくやった。それはわたしたちのイマゴラインの存続にとって意味がある〉

マヒートは彼を無視した。彼に注意を払いすぎたとき、彼女は発作的に号泣し、なすべもなく泣き続けて、しまいには体調を崩した。マヒートはそれが腹立たしかった。それは悲しみですらなかった。自分の悲しみがなんなのか、まだ理解できていなかった。

その日の夜、シックス・ダイレクションがマヒートの詩を、マヒートの考えを語る夢を見て、だいぶ近づいているのかもしれないと思った。

ここが故郷のルスエルだったら、統合セラピストがマヒートとイスカンダーを見て大はしゃぎしていただろう。科学論文を書いたりして。翌朝になるころには、イスカンダーでさえこれをおもしろいと思っていた——神経の中の明るいきらめき、実体あるエネルギー。

マヒートは起きあがった。麺類とラー油とプロテインキューブで食事をとった。プロテインキューブはルスエルのそれとよく似た味だったが、おそらくある種の植物が原料だった。

それから、そのささやかな努力に疲れ果ててふたたび横になり、ニュースフィードをながめた。

ツー・レモンを初めとする反帝国活動家たちの気配はほとんどなかった。レストランに爆弾が仕掛けられることもない。抗議活動もない。マヒートは、彼らは一時的に地下に戻ったのだろうと推測し、そして——巨大な岩を持ちあげてその下に生えているものを見るのは不可能だと考えている人のように——思った。ファイブ・ポーティコはマヒートの欠陥イマゴマシンの残骸をどうするつもりでいるのかと。

サーティ・ラークスパーの反乱を終結させるにはもう少し時間がかかった。ゆるやかな緊張緩和《デタント》が成立し、一連のニュースフィードの報道によれば新しい情報大臣が——マヒートが聞いたこともない男だった——任命されて、サーティ・ラークスパー自身は通商方面のある種の顧問的役割をあたえられたとのことだった。

光輝なる陛下ナインティーン・アッズのエズアズアカットではない。といって政府からはずれるわけでもない。

それはマヒートの問題ではなかった。

マヒートはそうなることを望んでいて、それが問題の一部だった。すべてをおさめて、だれもが、どこでも、きちんと仕事をしてくれることを信じるのはとてもむずかしい。安全があると信じることも。

ナインティーン・アッズはこのことについてどう感じているのだろう。たぶん似たようなことだろう、とマヒートは思った。

シックス・ダイレクションが亡くなった三日後、マヒートは、彼女をルスエル政府の代表として葬儀と戴冠式に招待する美しいインフォフィッシュ・スティック——帝国の印章で封印されていて、なにかの動物の骨で作られたような白さだった——を受け取ったあとで、いまの自分にできる最低限の仕事は郵便物に返事をすることだと判断した。いまや三カ月と二週間遅れの郵便物だ。相変わらずバスケットがあり、そこに実用的な灰色のプラスチック製のものから、ナインティーン・アッズのずっしりた骨と金のものまで、ありとあらゆる色のインフォフィッシュ・スティックが入っていて——

そもそもマヒートがここへやってきたのは、ルスエル・ステーションと、テイクスカラアンに住むようになったルスエルの民に仕えるためだった。彼らは暴動と皇帝の交代を経験したばかりで、おそらく許可やビザの承認を求めているはずだ。

マヒートはスリー・シーグラスに実用的な灰色のスティックでメッセージを送った。

〝あなたの予備のクラウドフックがこちらに残っています。それと郵便物の処理を手伝ってください〟ほんとうは手伝いなど必要なかった——イスカンダーがやりかたを知っていたし、マヒート自身も知っていた——が、二人はずっと話していなかった。あれ以来。

四時間後、窓から射し込む太陽の光の中、スリー・シーグラスがあらわれた。こめかみや目のまわりが痩せて色を失っていたが、シードスキフを降りたマヒートを出迎えたときと同じように非の打ち所のない姿をしていた。スーツは隅々までぴしっとしていて、オレンジ色の炎が袖を這いのぼっていた。情報省の一員に戻っている、隠しようもなく。

「――どうも」スリー・シーグラスは言った。

「どうも」マヒートはこたえた。すると突然、腕の中にいたスリー・シーグラスの感触しか思い出せなくなり、自分が真っ赤になっているのではないかと不安になった。「――来てくれてありがとう」

二人のあいだの空気はもろく感じられた。スリー・シーグラスがマヒートのとなりにすわって、肩をすくめ、なにを言っていいかわからない様子だったので、よけいにその雰囲気が強まった。

二人は詩作でうまくやった。政治でもうまくやった。まあ、キスでもうまくやったが、あれは必死に慰めを求めていただけだ。マヒートはもう一度したかった。したかったが、すぐに考え直した。あのときは皇帝の治世が終わるのを目の当たりにしていたのだ。こうして二人きりになって、ゆっくりと消えていく余韻にひたっていると、どうやってあんなことを始めたらいいのか想像もつかなかった。

「あなたは情報大臣になったんじゃないかとなかば本気で思ってた」マヒートは言った。軽く、冗談に聞こえるように軽く。「わたしといる時間なんかないだろうって」

スリー・シーグラスの肩から少し緊張が解けた。「実は、光輝なる陛下から大臣の第二次官にならないかと言われました。でも、あなたが望むなら、わたしはいまでもあなたの文化案内役です」

マヒートはそのことを考えてみた――考えながら、スリー・シーグラスの手をとって指をからみ合わせ、感謝の言葉を口にしたときには、おぼえているかぎりの敬語接尾辞をくっつけて、すごく誠実であると同時にすごく滑稽に聞こえるようにした。かつてはイスカンダーのものだったこの部屋で、スリー・シーグラスといっしょに仕事を続けていくことを考えてみたが、そのときマヒートが目指すのは――なんだろう？ 太陽の槍の王座につく、光輝なる陛下ナインティーン・アッズが必要とするかもしれないものになる？（それはスリー・シーグラスと共に生きていく道でもあるだろう）

〈わたしは死ぬまでに二十年あった〉イスカンダーが言った。〈きみはもっと長くなるかもしれないな〉

そうかもしれない。そのときマヒートは、スリー・シーグラスの〝たとえあなたがわたしたちの一員だったとしても、わたしは同じようにあなたを求めていたでしょう〟という言葉を思い出し、あの包み込むような怒りのこだまを感じた——たとえここにとどまっても、たとえイスカンダーがやったあらゆることをやったとしても、マヒートはテイクスカラアン人にはなれない。スリー・シーグラスが朗詠コンテストのときに楽しんでいたように、言葉や詩でたわむれることができる人間にはなれない。そしていつまでもそれを思い知らされるだろう。

「思うんだけど」スリー・シーグラスが笑うのをやめて一度だけそっと頰をさわらせてくれたとき、マヒートはきっぱりと言った。「あなたは情報大臣の第二次官になるべきだと思う。あなたはこんな仕事をするには魅力的すぎるよ、スリー・シーグラス。あなたはこの仕事を引き受けたときに計画していたことを実行するべき。つまり、わたしを踏み台として利用して、うぬぼれた野心を実現する。そして詩人に戻るの」

「わたしなしであなたはどうするんですか?」スリー・シーグラスがたずねた。彼女はそれ以上の抗議はしなかった。

「なにか考えるよ」マヒートは言った。

余　波

はっきりしたのは、人間はあふれんばかりの美しさを手に入れられるということだ。特に、その美しさが集団の悲しみと深い異国趣味によって活気づけられているときには。光輝なる皇帝ナインティーン・アッズ、ナイフの刃のように輝く女性、全テイクスカラアンの王――その戴冠式に関してマヒートの記憶に残っているのは、ほとんどが一連の圧倒的なスナップショットだった。シティを練り歩いた行列は、あらゆるスクリーンに映し出され、繰り返し再生された。十万人のサンリットが行進し、皇帝の白い履き物のまえにひざまずいては、立ちあがり、また先へ進んだ。アルゴリズムは再調整され、ナインティーン・アッズを帝国の正当なる支配者として受け入れるようになった。シティは金色と赤色、そして深みのある紫色に輝き、花が咲き乱れた。土葬となったシックス・ダイレクションの血をなくした遺体は、大地に埋められて腐っていた。賛辞に次ぐ賛辞、街角にあらわれた新たな詩人たち。兵士たちもいた――迫り来るエイリアンとの戦争に志願する若きテイクスカラアン市民が、どんどん、どんどん集まっていた。人びとは、ときに歌いながら進んでいた。

〝わたしは太陽の手の中にある槍〟という新しい歌はふたつあった。ひとつは優雅で美しい歌で、ナインティーン・アッズの頭に大きな王冠がのせられたときに聖歌隊が合唱していた。もうひとつは下品で卑猥な歌で、ティクスカラアン語の語呂合わせが頻出したが、マヒートが一年しかこの言語を学んでいなくても理解できるようなものだった。槍がいろいろに解釈できるのはだれにでもわかることだった。

マヒートはその歌をおぼえた。そうせずにいるのはむずかしかった。

ナインティーン・アッズの顔は、シックス・ダイレクションの埋葬のときも、王冠をかぶせられたときもまったく変わらなかった——それもマヒートはおぼえた。そうせずにいるのはむずかしかった。

シティが存分に式典を吐き出し終えて、消耗したランナーのように息を切らし、肺の深い痛みに適応しようとするころ、小さな葬儀が雨後のキノコのように咲き乱れた。告知は日に日に増えて、インフォフィッシュで伝えられるものもあれば、公共ニュースフィードで伝えられるものもあった。公式発表によれば、暴動で命を落としたティクスカラアン人の数は三百四人となっていたが、マヒートはその数は桁違いに少ないのではないかと疑っていた。

マヒートはいちばんいい喪服を着て——ルスエル式の星と星のあいだの虚空をあらわす黒で、テイクスカラアン市民が着るような血をあらわす赤ではない——トウェルブ・アゼイリアの自宅へ行った。遺体はなかった。医科大学に献体されたとのことで、それがあまりにも彼らしくてつらかった。あるのは慰霊碑だけで、彼の署名の絵文字が美しく描かれ、情報省の内部の壁面に何百人もの同僚と一緒に埋め込まれていた。全員が省の仕事で命を落としたアセクレタだ。

マヒートはそこでスリー・シーグラスを見かけて、彼女がトウェルブ・アゼイリアのために詩を読むのを聞いた。飾りのない、厳粛なもので、悲しみは痛烈だった。空から引き剝がされた世界や、不公正さ、あらゆる無意味な死への追悼。美しい詩ではあったが、マヒートは罪の意識をおぼえずにはいられなかった。この先に待つすべての無意味な死に対して。軍団への入隊を志願しながら歌っているテイクスカラアン市民たちに対して。

彼らがふれて、むさぼり食うであろうすべての惑星に対して。

マヒートはイスカンダーの遺体を燃やした——司法省への依頼は簡単で、インフォフィッシュに署名をして封印し、検死官であるイクスプラナトル・フォー・レバー宛てで送るだけだった。その日の夜には遺灰がマヒートの居室に届いた。彼女の手のひらほどの大きさの箱の中には、骨となかばミイラ化した肉が詰まっていて、すべてが粉々になっていた。

〝味見をしてほしい？〟マヒートはイマゴにたずねた。

とても長い間があった。〈おれはあまりうまくないと思うな。あの防腐剤のせいで〉最初の、まだ若いイスカンダーだ。マヒートの。それから、〈きみが質問しなくてもよくなるまで待つとしよう〉

こちらは年長のイスカンダー、死んだときのことをおぼえているほうだ。マヒートは、自分がこのイマゴラインにふさわしい行動をとっているかどうか確認せずにすむようになるのはいつのことだろうと思いながら、灰の箱をしまった。

マヒートが皇帝と会ったのは、パレス・アースにある皇居ではなかったし、パレス・イーストにあるナインティーン・アッズのオフィスビルでもなかった。マヒートは後者は閉鎖されているのではないかと思った。

二人が会ったのは夜明けまえ、司法省の真正面にある広場で、そこのプールには深紅の花がぎっしり浮かんでいた。マヒートは灰色の制服を着た帝国の従者に自室のドアをノッくされたせいで目を覚ましたので、コーヒーかお茶、せめてカフェイン錠剤がほしいと強く願っていた。ナインティーン・アッズは、睡眠などたまたま皇帝ではないほかの人びとがとるものだという顔をしていた。皇帝は彼女に似合ってきていた。あるいは彼女の顔がそれになじんできたのか。新たなる空洞、あまたの切望の焦点。

「光輝なる陛下」マヒートは言った。

二人はベンチにすわっていた。護衛の従者が一人いたが、その女性はクラウドフックをつけておらず、投射式兵器を携行していた。ナインティーン・アッズは膝の上で手を組んでいた。「もうだいぶ慣れました」彼女は言った。「人びとから〝光輝なる陛下〟と呼ばれることに。わたくしがそれに慣れたとき、彼は本当に死んだことになるのだと思います」

「だれも死んではいません」マヒートは慎重に言った。「だれかがおぼえているかぎり」

「それはルスエルの聖典ですか？」

「哲学、かもしれません。実用的な」

「それは必然なのでしょうね。あなたがたがどれほど死者に包まれているかを考えれば」

ナインティーン・アッズは片手をあげ、ぱたりとおろした。「彼がいなくて寂しいです。頭の中に彼がいるのがどんなふうなのか想像できません。どうやって決断しているのですか？」

マヒートは強く息を吐いた。彼女の頭の中のイスカンダーは、好意的で、やさしく、笑っていた。「議論はします。少しは。でもたいていは同意します。もしもわたしがほとんどの面で彼に同意できなかったら、わたしたちは……適合せず、わたしが彼の後継者になることもなかったでしょう」

「ふむ」ナインティーン・アッズはそれからしばらく黙り込んでいた。風がすべての赤い花びらをかき乱していた。広漠たる閉じこめられた海。空は濃い灰色から淡い灰色へと変わり、太陽が雲を焼いているところが金色に輝き始めていた。

沈黙に耐えられなくなったところで、マヒートはたずねた。「なぜわたしに会いたかったの？」彼女は敬語接尾辞をはぶいた。素のままの文にしたのだ――なぜ一人の人間であるあなたが、一人の人間であるわたしに会いたかったのか？

「あなたの望みをきいてみようと思ったのです」ナインティーン・アッズはそう言って笑みを浮かべた。全神経をマヒートに集中させた、ひどくやさしいほほえみ。「わたくしからいくつか約束を引き出したいのではないかと」

「わたしのステーションをテイクスカラアンに併合するつもり？」マヒートはたずねた。

ナインティーン・アッズは声をたてて笑った。肩が震えるほどの荒々しい音だった。

「いいえ。いいえ、とんでもない、わたしには時間が足りないのです。なにをするにも時間が足りないのです。あなたがたは安全ですよ、マヒート。あなたとルスエル・ステーションは望みどおりの独立共和国になることができます。けれど、それはわたくしが質問したことではありません。わたくしはあなたの望みをきいたのです」

プールに脚の長い鳥が降りていた。白い羽、長いくちばし。肩までの高さは少なくとも二フィートはある。そいつが足を運んでも花が揺らぐことはなかった。大きな足は花のあいだをすり抜け、水滴を垂らしながらふたたび持ちあがった。マヒートはその種類の鳥をあらわす単語を知らなかった。〝トキ〟か。あるいは〝サギ〟か。テイクスカラアンにはたくさんの種類の鳥がいるが、ステーショナー語では〝鳥〟をあらわす単語はひとつだけだ。かつてはもっと多かった。いまはそれ以上は必要ない。鳥という概念をあらわす単語だけだ。

望むことはできる……たとえば、大学への入学。詩のサロンへの招待。テイクスカラアンの称号。テイクスカラアンの名前もつけて。お金、名声、称賛。あるいはまったくなにも望まずに、このままルスエル大使として仕え、郵便物に返信し、テイクスカラアンのパブで歌をうたうこともできる。ずっとまえに、マヒートが歌詞の一部を書いた歌を。

帝国がふれたものは、なにも彼女のものではいられない。すでに彼女のものなどほとんどない。

「光輝なる陛下」マヒート・ドズマーレは言った。「どうかわたしを故郷に送り返して。わたしがまだ行きたいと思えるうちに」

「あなたにはいつも驚かされます」ナインティーン・アッズが言った。「本気ですか？」

マヒートは言った。「いいえ。だから送り返してほしいの。確信がもてないから」

〈きみはなにをやっているんだ？〉

〝わたしたちのことを知りたいの。こうなったわたしたちのことを。いまわたしたちがだれであるのかを〟

ルスエル星系を形成するあばた面をした大気のない鉱山惑星のうち、最大の惑星の下側から接近していくと、ステーションがふたつの恒星と四つの惑星のあいだにある重力井戸の中で完璧なバランスをたもって浮かんでいた。そのステーションは小さく、くすんだ金属製の環状体で、温度制御のために回転していた。十四世代にわたる太陽放射と小粒子の衝突ですっかり荒れ果てている。三万人ほどの人びとが暗闇の中で暮らしていた。イマゴ記憶を含めればもっと多くなる。最近になって、その中の少なくとも一人が長い記憶のラインのひとつに破壊工作を試みて、その結果がどうなったかを知りたがっていた。

マヒートはステーションが視界に入ってくるのを見つめていた。

あの広場で、皇帝の手が——ほっそりした、黒い指をもつ、なじみ深い手が——伸びてきたことを思い出す。それはマヒートの顎を指ではさみ、顔を引き寄せた。マヒートは怯えるか、さもなければ仰天して内分泌系の連鎖反応を起こすはずだった。だが、実際に味わったのは——浮いているという感覚だった。遠くで、自由に。

「ルスエルからの大使は必要です」ナインティーン・アッズはそう言った。「しかし、いまはさほど切実ではありません。もしも必要になったときは、マヒート、きっとあなたを呼び寄せますよ」

いま、船の展望窓の中心にルスエルが戻ってきたとき、マヒートは同じような感覚をおぼえていた。とても遠い。ある種の自由。

結局、ほんとうの故郷ではない。

謝辞

この本を書き始めたのは二〇一四年の夏、アリゾナ州テンピの〈カーテル・コーヒー・ラボ〉で、現代東アルメニア語の集中語学コースの二週間後だった。わたしの頭の中は自分のものではない言葉の形でいっぱいだった。書き終えたのは二〇一七年の春、ボルチモアの寝室で、妻が起きてくるには早すぎたので、街にゆっくりと射し込む光を見ながら、亡命者について、絶対ではないがほぼ故郷に帰ることができない人びとについて考えていた。

アリゾナとボルチモアのあいだには、三つの国と、四つの都市と、三つの仕事と、この本の制作にまつわる簡単には説明できないほど多くの助けがあった。謝辞の欄というものはどうしても本来の感謝の気持ちのうっすらした影みたいになってしまう。それでも、次の方々には永遠の感謝を捧げたい。エリザベス・ベアは、まずわたしの友人になり、次に教師になり、そしてふたたび友人となり、わたしの抗議にもかかわらず、わたしには小説を、それも良い小説を書く力があると言い続けてくれた。ザ・ズーの仲間たちは、AIMやSlackで、あるいはじかに顔を合わせて、最高のバーを、作家となり人間となるすべを学ぶ最高の場を提供してくれた。リズ・バークは、偶然にもこの本を売ってくれて、この本の企画を理解してくれた。フェイド・マンリーは、最初のほうの章をコピー・アンド・ペーストされても勇敢に耐え忍んでくれた。アマル・エル＝モフタールとリクハインは、同化と言語と帝国の誘惑と恐怖について書く勇気をあたえてくれて、その後にもっと良くできるだろうと挑発してくれた。バイアブル・パラダイス・ワークショップがなかったら、わたしは友人も少なく技術も低いままだったろう。優秀なエージェントのドンウォン・ソンは、このプロジェクトの本質と可能性をいっぺんに見抜いてくれた（今後はスウェーデンから重要な仕事の電話をかけないと約束する）。編集者のデヴィ・ピライ、この宇宙の残りの部分を見つけて、読者のためにページに載せろと言ってくれた。

　さらに、次の方々にも感謝を捧げたい。テオ・ヴァン・リントは、アルメニアについて教えてくれた。インゲラ・ニルソンは、博士研究員としてビザンチウムについて書くはずだったわたしがSF小説を書いても気にしなかった。パトリックとテレサ・ニールセン・ヘイデンは、この業界とそのもてなしの両方にわたしを迎え入れてくれた。わたしの母、ローリー・スムクラーは、わたしが大学を辞めて執筆活動をしたいのかどうか最初にたずねて、それは良いアイデアだと考えてくれた。わたしの父、アイラ・ウェラーは、わたしがまだ小さかったころにサイエンス・フィクションをあたえてくれた――わたしたちふたりにとって、常により多くの〝科学の苦悩《サイエンス・アフリクション》〟がありますように。

最後になったがもっとも心からの思いを、わたしの妻であり、特別な最初の読者でもあり、物語は喜びにもなりうることを教えてくれたヴィヴィアン・ショーに――感謝はいくらしても足りないけれど、ダーリン、ほかのあらゆることと同じように、それはぜんぶあなたのものだ。

人物と場所と物品の用語解説

アクネル・アムナードバット（Aknel Amnardbat）――〈遺産〉評議員。ルスエル評議会の六名のメンバーの一人で、イマゴマシン、記憶、文化振興を担当する。

アセクレタ（asekreta）――情報省の現役職員を指すテイクスカラアンの称号。

アセンションズ・レッド・ハーヴェスト（Ascension's Red Harvest）――テイクスカラアンの軍艦、エングルファー級。

アハチョティーヤ（ahachotiya）――発酵した果実を原料とした、シティで人気のアルコール飲料。

アマリッツリ（amalitzli）――テイクスカラアンのスポーツ。対戦するチームはクレーコート上でゴム製のボールを投げたり、バウンドさせたり、跳ね返らせたりして小さなゴールに入れる。低重力あるいは無重力の環境に特化したアマリッツリも人気がある。

アラグ・チュテル（Aragh Chtel）――セクターの偵察を担当するステーショナーの操縦

士。

アンハメマット・ゲート（Anhamemat Gate）――バーズラヴァンド・セクターにあるふたつのジャンプゲートのうちのひとつ。ステーショナー宇宙から、現時点で既知の政治主体の支配下にない資源のとぼしいエリアへつながっている。俗に〝ファー・ゲート〟と呼ばれている。

イカントロス（ikantlos）――テイクスカラアン艦隊における軍事的階級、通常は軍団内の機動部隊を指揮する。

イクスフィ（ixhui）――肉団子。

イクスプラナトル（ixplanatl）――正式認可を受けたテイクスカラアンの科学者（物理、社会、生物、化学）。

『礎の歌』（*Foundation Song*）――初代皇帝の功績を記念して作られた連作歌曲。口伝で伝えられていて、千以上のバージョンが知られている。

イスカンダー・アガーヴン（Yskandr Aghavn）――ルスエル・ステーション出身の前テイクスカラアン駐在大使。

イマゴ（imago）――先祖代々のライブメモリー。

イレブン・クラウド（Eleven Cloud）――四百年まえに皇帝ツー・サンスポットを倒そう

として失敗した簒奪者。

イレブン・コニファー（Eleven Conifer）――三等貴族、テイクスカラアン艦隊を三級副イカントロスの階級で名誉退役。

イレブン・レイズ（Eleven Lathe）――テイクスカラアンの詩人・哲学者。もっとも有名な作品は『神秘の辺境からの報告』。

インスクリプションズ・グラス・キー（Inscription's Glass Key）――テイクスカラアン皇帝ツー・サンスポットの旗艦。

インフォシート（infosheet）――インフォフィッシュで作られたニュースシート。

インフォフィッシュ（infofiche）――画像やテキストを表示することができる、可変形で折り畳み可能な透明プラスチック。再利用可能。

インフォフィッシュ・スティック（infofiche stick）――親指サイズの容器で、個人用のものが多く、スティックを割ったときに表示されるホログラフ表示のメッセージが入っている。実際のインフォフィッシュが入っている場合もある。

インモスト州（Inmost Province）――シティの中心的な州で、政府機関や主要な文化センターがある。

インモスト州宇宙港（Inmost Province Spaceport）――シティの主要宇宙港、インバウンドトラフィックの五十七パーセントを占める。

ヴァルドザ・ンダン（Vardza Ndun）――ルスエル・ステーションの操縦士。現在はジルパーツ操縦士が保持しているイマゴ。

ウエスタン・アーク（Western Arc）――テイクスカラアンの重要かつ裕福なセクターで、主だった商家が集まっている。

エイティーン・タービン（Eighteen Turbine）――テイクスカラアン艦隊のイカントロス。現在はオーダイル星系に派遣された第二十六軍団第九機動部隊を指揮している。

エイト・アンチドート（Eight Antidote）――光輝なる皇帝シックス・ダイレクションの九十パーセントのクローン。テイクスカラアンの太陽の槍の王座の三人の後継者の一人。十歳。

エイト・ペンナイフ（Eight Penknife）――情報省の一員。

エイト・ループ（Eight Loop）――テイクスカラアンの司法大臣。光輝なる皇帝シックス・ダイレクションの保育所仲間。テイクスカラアンの太陽の槍の王座の三人の後継者の一人。

エズアズアカット（ezuazuacat）――皇帝の個人的な諮問委員会のメンバーの称号で、〝閣下〟と呼ばれる。テイクスカラアンがまだ宇宙に進出していなかった時代の、皇帝の宣誓戦士たちの元の名前に由来する。

エブレクト族（Ebrekt）――社会構造（〝スイフト〟と呼ばれる）がライオンの群れに似ている肉食の絶対四足歩行動物。テイクスカラアン皇帝ツー・サンスポットは、四百年まえ（テイクスカラアン暦）にエブレクト族と永久平和条約を結び、相互の非競合地帯を明確に定義した。

オーダイル（Odile）――テイクスカラアンの惑星系。最近になって暴動と政情不安が続いている。

オスミウム（osmium）――小惑星に多く含まれる貴重な金属。ルスエル・ステーションの輸出品のひとつ。

『拡大の歴史』（*The Expansion History*）――テイクスカラアンの拡大の歴史。作者はサーティーン・リバー（これは誤りであると証明されている。現在のテイクスカラアンの文学者は『拡大の歴史』は〝偽サーティーン・リバー〟という無名の人物によって著されたとしている）。

カムチャット・ギテム（Kamchat Gitem）――ルスエル・ステーションの操縦士。

ギエナ9（Gienah-9）――ほとんどが砂漠の惑星で、テイクスカラアンが大規模な軍事力によりかなりの人員の損失を出しながら併合したが、のちに反乱により失われた。再併合され、服従した。軍事ドラマの舞台として人気がある。

貴族（一等、二等、三等）（patrician [first-, second-, or third-class]）――テイクスカラアン宮廷における階級。主に帝国の国庫から受け取る個人給与による。

キャメロン艦長（Captain Cameron）――ルスエルのグラフィックノベル『危険な辺境地帯！』の架空のヒーロー。

グエン（Nguyen）――ステーショナー宇宙の近くにある多星系連合体。ステーショナーと貿易協定を結んでいる。

クラウドフック（cloudhook）――目に装着することで、テイクスカラアン市民が電子メディア、ニュース、通信手段などにアクセスできる携帯型デバイス。ドアを開けたりアクセス権をあたえたりするためのセキュリティ機器、あるいは鍵としても機能する。衛星ネットワークへの位置情報送信システムとしても機能する。

ゲラク・レランツ（Gelak Lerants）――認定機関であるルスエル〈遺産〉委員会の一員。

『皇帝秘史』（*The Secret History of the Emperors*）――有名な（そして卑猥な）匿名の記述で、多くのテイクスカラアン皇帝の生涯について書かれている。しばしば更新される。模倣は推奨されない。

ゴーラエス（Gorlaeth）――ダヴァからテイクスカラアンへ派遣された大使。

サーティーン・ペンナイフ（Thirteen Penknife）――テイクスカラアンの詩人。

サーティシックス・オールテレイン・ツンドラ・ビークル（Thirty-Six All-Terrain Tundra Vehicle）――テイクスカラアン市民。

サーティ・ラークスパー（Thirty Larkspur）――〝世界を盛花で埋め尽くす者〟、シックス・ダイレクションのエズアズアカットの一人で、元はウエスタン・アークの大商家の御曹司。

『サーティ・リボンに赤い花のつぼみを』（*Red Flowerbuds for Thirty Ribbon*）――テイクスカラアンの恋愛小説。

ザウイトル（xauitl）――花。

『ザ・ビルディング』（*The Buildings*）――シティの有名な建築物の成果を記述した絵画詩。テイクスカラアンでは学校教材として一般的に使われている。

サンリット（the Sunlit）――シティの警察。

シックス・アウトリーチング・パームズ（Six Outreaching Palms）――軍事省の口語的（または詩的）名称。あらゆる方向（北、南、西、東、上、下）へ手を伸ばすという、テイクスカラアンの征服理論の特徴からこの名がついた。

シックス・ダイレクション（Six Direction）――全テイクスカラアンに君臨する光輝なる

皇帝。

シックス・ヘリコプター（Six Helicopter）――ティクスカラアンの官僚。

シティ（the City）――ティクスカラアンの首都である都市惑星。

シュルジャ・トーレル（Shrja Torel）――ルスエル・ステーションの市民。マヒート・ドズマーレの友人。

ショックスティック（shockstick）――電気を使った武器。主にティクスカラアンの群衆を制御するために使用される。

ジルパーツ（Jirpardz）――ルスエル・ステーションの操縦士。

スヴァヴァ（Svava）――バーズラヴァンド・セクターの近くにある小さな独立した多惑星国家。

スリー・シーグラス（Three Seagrass）――情報省の一員で、ルスエル大使マヒート・ドズマーレの文化案内役。

スリー・スマック（Three Sumac）――ティクスカラアン艦隊の第二十六軍団の艦隊艦長。

スリー・ナスターシャム（Three Nasturtium）――ティクスカラアン市民。インモスト州宇宙港の主任管制官。

スリー・ペリグイー（Three Perigee）――ティクスカラアンの歴史上の皇帝。

スリー・ランプライト（Three Lamplight）――情報省の一員。

世界の宝石（Jewel of the World）――惑星シティの口語的（そして詩的）名称。

セブン・クリソプレイズ（Seven Chrysoprase）――〝チャンネル・エイト!〟に所属するニュースキャスター。

セブン・スケール（Seven Scale）――エズアズアカット・ナインティーン・アッズ閣下の下級側近。

ダージ・タラッツ（Darj Tarats）――〈鉱夫〉代表評議員。ルスエル評議会の六名のメンバーの一人で、資源採掘、貿易、労働を担当する。

ダヴァ（Dava）――テイクスカラアン帝国に新たに併合された惑星。数学学校があることで有名。

ツー・アマランス（Two Amaranth）――歴史上のエズアズアカット。皇帝トゥエルブ・ソーラー＝フレアに仕えていた。

ツー・カートグラフ（Two Cartograph）――ファイブ・アゲートの息子。六歳。

ツー・カレンダー（Two Calendar）――光輝なる皇帝シックス・ダイレクションの宮廷の有名な宮廷詩人。

ツー・サンスポット（Two Sunspot）――エブレクト族と和平交渉をおこなった歴史上の

テイクスカラアン皇帝。

ツー・レモン（Two Lemon）――テイクスカラアン市民。

ツー・ローズウッド（Two Rosewood）――現在の情報大臣。

テイクスカラアン（Teixcalaan）――既知の宇宙と同一の広がりを持つ帝国、あるいは世界。

テイクスカラアン語（Teixcalaanli）――テイクスカラアンで話されている言語。

帝国検閲局（Imperial Censor Office）――帝国のどの地域にどのようなメディアを流すかを決定する役割を持つ、テイクスカラアン政府の機関。

帝国のインクスタンドの番人（Keeper of the Imperial Inkstand）――テイクスカラアン皇帝のスケジュール管理者兼侍従長の称号。

デカケル・オンチュ（Dekakel Onchu）――〈操縦士〉代表評議員。ルスエル評議会の六名のメンバーの一人で、軍事防衛、探査、航行を担当する。

テン・パール（Ten Pearl）――現在の科学大臣。

トウェルブ・アゼイリア（Twelve Azalea）――情報省の一員。スリー・シーグラスの友人。

トウェルブ・ソーラー＝フレア（Twelve Solar-Flare）――歴史上のテイクスカラアン皇

帝。パーズラワントラック・セクターを、ひいてはルスエル・ステーションを最初に発見した。

トウエンティ・サンセッツ・イルミネイテッド（Twenty Sunsets Illuminated）――ヤオトレック、ワン・ライトニングの旗艦。

トウエンティツー・グラファイト（Twenty-Two Graphite）――エズアズアカット・ナインティーン・アッズの側近。

トウエンティナイン・インフォグラフ（Twenty-Nine Infograph）――司法省の一員。

トウエンティナイン・ブリッジ（Twenty-Nine Bridge）――現在の〝帝国のインクスタンドの番人〟で、光輝なる皇帝シックス・ダイレクションに仕えている。

トウエンティフォー・ローズ（Twenty-Four Rose）――テイクスカラアン人で旅行ガイドブックの著者。

トサグケル・アンバック（Tsagkel Ambak）――ルスエル・ステーションの交渉人兼外交官。テイクスカラアン帝国との現行の条約を正式に締結した。

トラックスラウイム（tlaxlauim）――テイクスカラアンの公認会計士または財務専門家。

ナイン・クリムゾン（Nine Crimson）――約五百年まえにさかのぼる、テイクスカラアンの歴史上の人物。艦隊の第三軍団、第九軍団、第十八軍団のヤオトレック。

ナイン・シャトル（Nine Shuttle）――オーダイル1の惑星総督。最近の暴動後に復職。

『ナインティ・アロイ』（*Ninety Alloy*）――テイクスカラアンのホロ作品、連続物。軍事ロマンス。

ナインティーン・アッズ（Nineteen Adze）――〝その優雅なありさまがナイフの刃の輝きのように部屋を照らす〟、シックス・ダイレクションのエズアズアカットの一人。かつてはテイクスカラアン艦隊の一員だった。

ナイン・フラッド（Nine Flood）――テイクスカラアンの歴史上の人物。帝国がまだ宇宙に進出していなかった時代の皇帝。

ナイン・プロパルジョン（Nine Propulsion）――現在の軍事大臣。

ナイン・メイズ（Nine Maize）――光輝なる皇帝シックス・ダイレクションの宮廷の有名な宮廷詩人。

偽サーティーン・リバー（Pseudo-Thirteen River）――『拡大の歴史』の無名の著者で、その名前の司法大臣ではないにもかかわらずサーティーン・リバーの名前を使用した。サーティーン・リバーの報復的正義に関する論文はいまでもテイクスカラアンの法律学校で教材となっている。

ノース・トラッチリ（North Tlachtli）――インモスト州の近隣地域。

バーズラヴァンド・セクター（Bardzravand Sector）――ルスエル・ステーションを初めとする各ステーションがある既知宇宙のセクター（ステーショナーの発音）。

パーズラワントラック・セクター（Parzrawantlak Sector）――バーズラヴァンド・セクターのテイクスカラアン式発音。

ファイブ・アゲート（Five Agate）――エズアズアカットであるナインティーン・アッズ閣下に雇われている側近兼分析官。

ファイブ・オーキッド（Five Orchid）――架空の歴史上のテイクスカラアン人。ある子供向け小説の主人公で、彼女はのちの皇帝トゥエルブ・ソーラー＝フレアの保育所仲間だった。

ファイブ・ダイアデム（Five Diadem）――著名なテイクスカラアン人の歴史家であり詩人でもあるファイブ・ハットのペンネーム。

ファイブ・ニードル（Five Needle）――テイクスカラアンの歴史上の人物。『戦没した旗艦トゥエルブ・エクスパンディング・ロータスへの賛歌』という詩で追悼されている。一連の昇進で自身が上官になったあと、船を守って死亡した。

ファイブ・ポーティコ（Five Portico）――整備士、ベルタウン・シックスに住んでいる。

フイッツァフイットリム（huitzahuitlim）――〝宮殿のハチドリ〟と呼ばれる、蜜を吸う鳥の一種。

フィフティーン・エンジン（Fifteen Engine）――イスカンダー・アガーヴン大使の元文化案内役。現在は情報省を退職し、民間人として生活している。

フォー・シカモア（Four Sycamore）――〝チャンネル・エイト！〟に所属するニュースキャスター。

フォーティーン・スカルペル（Fourteen Scalpel）――『戦没した旗艦トウェルブ・エクスパンディング・ロータスへの賛歌』という詩の作者。

フォーティーン・スパイア（Fourteen Spire）――シックス・ダイレクションの宮廷で活動するマイナーな現代詩人。

フォーティファイブ・サンセット（Forty-Five Sunset）――エズアズアカットであるナインティーン・アッズ閣下の下級側近。

フォー・レバー（Four Lever）――司法省で検死官の役割を担うイクスプラナトル。

ペトリコール5（Petrichor-5）――バーズラヴァンド・セクター付近で多くの星系が加わる大規模な民主的政治主体。

ベルタウン（Belltown）――複数の地区に分割された惑星シティの州。たとえば、ベルタウン・ワンは、インモスト州に住めない、または住みたくないテイクスカラアン市民のためのベッドタウンであるが、ベルタウン・シックスは、犯罪行為、都市の過密化、低所得者の住民などの温床として悪名高い。

ポプラ州（Poplar Province）――インモスト州から遠方にある州のひとつで、海を隔てている。

マヒート・ドズマーレ（Mahit Dzmare）――ルスエル・ステーションからテイクスカラアンへ派遣された現在の大使。

ミスト（the Mist）――司法省の調査・執行機関。

ヤオトレック（yaotlek）――テイクスカラアン艦隊における軍事的階級。少なくともひとつの軍団の司令官で、なんらかの目的、あるいは長期にわたる複数軍団の軍事行動のために任命される。

リング・ツー（Ring Two）――宮殿から三百マイル以上六百マイル未満のシティ内の地域の呼称。情報省で使われる俗称。

ルスエル・ステーション／ステーショナー（Lsel Station/Stationers）――バーズラヴァンド・セクターにある主要な採鉱ステーションに住む人びと。プラネットレス。

〈ロスト・ガーデン〉（Lost Garden）――プラザ・ノース・フォーにあるレストラン。冬の気候に合わせた料理で有名。

ワン・グラニット（One Granite）——初代皇帝に仕えた伝説的な最初のエズアズアカット。

ワン・コニファー（One Conifer）——セントラル・トラベル・オーソリティの北東支部に勤務するテイクスカラアン市民。

ワン・スカイフック（One Skyhook）——テイクスカラアンの有名な詩人で、学校でもよく教えられている。

ワン・テレスコープ（One Telescope）——約二百年まえのエズアズアカット。インモスト州の中央輸送ハブには、彼女の功績を記念した彫像が建っている。

ワン・ライトニング（One Lightning）——兵士たちから多くの称賛を受ける、テイクスカラアン艦隊のヤオトレック。光輝なる皇帝シックス・ダイレクションに仕えている。

解　説

英米ＳＦ紹介者
鳴庭真人

　時は遠未来。強大な銀河帝国・テイクスカラアンから突然新しい大使を派遣するよう要請されたルスエル・ステーションは、主人公マヒートを送り込む。だが帝国の首都である都市惑星・シティに赴いた彼女を待っていたのは、前任の大使イスカンダーの変わり果てた姿だった。前任者の死因を不審に思ったマヒートは、彼が過去に帝国内で行っていた活動を追うが、その過程でさまざまな人々が浮かび上がってくる――反体制活動家から皇帝の重臣、皇位継承者、さらには皇帝その人まで。そしてマヒートの調査に呼応するかのように、首都でのテロ活動や水面下での軍の動きが活発化する。いったいイスカンダーは何を行っていたのか？　そして今、帝国で何が起きようとしているのか？

　アーカディ・マーティーンの長篇『帝国という名の記憶』（*A Memory Called Empire,*

2019）はこうした数々の魅力的な謎から始まる。著者初の長篇ＳＦにもかかわらず、本書は二〇二〇年のヒューゴー賞とコンプトン・クルック賞を受賞、同年のネビュラ賞、ローカス賞、アーサー・Ｃ・クラーク賞、前年のドラゴン賞にノミネートという高い評価を受けた。

英語圏の読者が本書のどこにそれほどの魅力を感じたかといわれれば、まずは冒頭で挙げた緻密な陰謀劇が挙げられるだろう。ジョン・ル・カレの諸作から多大な影響を受けたと著者が語っているとおり、本書には古典スパイ小説の雰囲気が横溢している。帝国とステーション、さらにはその内部の諸勢力が別々の思惑で動いて織り上げた陰謀のタペストリーを、主人公は解きほぐし、本当に自分がなすべきことを見つけ出さなければならない。友に見えた相手が友とは限らず、敵も味方も情勢に応じて転々としていく。著者はこうしたサスペンスを巧みに操り、けっして短い小説ではないのに緊張感を途切れさせずに物語を展開させている。

もちろんＳＦとしての魅力も満載だ。アステカ文明とビザンツ帝国の文化をモデルとしたテイクスカラアンは、宇宙戦艦と詩吟、都市ＡＩと生贄の儀式が共存するハイテクにして古風な銀河帝国。そしてその帝国に対するルスエル・ステーション側の切り札である、過去の人間の記憶と人格を移植する脳インプラント・イマゴマシン。これらの舞台やガジェットが物語と有機的にからみあい、エキゾチックで絢爛たる未来世界を形作っている。

しかし、あえてひとつだけ本書の魅力を語るとすれば、筆者は主人公マヒートとその相棒スリー・シーグラスのコンビを挙げたい。ステーション出身だがテイクスカラアンの文化に魅惑され、テイクスカラアン人に見劣りしない言語と教養を身につけたマヒートと、テイクスカラアン市民でありながら「野蛮人」に興味津々で、大使の文化案内役を買って出たスリー・シーグラス。このどこか似たもの同士のふたりは、帝国市民と非市民、大使とお目付役という絶対的な立場の差を乗り越えて、ともに巨大な陰謀に立ち向かっていく。彼女たちの武器は知識、洞察力、そして詩だ。テイクスカラアンでは詩は最上の文学、知識階級の必須スキルとされ、政治も詩を抜きにしては語れない。作中にもさまざまな詩が登場するので高踏的に感じる読者もおられるかもしれないが、著者によれば現代でいうラップのようなものということなので、気軽に言葉のイメージや応酬を楽しんでもらえればと思う。

そして何より、このコンビは深刻な状況であってもどこかうきうきとしてスパイ劇の登場人物を楽しんでいるふしがあり、それがこの陰謀ずくめの物語に一種爽やかな色を添えている。テイクスカラアン人は詩を愛するとともに詩のような生き方を望む人々であり、このふたりはそんなテイクスカラアン文学をこよなく愛しているのである。このあたり、翻訳小説の読者には思い当たるところもあるだろう。

ところで、近年のSFに詳しい読者であれば、本書の設定にどこか既視感を覚えたかもしれない。例えば、独特の言語体系を持つ銀河帝国といえばアン・レッキーの〈ラドチ戦記〉（創元SF文庫）を彷彿とさせるし、他人の人格を移植する技術といえばユーン・ハ・リーの『ナインフォックスの覚醒』（創元SF文庫）の設定にそっくりだ（ついでにいえば、アリエット・ド・ボダールもアステカ文明をモチーフにしたファンタジイを書いている）。これらの作品は受賞歴も多く二〇一〇年代を代表するSFなので、マーティーンが意識的にではないにせよ影響を受けていたと考えても不思議はないが、あえて共通点を見出すなら、いずれもC・J・チェリイの影響下にあるといえる。チェリイは作中世界の重厚さ・奥行きに定評のあるSF作家で、レッキー作品へのチェリイの影響は自他ともに認めるところであるし、リーは〈色褪せた太陽〉三部作（ハヤカワ文庫SF）を愛読書のひとつに挙げている。マーティーンもまた、宇宙外交官を主人公としたチェリイの*Foreigner* シリーズの本書への影響をインタビューで語っている。邦訳が途絶えていることもあって勧めづらいところだが、チェリイ作品を補助線として本書をはじめ近年のスペースオペラの潮流を捉え直してみると、作品をより深く読み解けるかもしれない。

アーカディ・マーティーンことアナリンデン・ウェラーは一九八五年ニューヨーク生ま

れ。父親はメトロポリタン歌劇場管弦楽団のヴィオラ奏者、母親はジュリアード音楽院のヴァイオリン科教授という音楽一家に生まれたが、マーティーンの興味は父親が愛蔵しているSFとファンタジイのペーパーバック・コレクションの方に向かった。ラトガーズ大学でビザンツ帝国史の博士号を取得後、しばらくアカデミック方面の職を遍歴するが、やがて都市計画の修士号を取得し直し、現在はニューメキシコ州の資源・エネルギー問題に関する政策アドバイザーを務めている。作家としての商業デビューは二〇一二年だが、十代のころからSFファンダムに出入りしてエリザベス・ベアら年長世代の作家と親交を持ち、また二次創作にも目覚めている。パートナーでファンタジイ作家のヴィヴィアン・ショーとはスター・ウォーズの二次創作を通じて知り合ったという。こうしてみると、ビザンツ史・都市計画・文学を通じた出会いと、本書には著者のバックグラウンドや経歴が色濃く反映されており、さながら青春の集大成といった感がある。

　最後に、本シリーズの今後の展開についても触れておこう。今年（二〇二一年）三月には続篇 *A Desolation Called Peace* が刊行された。この巻ではこれまでおぼろげにしか描かれていなかった第三の勢力・非人類エイリアンがついに登場し、人類宇宙に侵攻を開始する。この未曾有の危機とファーストコンタクトに対処するため、マヒートとスリー・シーグラスはふたたび奔走することになる。続篇の書名は本書と対になっており、ともにローマの歴史家タキトゥスの著書『アグリコラ』に由来している。

「彼らは破壊と、殺戮と、略奪を、偽って『帝国』と呼び、荒涼たる世界を作りあげたとき、それをごまかして『平和』と名づける」（『ゲルマニア　アグリコラ』國原吉之助訳・ちくま学芸文庫・引用者一部改変）

ローマ帝国の苛烈さを言い表した一節だが、はたしてエイリアンと帝国の全面戦争による「荒涼たる世界」の到来をマヒートたちは防げるのか——本書に劣らず緊迫感に満ちた展開が待っていそうだ。ちなみに先ほどチェリイの名前を出したが、この続篇はチェリイの代表作『サイティーン』（ハヤカワ文庫ＳＦ）へのマーティーン流のオマージュでもあるという。これをもってマヒートたちの物語はいったん完結ということだが、同じ宇宙を舞台にした別の中篇や長篇の構想もあるらしい。この気鋭の作家の筆が次はいったいどのような華麗な世界を紡ぐのか、今後も注目である。

火星へ（上・下）

The Fated Sky

メアリ・ロビネット・コワル

酒井昭伸訳

一九六一年。人類は月面基地と宇宙ステーションを建設し、つぎは火星入植を計画していた。〈レディ・アストロノート〉として知られる女性宇宙飛行士エルマは、航法計算士として初の火星有人探査ミッションのクルーに選ばれ、悩んだ末に三年間の任務を引き受けるが……。改変歴史宇宙SF第二弾　解説／鳴庭真人

ハヤカワ文庫

デューン 砂の惑星〈新訳版〉〈上・中・下〉

Dune

フランク・ハーバート
酒井昭伸訳

〈ヒューゴー賞／ネビュラ賞受賞〉アトレイデス公爵が惑星アラキスで仇敵の手にかかったとき、公爵の息子ポールとその母ジェシカは砂漠の民フレメンに助けを求める。砂漠の過酷な環境と香料メランジの摂取が、ポールに超常能力をもたらし、救世主の道を歩ませることに。壮大な未来叙事詩の傑作！　解説／水鏡子

レッドスーツ

Redshirts

ジョン・スコルジー
内田昌之訳

〔ヒューゴー賞&ローカス賞受賞〕
銀河連邦の新任少尉ダールは、憧れの宇宙艦隊旗艦に配属される。だが、彼と新人仲間はすぐに周囲で奇妙な事象が頻発していることに気づく。自分たちは何かに操られているのか……？　アメリカＳＦ界屈指の人気作家スコルジーが贈る宇宙冒険ユーモアＳＦ。解説／丸屋九兵衛

ハヤカワ文庫

2000年代海外SF傑作選

橋本輝幸編

独特の青を追求する謎めく芸術家へのインタビューを描き映像化もされたレナルズ「ジーマ・ブルー」、東西冷戦をSFパロディ化したストロス「コールダー・ウォー」、炭鉱業界の革命の末起こったできごとを活写する劉慈欣《リウ・ツーシン》「地火《じか》」など二〇〇〇年代に発表されたSF短篇九作品を精選したオリジナル・アンソロジー

ハヤカワ文庫

訳者略歴　1961年生，神奈川大学卒，英米文学翻訳家　訳書『老人と宇宙（そら）』『星間帝国の皇女―ラスト・エンペロー―』スコルジー，『言語都市』ミエヴィル，『宇宙の戦士〔新訳版〕』ハインライン（以上早川書房刊）他多数

HM=Hayakawa Mystery
SF=Science Fiction
JA=Japanese Author
NV=Novel
NF=Nonfiction
FT=Fantasy

帝国《ていこく》という名《な》の記憶《きおく》
〔下〕

〈SF2336〉

二〇二一年八月二十日　印刷
二〇二一年八月二十五日　発行
（定価はカバーに表示してあります）

著者　アーカディ・マーティーン
訳者　内《うち》田《だ》昌《まさ》之《ゆき》
発行者　早川浩
発行所　株式会社早川書房

郵便番号　一〇一 - 〇〇四六
東京都千代田区神田多町二ノ二
電話　〇三 - 三二五二 - 三一一一
振替　〇〇一六〇 - 三 - 四七七九九
https://www.hayakawa-online.co.jp

乱丁・落丁本は小社制作部宛お送り下さい。
送料小社負担にてお取りかえいたします。

印刷・三松堂株式会社　製本・株式会社フォーネット社
Printed and bound in Japan
ISBN978-4-15-012336-9 C0197

本書は活字が大きく読みやすい〈トールサイズ〉です。